寻找唯一的真相

萍小姐的主意

萍小姐的主意

Miss Pym Disposes

（英）约瑟芬 · 铁伊 著
徐芳 冷丽芬 译

中国出版集团 现代出版社

1

校铃叮咚叮咚响起，响亮刺耳的声音经久不息，令人抓狂。

寂静的走廊里回荡着校铃的响声，倒让清早的宁静显得突兀起来。校铃声自小方庭四边扇扇大开的窗户中传出，响彻整个静谧的花园，园内洒满阳光，枯草上还挂着露珠。

年轻的萍小姐（露西·萍）在床上微微扭动了一下，睁开一只迷蒙的灰色眼睛，伸手摸索着去拿她的手表，却没摸到。又睁开另一只眼睛继续摸索，发现床边似乎也没有床头柜。没有床头柜，当然没有，她现在清醒过来了。

她昨晚就知道没有床头柜，所以才把手表放在枕头下面，这么想着便又伸手往枕头底下摸去。老天啊，校铃实在太吵了！还是没摸到手表，枕头下面好像也没有，可是明明应该在那里的！她翻身掀开枕头，下面只有一条蓝白相间的亚麻小手帕。又放下枕头仔细盯着床头与墙壁的间隙，对，好像看到有个手表一样的东西。露西上半身直直地趴在床上，一只手伸进间隙，刚好能够到手表。她用食指和中指轻轻夹住手表，然后小心翼翼地将它夹了上来。要是手表这时候掉了，她就得从床上起来，爬到床底下去捡了。拿到手表后露西翻身松了口气，志得意满地高高举着手表，脸上甚是得意。

手表上的指针指向五点半。

五点半！

露西惊得屏住呼吸，难以置信地张大眼睛。不，不可能，无论多么热爱运动，多么热衷办学，都没有任何学校会在五点半就开始响铃。虽说在这个既没床头柜也没床头灯的地方，什么离谱事情都可能存在，但是五点半响铃也太不实际了！她把手表贴在她那粉红的小耳朵边，手表嘀嗒嘀嗒正常地响着。她眯着眼睛，顺着枕头的方向，透过床铺后方的窗户望向花园。没错，果然还很早！外面正是大清早万物沉寂静止的场景！

昨晚，亨丽艾塔（霍琪·亨丽艾塔）威严地站在房门口对她说："晚安，亲爱的，孩子们都很喜欢听你演讲，明天见。"但她并没有提到五点半响铃的事情。

噢，好吧。感谢上天，反正倒霉的又不是自己。曾几何时，露西也过着由各种铃声规范的生活，不过那都是将近二十年前的事了。现在，她只有在用她那精心修饰过的纤纤玉指按在门铃上时，才会听到铃声。校铃声由最初的嘈杂渐渐变得低沉，然后又恢复了寂静。露西翻过身朝向墙壁，幸福地把头埋进枕头底下，反正校铃声又不关自己什么事儿。草上挂着的露珠，还有外面所有的一切，都是属于那些年轻人的——他们闪闪发光，正值灿烂年华，他们值得拥有这一切。而自己呢，还是再睡两个小时吧。

露西长得如孩童般纯真，粉红的小圆脸，纽扣粒似的小鼻子，以及用隐形卷发夹卷着固定住的棕色鬈发。就为了弄这些鬈发，她昨晚可把自己折腾坏了。

漫长的火车旅途，与亨丽艾塔的再次见面，接着又是讲课，这一连串事情让露西觉得十分疲累。她心里软弱起来：反正头发烫了才两个月，一晚上不用卷发器，应该也没什么问题吧，而且自己很可能隔天用过午餐就离开这里了。尽管这么想，露西晚上还是用了十四个卷发器，以确保头发的卷度，这样做一方面是为了还击心里那个经常软弱的自己，另一方面也是为了尽心对待亨丽艾塔。此刻，露西不仅提醒自己要坚定信念（这抵消了她今早因放纵自己而产生的内疚情绪），并且对自己一直以来都不愿让亨丽艾塔失望的念头佩服不已。那时在学校，读四年级胆小稚嫩的她，就已经深深地崇拜着读六年级的亨丽艾塔。亨丽艾塔天生就是当领导的料，她的天赋就在于懂得如何确保他人发挥所长。尽管她离校后接受的是秘书行政方面的训练，但正因为具有这一天赋，她才能在对体育领域一窍不通的情况下，担任体育学校的校长。在露西写“那本书”之前，亨丽艾塔已经把她忘得一干二净，而她也完全遗忘了亨丽艾塔。

露西本人就是这样定义它的——“那本书”。

露西自己对“那本书”依然感到有些意外。一直以来，露西的天职就是在大学教女学生法语。然而四年前，父亲的辞世给她留下了每年二百五十英镑的年金，她一手擦干眼泪，一手便递交了辞呈。收到辞呈的校长尖酸刻薄地对她说，投资这东西变化无常，再者，对于像露西这样有教养有文化的体面人来说，二百五十英镑的年金实在不足以度日。不过，露西还是坚持辞职了，并且远远搬离了卡姆登镇，在摄政公园附近租了一套体面的公寓。每逢交煤气费的日子，她便拿出靠自己偶尔教法语挣来的钱支付费用，其余的时间则全部用来阅读心理书籍。

露西第一次看心理书籍纯粹是出于好奇，因为在她看来读心理书是件很有意思的事，而之所以选择继续阅读别的心理书籍，则是想知道这些书是否都写得一样无聊。

露西读完三十七本心理学书籍后，便对心理学有了自己独特的见解。当然，她的见解与她看过的三十七本书上阐述的观点存在分歧。事实上，露西认为那三十七本书写得愚蠢至极，她看完之后气得一屁股坐下，把自己的驳斥意见洋洋洒洒全写了下来。由于谈论心理学必须用到专业术语，而大部分的专业术语又都是非英文的，所以露西写下的文章显得她学识渊博，造诣颇深。然而，要不是因为露西在一张废草稿（她的打字技巧并不十分娴熟）的背面写了下面一封短柬，她的稿子根本不会引起任何人的注意。

亲爱的斯托拉德先生：

若您在晚间十一点后不再听无线收音机，我将甚为感激，因为它对我干扰实在太大了。

露西·萍敬上

露西对信上的斯托拉德先生一无所知，只见过楼下门牌上写着他的名字。当晚，这位斯托拉德先生亲自造访了露西，手上还拿着摊开的短柬，这让露西觉得十分不妙，紧张得咽了好几次口水才说出话来。不过，斯托拉德先生对无线收音机一事毫不介怀，他似乎是某个出版社的审稿人，对露西不经意送给他的短柬背面的文章非常有兴趣。

通常情况来说，只要有人提议出版心理学方面的书，哪怕仅仅只是提议一下，出版商都会摇铃请人送来白兰地酒，与其从长计议。然而就在一年前，英国民众突然间厌倦了看小说，反而对一些深奥难解的主题很感兴趣，比如天狼星距离地球多远，贝专纳的原始舞蹈有何内在含义之类的，这种转变震撼了整个出版界。因此，出版商们费尽心思，想方设法地去寻求新主题，以迎合读者对知识的这种异常的新渴求，而露西的观点恰逢其时地满足了这种渴求，因此大受出版商们的青睐。一位出版社的资深合伙人邀请露西共进午餐，并与她签下出版合约。虽说这只是露西幸运而已，然而上天注定，不仅民众们厌倦了小说，连知识分子们也烦透了弗洛伊德那帮人的学说，他们都渴求一些“新想法”，露西的观点又正好满足了这些人的需求。后来的某个早晨，露西一觉醒来，发现自己不但声名大振，写的书也最为畅销。震惊之下，她出了家门，一口气喝了三杯黑咖啡，然后整个上午就坐在公园里，眼睛直直地看着前方发呆。

一连好几个月，露西的书都稳居畅销榜，她也完全习惯了在各个学术团体中发表“她的心理研究”，就在此时，她收到了亨丽艾塔的来信。信中亨丽艾塔提到了当初她们同校时共同度过的美好时光，并邀请露西去她的学校待段时间，给学生们做做演讲。事实上，露西已经有点厌倦了演讲，而且时隔多年，她对亨丽艾塔也没什么印象了。然而就在露西准备回信婉拒时，她突然想起自己读四年级时的某天，她的同学们发现了她还有个受洗名叫“莱堤西亚”，这可是她一直拼命隐瞒的耻辱啊。当时的四年级学生懂的都不少，露西那时就想，要是自己自杀，母亲会不会很伤心呢，不过就算伤心也是她自己的责任，谁让她给自己的女儿取个那么浮夸的名字！之后，多亏了亨丽艾塔，或明说或暗喻，狠狠把那些取笑者们教育了一顿。经过她的一番尖刻批评后，再没有人嘲笑过露西，也没有人再提起“莱堤西亚”这几个字了。露西这才得以回家，美美地享受果酱布丁卷，也不用因此再去投河自尽了。此时此刻，露西坐在自己舒适的客厅里，心里涌起一股浓烈的对亨丽艾塔的感激之情。于是她提笔写道，自己很高兴去学校待一晚（她天生慎重，并没有被感激之情完全左右），并且很乐意为学生们演讲心理学。

露西将薄被高高拱起，以遮住白天耀眼的强光。她想着，这次的演讲还是相当愉快的。台下一排排出色的学生是露西遇到过的最好的听众，她们让空空的教室看上去如花园般欣欣向荣，还有她们发自肺腑热诚的掌声。在学术社团听了好几个星期礼貌性的掌声后，能听到这样热情响亮的掌声真是犹如天籁！再者，学生们的提问也颇具水准。虽然大厅内的课程表显示，学校给学生们安排了心理学课程，但不知为何，露西并没有指望这些年轻女学生能真正欣赏她的演讲，她原以为她们成天就只会搞体育锻炼。当然，提问的毕竟是少数，不能排除其他人都只是四肢发达头脑简单的可能。

好吧，今天晚上她就能躺进自己香甜的被窝，而这里的一切也将成为美好的回忆。亨丽艾塔一再劝她多留些时日，露西本来也有一点动摇，不过吃完晚餐她便坚定了要回去的意志。炎炎夏日的晚上，豆子和牛奶布丁这种饭食实在让人没什么胃口。没错，它们的确很饱肚子也很有营养，但吃过后让人绝对不想再吃。亨丽艾塔告诉她，教工席上总会摆上几样学生吃的食物。露西暗暗祈祷，亨丽艾塔这么说，该不是自己看豆子时露出的迟疑神情被她发现了吧，她已经尽力表现得对此欣然接受了，不过可能还是自己演技太差，被亨丽艾塔察觉到了吧。

“汤米！汤米！噢，汤米，亲爱的，快醒醒！我都要绝望了！”

露西顿然清醒，刚才那个绝望至极的喊声好像是从自己房里响起的。这时她才发现，房间的第二扇窗户正对庭院，由于庭院很小，房间与房间的对话声，自然而然就通过敞开的窗户传了进来。她躺在床上，一边平复着自己怦怦跳的心脏，一边望向脚趾拱起处的被单褶皱方向，从她的角度看，窗户缩成了长方形，刚好框住了远处的一面墙。露西睡的床摆在房间角落处，她身后墙壁的右边有一扇窗，床脚远处的左边有一扇朝向庭院的窗，她睡在枕头上，透过细长的窗缝那点微光，只能看见庭院尽头那扇半开的窗户。

“汤米！汤米！”

露西看到一个脑袋瓜的黑影。

“老天啊，谁行行好，”黑色的脑袋瓜出声了，“快扔点什么东西把汤米弄醒吧，别让戴克丝再大声嚷嚷了！”

“噢，格林盖琪，你也太冷漠无情了。我的袜带弄破了，现在正不知道怎么办呢，我就只有一个扣针，昨天参加那个低级聚会时，又借给汤米当挑针挑田螺肉去了。她本该早些还给我的……汤米！汤米！”

“喂，你们别说了行吗？”又一个声音低声说，接着说话声便停了。露西感觉到，这些人静下来后在用手势交谈。

“你的那些手势都是什么意思啊？”那个黑色的脑袋瓜说。

“我说了，别出声！她在那边！”

“你说谁？”

“那个姓萍的女人！”

“亲爱的，你净胡说些什么呢！”戴克丝毫不顾忌地大声说，她的声音十分好听，“她住在前厅，其他老师都住那里。不过你说，要是我去问她的话，她会不会有个多余的扣针借我呢？”

“我觉得，她像是个拉链偏好者，不用扣针。”一个新的声音说。

“噢，你们能小点声吗！我说了，她就在班特丽的房间！”

这次是真的安静了下来，露西看到那个黑色的脑袋瓜猛地看向自己的窗户。

“你怎么知道的？”一个人问。

“昨晚乔丽给我送消夜时告诉我的。”露西记得，乔丽芙是学校的管家，她觉得“乔丽”这个称呼很不错，让不近人情的管家形象增添了些许人情味。

“那肯定错不了！”那个称露西是“拉链偏好者”的人说，声音显得很激动。

一片寂静中，校铃又响了，她们之前就是被这种催命似的铃声吵醒的。黑色的脑袋瓜一听到铃响便没了踪影，戴克丝的喊声则盖过了所有声音，她像个迷路人般，号啕痛诉着内心的绝望。学生们开始了忙碌的一天，一切失礼的行为都被抛诸脑后。铃响后，一连串的响声此起彼伏，砰砰的关门声，走廊上匆忙的脚步声，各种喊叫声。有人想到汤玛斯还没醒来，既然之前从附近窗户扔东西砸她都没砸醒，便只好重重地对她紧锁的房门一阵猛敲。接着是庭院草地小径上传来的奔跑脚步声，渐渐地，小径的脚步声越来越多，楼梯的脚步声则越来越少，叽叽喳喳的嘈杂声由强到弱逐渐减小了。当所有的声音渐行渐远直至消失在演讲厅时，只听见某人飞奔穿过庭院小径，一步一句叫唤着："该死的，该死的，该死的……"看样子，这应该就是那个睡得很熟的汤玛斯。

露西非常同情那位素未谋面的汤玛斯。虽说床在任何时候都让人贪恋，不过要是当一个人睡着时，嘈杂的铃声吵不醒她，就连同学的尖叫咆哮也叫不醒她，那起床对她而言一定是件备受煎熬的事。或许对威尔士人来说也很煎熬，因为威尔士的凯尔特人非常痛恨起床。所有像汤玛斯这样睡不醒的人都算威尔士人。可怜的汤玛斯啊，真是太让人心疼了，露西真想替可怜的汤玛斯找个可以睡到中午起的工作。

一阵阵倦意袭来，露西觉得越来越困了，她不知道那句"像个拉链偏好者"究竟是褒是贬，不过她想那些用扣针的人，并不见得多么令人赞赏，所以也许……

她又睡过去了。

2

两名六英尺高、身穿哥萨克衣服的人正手拿鞭子使劲地抽她，理由是社会进步后法令规定人们应使用拉链，而她却坚持要用过时落伍的扣针，鲜血开始顺着背部往下流……露西猛地醒了过来，发现自己受到伤害的就只有自己的耳朵。校铃又响了。露西嘴里骂了几句粗俗的话，便从床上坐起身来。不行，绝对不能再待下去了！吃完中饭就走，一分钟都不多待！两点四十一分有趟车从拉博站开过来，到时候就坐那趟车回去。跟大家道个别，尽了朋友之谊后，她就能欢天喜地逃离此地了。等到了车站月台，她就买一盒半磅重的巧克力犒劳自己，庆祝她“回归外面的世界”。尽管周末等她站到浴室的磅秤上时，这半磅重的巧克力就会在她的体重上体现出来，不过，她才不管那么多呢！

说到浴室的磅秤，露西想起她有必要去洗个澡，这是体面之人该做的事。露西的房间离教工澡堂相距甚远，对此亨丽艾塔昨天已经向她表示了歉意，而且对把露西这位贵客安置在学生宿舍一事也深感抱歉。由于教员弗茹肯（弗茹肯·古斯塔维森）的母亲从瑞典过来，住了学校唯一的一间教工客房，并且还要住上好几周，一直到下个月月初举办的一年一度的汇报演出，看完她女儿的教学成果并点评一番之后才会离开。

露西十分怀疑自己能否顺利找到教工澡堂洗澡，据她朋友的说法，她辨别方向的能力实在太弱。一想到大白天自己沿着空无一人的走廊来回游走，一个不留神还可能走到教室去，她就觉得：这简直糟透了！更要命的是，到时候还得到拥挤的走廊去求助，开口问那些早起的人，自己这么晚起可以去哪里洗个澡。

露西的思维方式就是这样，光看到事情可怕的一方面还不够，还得看到另一个相对面的可怕之处。她坐了好一会儿，脑子里思索着那些可怕的事情，一边享受着此刻什么也不用做的惬意。然后，又一阵铃声响起，另一波脚步声、喊叫声也随之响起，宁静的早晨陷入一片嘈杂的混沌声中。露西看了看手表，已经七点半了。

她决定忽略“教养和文雅”，不洗澡直接穿上她女佣口中所谓的“皮囊”——毕竟，洗澡这种“浸在水里”的活动只不过是现代的一种潮流罢了，既然像查理二世这样的君主都可以浑身散发浓烈的臭味，她一介平民一次不洗澡又算得了什么呢？——就在这时，有人敲了她的房门。可以寻求帮助啦！啊，太好了，谢天谢地，她终于不再孤立无援了！

“请进！”露西语调欢快，就像鲁滨孙在迎接登陆者一样。她暗自心想，亨丽艾塔当然会过来跟自己道早安，她怎么这么笨呢，连这个都没想到。露西觉得自己内心深处还是当年那个胆小羞怯的小女孩，她没期望亨丽艾塔会把自己放在心上。不过说真的，她确实得养成一些名人的习惯，比如，也许她该去换个发型，或者练习怎么回应别人，每天优雅地说上二十次“请进”。

然而，来的人并不是亨丽艾塔，而是一位女神级别的美女。

女神一头金色的秀发，身穿宝蓝色的亚麻短上衣，一双海蓝色的眼睛，还有她纤长的双腿，简直让人艳羡至极！露西对自己的腿失望透顶，所以她总是会注意到其他女人的双腿。

“噢，真是抱歉，”女神说，“我忘了你可能还没起床，我们学校的作息确实很古怪。”

露西觉得很高兴，眼前的这位美丽可人儿把她的懒散归结为学校的错。

“我很抱歉，打扰到你更衣了。”女神看着摆在地板中间的拖鞋，饶有兴趣地盯着它看。那是一双浅蓝色的缎面拖鞋，女人味十足，极其奢侈，十分轻软。毫无疑问，这是双很不实用的鞋。

“不好意思，这双鞋是很傻气。”露西说。

“萍小姐，你也许无法体会这种看到一个并不完全实用的物品的感受！”然后她想起自己貌似光顾着看鞋，把正经事忘了，“我叫纳什，是高年级的级长。我代表高年级学生过来邀请你明天和我们一起喝下午茶，要是你能答应的话，我们一定会觉得荣幸之至。每周日，我们都会去外面的花园喝下午茶，这是高年级学生的一个优待。夏日午后在花园用茶非常舒心惬意，真心期望你能和我们一起用茶。”她微笑地看着露西，眼神里流露出善意和渴望。

露西解释道，她明天去不了那里，因为她今天下午就要离开学校了。

“噢，不要走！”这个姓纳什的女孩反对道，她语气中流露出的真挚感情，让露西心里猛地涌起一股暖流。“不，萍小姐，你不要走！你千万不要离开！你不知道你对我们来说多么意义非凡，你是上帝派来看望我们的。这个学校就像个女修道院，我们每天努力用功，都没顾得上想一想外面的世界是什么模样。这是我们高年级学生的最后一学期了，接下来的所有事情既残酷又封闭，比如期末考试、汇报演出、工作分配等乱七八糟的事情。我们都觉得自己快要窒息了，完全乱了方寸。现在你来了，带来外界的资讯，又那么有涵养……”她暂停了一下，然后半开玩笑半认真地说，“你可不能丢下我们不管。”

“不是每周五都有校外人士过来给你们演讲吗？”露西问道。生平第一次，有人把她形容成上天派来的人，露西决定对这种说法持保留态度，她一点都不喜欢自己被这种满足感左右情绪。

纳什有条不紊，不带半点苦涩情绪地向露西一一解说了前三位来校的演讲人：一位讲亚述碑文的八旬老人；一位讲中欧历史的捷克人；还有一位讲脊柱侧凸的接骨师。

“什么叫脊柱侧凸？”露西问。

“脊柱侧凸就是脊柱弯曲的意思。要是你觉得这些人能给校园增添新潮、具有启发性的氛围，那么你就想错了。尽管学校安排这些演讲的本意是让我们不至于和社会脱节，但是恕我直言，”——很明显，纳什喜欢直言不讳——“比起我们听过的所有讲座，你昨晚演讲时穿的衣服更让我们受益。”

那件衣服是露西在她第一本书畅销大卖时，花大价钱买下来的，至今依然是她的最爱。她昨天穿上它去见亨丽艾塔，想给她留个好印象。露西感觉这种被人夸赞的满足感进一步动摇了她要离开的决心。

但是这种满足感还是不足以摧毁露西的基本意识。她还记得晚餐的豆子，记得没有床头灯的房间，没有任何呼叫服务的按铃，有的只是吵醒人的绵延不绝的校铃。不能动摇，就算莱斯体育学院的全体学生躺在她的过道上，大声哭喊哀求她，她也要坐两点四十一分的火车回去。露西嘀嘀咕咕说了些关于安排方面的事宜——暗示纳什，她的备忘录上还有许多紧急重要的约会——其间她向纳什提出，让她领自己去教工澡堂。“我不想为了找个浴室在走廊上晃来晃去，而且我没找到按铃。”

“伊丽莎是学校里服务教员的女佣，她真该记得这里的房间是没有按铃的，她应该主动过来叫醒你。”纳什在服务不周这件事上对露西深表歉意，她提议，要是露西不介意的话，可以去学生澡堂洗澡，那里离这非常近。“当然，学生澡堂里都是很小的隔间，就是用一堵堵墙隔开的那种，地板是那种发绿的水泥地，不像教工澡堂，地上铺着青绿色的马赛克瓷砖，瓷砖上还有雅致的海豚图案。不过，洗澡的水都是一样的。”

露西很乐意去学生澡堂洗澡，她一边拾掇着洗澡要用的东西，脑子里一边不停思考，她觉得从纳什身上看不出那种学生对教师的绝对敬畏。这一点让她想起些事情。这时，露西总算记起来了——是玛丽·巴哈洛。那时候学习不规则法语动词，玛丽班上的其他学生都对讲课的年轻女老师十分顺从、充满钦佩。不过玛丽却没有，她学习上很用功，为人也友好和善，可对待那位法语老师的态度和她对其他人也并没什么不同，这都是因为巴哈洛的父亲“几乎是个百万富翁”。露西得出结论，从纳什的“外在行为”——用这个术语形容学生是有些奇怪——来看，她与人交往时落落大方，不卑不亢，身上那种巴哈洛式的社交气质十分显著，因此她可能也有一位“百万富翁”的父亲。露西后来得知，人们在说起纳什时，最先提到的都是“帕米拉·纳什家超级有钱，你知道吗，她家还有男仆领班！”人们每次都不忘提到男仆领班这件事。在那些父母是辛苦讨生活的医生、律师、牙医、商人和农户的女学生眼里，男仆领班就像黑人奴隶一样稀奇少见。

“你不用去上课或是干点别的吗？”露西问，安静的走廊被阳光照得一片亮堂，像是把别处的光都吸收过来了似的，“我以为你们五点半起床，吃早餐前应该会上课。”

“噢，确实如此。夏季时，我们要上两节课才能吃早餐，一堂运动课，一堂理论课，比如打羽毛球、学习运动机能学，或者其他诸如此类的课程。”

“运动——运动什么学——讲的是些什么东西？”

“你是说运动机能学吗？”纳什思索了一会儿，想着该如何解释给一个对此毫无所知的人听，她最后决定想个例子来讲解。“这么说吧，我通过抓住水罐的柄，将水罐从高架子上取下来，运动机能学讲的就是描述这个过程中所涉及的肌肉运动。”看到露西点头表示理解了之后，纳什接着开头的话说，“不过在冬季我们就和大家一样，七点半起床。通常来讲，现在这个时间段是用来获取外界证书的，比如公共卫生所、红十字会之类的机构。不过由于那些我们都已经完成了，所以可以利用这个时间来准备下周的期末考试。能有一点时间来准备考试我们实在太满足了。”

“下午茶那会或者午茶之后，你们难道都不休息吗？”

纳什的表情像是露西讲了什么好笑的话一样。“噢，没有，下午四点到六点我们有临床实习，病患都是些外面的人，你知道的，从扁平足到大腿伤残，什么样的病都有。晚上六点半到八点我们有舞蹈课，学跳芭蕾舞，民俗舞一般都在早上学，不过这都不是文艺活动，只能算是做锻炼而已。然后晚餐还没怎么吃就到八点半了，所以我们复习功课备考的时候都头昏脑涨，昏昏欲睡，睡觉还是准备考试，总免不了挣扎一番。”

露西和纳什走到通向楼梯的走廊时，碰到一个神色匆忙的低年级学生，她一只手臂紧紧夹住一具骨架模型的头部和胸部，另一只手臂则挟着模型的骨盆和双腿。

“茉莉斯，你拿着‘乔治’模型干吗？”三人走近时，纳什问道。

“噢，宝儿，不要阻拦我。”低年级学生吓坏了，气喘吁吁地说道。她把背上那些奇奇怪怪的模型架构往身体右侧颠了颠，拴得更紧些，然后继续匆匆往前走去，“拜托就当没看见我！我是说你们就当没有看见‘乔治’，我本来想早点起床，在五点半铃响之前把它放回教室的，但是我却睡过头了！”

“那你拿着‘乔治’一整晚都没睡吗？”

“没有，只熬到了凌晨两点左右。我……”

“那你房间的灯是怎么不被发现的？”

“我把我的旅行毯钉在窗户上，当然不会有人发现亮灯啦。”那名低年级学生用解释一件显而易见的事的语气回答道。

“那还真是一个气氛美好的六月夜晚啊！”

"是很胆战心惊的夜晚！"茉莉斯直白地说，"没办法，这是我唯一能在考前抱抱佛脚，恶补'肌肉附着'的法子了，所以拜托，宝儿，你就当不知道吧。我会在老师下楼吃早餐前把模型归还回去的。"

"搞不定的！你免不了还会遇到其他人！"

"噢，拜托，别再打击我了，我现在已经够害怕的了。而且我真不确定自己还记不记得怎么把'乔治'的腰部挂上。"茉莉斯快步抢在露西和纳什之前下楼去了，消失在房间前面。

"我一定是在爱丽丝的幻境里，"露西看着茉莉斯离去的背影说道，"我一直以为'穿插'① 是跟针线活相关的事情呢。"

"你说的是'肌肉附着'吗？肌肉附着指的是骨头上有肌肉附着的确切位置。与其光看书本，不如直接放一具骨架模型在面前，那样学习起来会容易得多，这也是茉莉斯偷拿'乔治'模型的原因。"纳什纵情地哈哈大笑说，"茉莉斯真是非常大胆。虽然我读低年级的时候也从教室里偷拿过一些怪异的骨头，但我从没想过拿走'乔治'。每个低年级学生的生活中都有一段挥之不去的可怕愁云，你知道的，就是期末解剖学考试，那真可谓是终极测试。学生们得对身体结构的所有细枝末节了如指掌，之后才能参加实习，所以期末解剖学不像其他期末考试，它是所有高年级学生的"背水一战"。到了，前面就是学生澡堂了。记得我读低年级时，每逢周日就有许多同级学生抱着《格雷氏解剖学》，躲在板球场边的长草坪看，所以草坪一到周日就变得硬巴巴的。学校严令禁止学生将书本带出学校，而且每个周日我们都要外出参加社交活动，比如喝下午茶，去教堂，或者去乡下之类的。然而，在低年级最后一个学期，所有低年级学生在周日都只会做一件事，那就是找一个安静的角落偷偷看《格雷氏解剖学》，要知道，把课本从学校带出来可不是件易事。你知道《格雷氏

① 穿插与"肌肉附着"的英语发音一样。

解剖学》这本书吗？它就和那些放在客厅桌上的旧式家庭圣经差不多大小。事实上，曾有谣传说学校大半的女学生都怀孕了，其实那不过是她们把课本塞到衣服里给人们造成的错觉罢了。”

纳什弯腰拧开水龙头，水哗啦啦地流进浴盆。“由于学校每个人一天都要洗三四次澡，所以每分钟水龙头的出水量都得像尼亚加拉瀑布一样大才够用。”她提高嗓门以盖住水声道，“恐怕你吃早餐要迟到很长时间了！”露西听后做出沮丧的神情，像个可怜巴巴的小女孩。“我用托盘带些东西上来给你吃吧！放心，一点也不麻烦，我很乐意去。不管怎么说，客人都没必要八点就出现在早餐桌上，你还是在房间悠闲地享用早餐吧。”纳什手扶在门上顿了顿接着说，“还有，请改变主意留下来吧！我们大家都很高兴你能留下来，你绝对无法想象那会带给我们多大的乐趣。”

纳什笑了笑便离开了。

露西躺在温暖舒适的浴盆里，愉快地想着自己的早餐。不用跟那些叽叽歪歪的人交谈真是件令人高兴的事，还有美丽的纳什主动给自己带早餐，真是个体贴善良的姑娘。也许在学校和这些年轻人再待个一两天也挺好……

这时，令人抓狂的校铃声在不远处再次响起，露西吓得险些从浴盆中跳了起来。今天就走，就这么定了！她站起身开始擦肥皂。就坐两点四十一分的车回去，一刻也不耽误！

露西推测刚才响的是八点开饭前五分钟的预备铃，铃声停止后，走廊里传来一阵狂乱的声音。她听到左边两扇门被人猛推开，水哗啦啦地流进浴盆，然后一个熟悉的尖叫高声响起：“噢，亲爱的，我早餐要迟到了，可我现在又全身是汗。我知道我应该安安静静地坐着，写那篇关于血浆的作文，可是我对血浆真是一窍不通啊，还有下周二就要物理期末考试了。可是今天早晨如此舒适宜人……咦，我的肥皂呢？”

露西听后惊得下巴都要掉下来了。她没想到，在这个早上五点半起床、晚上八点才休息的学校，竟然还有人精力如此旺盛，一大早就把自己弄得大汗淋漓。

“噢，唐妮，我忘了带肥皂过来了，把你的肥皂扔过来给我用吧！”

“你等会，我擦完了再给你。”一个文静的声音说道，这和戴克丝的尖叫声形成了鲜明的对比。

“噢，我的小天使，你动作快点啊。我这周已经迟到两次了，霍琪老师上次还用十分怪异的眼神打量过我。对了，唐妮，中午十二点的时候你能不能帮我看看那个‘肥胖症’患者呢？”

“不行。”

“其实那位患者真的没她看上去那么胖，你只要……”

“我要给自己的一位病人看病。”

“我知道，就是那个脚踝扭伤的小男孩嘛。卢卡斯可以帮你给他看病，她正好也有个‘斜颈’小女孩，可以一起……”

“那也不行。”

“好吧，我想你也不会答应。噢，亲爱的，我不知道自己什么时候才有空去写那篇关于血浆的作文。还有那个胃膜的问题，真是把我给难住了，不管怎样，我真的不敢相信胃膜居然有四层，这简直就是一个圈套。勒珂丝老师让我去看看猪牛肚，但我看了之后觉得那根本说明不了任何东西。”

“给你肥皂，接着！”

“噢，太感谢了，你帮了我的大忙。这肥皂真好闻，肯定很贵吧。”戴克丝安静地擦着肥皂，这时她发现自己隔壁的浴室里有人。

“唐妮，隔壁浴室是谁呀？”

“不知道，可能是格林盖琪吧。”

“盖琪，是你在隔壁吗？”

露西吓了一跳，答道：“不是，我是萍小姐。”她希望自己的声音听上去不会让人觉得一本正经。

“才不是，不过说真的，你是谁呀？”

“我是萍小姐。”

“不管你是谁，你模仿萍小姐模仿得确实很像样！”

“应该是利特蔷吧，她很擅长模仿。”唐妮说道。

露西默无声息地继续洗着澡。

突然，露西听到有人从浴盆中站起来，湿漉漉的脚稳稳地踩在浴盆边缘上，浴室隔间顶上露出了八根手指的指尖，一个人从隔间那边望过来。她的脸又长又白皙，很像可爱的小马脸，一头直直的秀发草草地用发夹绾成一个发髻。真是张怪异而又可爱的面孔。就在这一刻，露西突然明白了一件事，她终于知道戴克丝是如何安然熬到最后一学期，没有被愤怒的同学砸脑袋了。

从浴室隔板那边探脸过来的人先是惊恐了一下，随即羞红了脸，立马消失不见。接着隔壁浴室传来一阵绝望的低吟。

“噢，萍小姐！亲爱的萍小姐！实在不好意思，我真是太不应该了，我从没想过隔壁竟然会是你……”

露西不禁觉得她很享受这种让别人觉得严重冒犯了自己的感觉。

“希望我的行为没有冒犯到你，我是说，至少没有太过冒犯。我们已经对人们的裸体非常习以为常了，所以，所以……”

露西知道戴克丝是想说，这种糗事发生在学校里，不会像发生在别的地方那么要紧。再说了，露西觉得自己那时候正优雅地用肥皂擦着大脚趾，所以对这件事也没什么感觉。她友好地表示，这一切都是她自己的错，她不该占用学生澡堂洗澡，并且要戴克丝不用觉得太过意不去。

“你知道我的名字？”

“是的，今天一大早我就听见你嚷嚷地喊着找扣针，我就是这样被弄醒的。”

“噢，我真该死！现在我再也没有脸面对你了！”

“我猜萍小姐是准备搭最早那趟火车回伦敦咯。”声音从另一个浴室传来，她的语气仿佛是在说，“看你都干了什么好事！”

“刚才说话的是奥唐纳，来自爱尔兰。”戴克丝说道。

“来自爱尔兰的阿尔斯特地区。”奥唐纳平静地补充道。

“奥唐纳，你好啊！”露西说。

“萍小姐，你一定觉得这里就像个疯人院吧，不过千万不要因为戴克丝的个人行为，就误会了我们大家所有人。事实上，我们中有些人相当成熟稳重，有些温文尔雅而又修养十足。等明天你和我们一起喝下午茶就会知道了。”

露西本想说明自己明天不去参加下午的茶会，但还没来得及开口，浴室外面便传来一阵低沉的杂音，杂音越来越大，变成排山倒海的铃响。在这片喧闹中，戴克丝像遭遇了暴风雨的海鸥一样，拼命地鬼哭狼嚎。她一边担心着自己要迟到很久，一边又非常感激奥唐纳借她这块“救命”肥皂。咦，自己上衣的腰带去哪了？虽然亲爱的萍小姐对自己刚才的冒失行为已经不做追究，但她还是想向露西表现出她是个通情达理，彬彬有礼的成年人。而且，大家都很期待明天和萍小姐共进午茶。

戴克丝和奥唐纳匆匆忙忙地离开了，澡堂里只剩下露西一个人，连同那渐渐消退的校铃声和洗澡水流走的低沉声。

3

周六下午两点四十一分，开往伦敦的火车马上就要从拉博站发车了，露西坐在草坪中一棵雪松树下，想着自己是不是很傻，不过不管怎样，她现在都释怀了，能坐在这样一个阳光普照的园子里实在是惬意极了，并且周围又非常宁静。正好今天下午学校安排了很多比赛，学生都聚集在草坪下面的板球场上与库姆学校竞赛。库姆学院位于村子的另一头，两个学校一直互相竞争。这群年轻学生们别的不说，个个都多才多艺，研究胃黏膜和打板球运动这两件八竿子打不着的事情，她们都能做得很好。

亨丽艾塔早餐后去露西的房间找过她，她告诉露西说要是她能在学校度过周末，一定会有一些全新的体验。“这些学生们各有各的特点，都十分可爱，跟这些年轻人在一起非常有趣。”毋庸置疑，亨丽艾塔说的话一直都很对，露西时时刻刻都能发现学校的一些新奇之处，她曾坐在教工餐厅与教员们共进午餐，一边吃着难以辨认的营养“均衡”饭食，一边借此机会进一步熟悉这些人。她发现午餐期间，亨丽艾塔独自坐在长桌的最前方，沉默不语，心不在焉地吞咽着饭菜；勒珂丝倒是很健谈，她虽身材瘦削、外貌平平，但却是个十分聪慧的理论家，和所有理论家一样，勒珂丝不仅有很多理论想法，而且也持有许多个人观点；相比之下，高大健壮、精力充沛的低年级体育老师蕾格（多琳·蕾格）则丝毫没有自己的想法，唯一说的几句话也只不过是附和一下勒费夫尔夫人罢了；勒费夫尔夫人教授芭蕾舞，她虽说话不多，但只要她那如深褐丝绒般有质感的声音一响起，就没有人会打断她说话；弗茹肯是高年级的体育老师，她坐在长桌的末端，旁边坐着她的母亲，整个用餐期间她都一言不发。

露西的目光一直在弗茹肯身上游移，她对那双瑞典式清澈的明眸所流露出的俏皮范完全无法抗拒。露西想着，胖重的亨丽艾塔，聪慧的勒珂丝，无知的蕾格，优雅的勒费夫尔——在这个高大白皙、像谜一般的瑞典女子眼中，她们又会是什么样子呢？

思索完了这位瑞典女子，露西现在开始期待着那位南美洲人的到来。“迪斯特罗不参加竞赛，”亨丽艾塔对露西说，“所以我会让她下午过去陪你。”露西原本不想有人来陪她，因为她已经习惯并乐于独处，但是一想到对方是在体育学院就读的南美人，便又有了兴趣。午餐后露西碰到了纳什，纳什对她说：“如果你对板球不怎么感兴趣的话，恐怕你下午就得落单了。”这时人群中另一个高年级学生对纳什说：“没关系的，宝儿，‘骚核桃’会陪萍小姐的。”“噢，那就好。”纳什答道，很明显，她对“宝儿”这个称呼已经习以为常，既不觉得有什么特殊含义也不觉得突兀怪异。

露西倒是很期待见到这个叫“骚核桃”的人，她坐在花园中，一边晒着太阳消化着中午的饭食，一边思考着这个外号的由来：“核桃”可能指的是巴西坚果，在一些相关的现代俚语里，也用来形容那些疯疯癫癫的人。不过“骚”是什么意思呢？核桃压根不可能用“骚”来形容啊！

一个低年级学生跑向自行车棚时从露西旁边经过，冲着露西微笑。露西想起她就是今早在走廊里遇到的那个学生。“你把‘乔治’模型安然送回去了吗？”露西在后面问道。

“已经送回去了，谢谢你。”茉莉斯停住脚步，踮着脚尖微笑着答道，“不过现在我又遇到了些别的麻烦事，我今早把模型放回去后，为了让它平稳，便用手抱着模型的腰部，但是就在那个时候，勒珂丝老师走进教室看到了这一幕。恐怕这次我怎么也解释不清了。”

“生活就是这么不容易啊。”露西深表同情道。

“不过，我觉得我现在总算把‘肌肉附着’彻底弄明白了。”茉莉斯大声说道，一边快速跑过草坪。

露西心想，这真是一群好孩子，不仅心地善良、简单纯洁，而且也积极健康，待在这样一个地方确实很惬意。远处的地平线被拉博站火车排放的乌烟熏得一片模糊，等车子到了伦敦又会排放一缕缕类似的乌烟。还是坐在这里，享受着明媚的阳光，呼吸着浓郁的玫瑰花香，看着年轻孩子们友好的微笑舒服多了。露西将她那胖乎乎的小脚伸得更远了些，她很喜欢草坪对面那栋在阳光下闪闪发光的乔治亚式大建筑物，看上去就像是很有古韵的“老房子”，可同时又觉得其两侧现代化的玛利安式建筑与之很不协调，不过要是把莱斯体育学院当作现代化建筑来看，两侧的建筑就相当赏心悦目了。屋子的安排分配非常得体，教室都安排在中间的“老房子”里，整齐的小型现代化卧室则设在两侧的建筑里，这样的布局十分合理。丑陋的体育馆恰到好处地隐藏在这些建筑物的后面。露西想着，在周一离开之前，她一定得去看看高年级学生的体育演练，那对她而言有着双重乐趣。一方面，她可以欣赏到训练有素的体育专才们完美的演练；另一方面，知道自己在有生之年永远都不用去跳马或者踏上平衡木，这对露西来说简直妙不可言。

露西看到从“老房子”拐角处走过来一个人，身穿花朵图案的丝绸裙子，头戴一顶宽边遮阳帽。这是一个身材苗条、姿态优雅的姑娘，露西看着她缓缓朝自己走来，才意识到自己之前潜意识里已经刻板地以为南美洲人都肥胖老成。同时，露西也明白了“骚核桃”称呼中“骚”的来由，想到这她便笑了。在莱斯学校这样一个地方，朴素的学生们是不可能穿着印有花朵图案且裁剪适宜的裙子外出的，而且她们也更不可能会戴着这样的宽边遮阳帽。

“萍小姐，下午好。我叫特蕾莎·迪斯特罗，由于昨晚我去拉博镇教课去了，所以没能去听你演讲，实在是抱歉。”迪斯特罗说着，娴熟优雅地摘下了帽子，又顺势在露西身旁坐了下来，整个动作自然流畅，一气呵成。她的声音，她慢悠悠的语调，她的身材曲线，她的动作，她乌黑的秀发，还有她那棕色的双眸，迪斯特罗的一举一动都是那么地优雅迷人。

“教课？什么课呢？”露西问。

“给镇上商店的女店员们上舞蹈课。她们学得非常认真，对自己也很严格，但她们真的跳得很差劲。下周她们会赠送我一盒巧克力，或许是因为下周是这学期的最后一节课，或许是因为她们喜欢我，又或许那只是一种传统惯例，可我觉得自己就像个骗子，一切都是虚伪的假象，没有人能教会她们跳舞的。”

“我觉得她们自己应该很享受学跳舞的过程，不过学生外出授课在这是常有的事吗？”

“那是当然啦，我们都会去外面授课，这样我们才有机会去实践。我们会去学校、修道院、俱乐部或者其他之类的地方授课。对了，你不喜欢板球吗？”

面对话题的转变，露西想了想，然后解释说除非玩板球就有一袋樱桃，不然她是绝对不可能去玩板球的。“倒是你，你怎么不参加呢？”她问。

“我不参加任何球类运动，在我看来，一群人追着一个小球跑实在是滑稽可笑。我来这是为了学习舞蹈，这是个学舞蹈的好地方。”迪斯特罗回答说。

露西表示，在伦敦一定有更好的舞蹈学校，教学水准肯定比这所体育学院高很多个档次。

“噢，那类学校的学生都必须从小就开始学，而且将来以舞蹈为职业。而我，仅仅是纯粹地喜欢舞蹈而已。”

“那你会不会当舞蹈老师呢？我是说等你回……巴西之后，是巴西没错吧？”

“噢，不会，我得结婚。”迪斯特罗简明扼要地说，“我之所以来英国，就是因为我谈了一场不愉快的恋爱，尽管我非常迷恋他，可我们实在太不合适了。我来这里就是想忘掉那段恋情，从那段伤心事中恢复过来。”

“你的母亲是不是英国人呢？”

“不是，我母亲是法国人，我祖母才是英国人。我很喜欢英国人。”迪斯特罗优雅地抬起一只手，手腕适宜地摆动着，最后停在她的脖颈处，“以这里为界线，这里以下是英国人充满浪漫情怀的比例，这里以上则是他们缺乏常识的比例。我失恋后去找过我的祖母，坐在她的真丝椅上哭得死去活来，不停地问‘我要怎么办？我要怎么办？’你知道的，就是我该拿我的爱人怎么办。然后祖母就对我说，‘擦干眼泪，离开这里吧’。于是我便说去巴黎，住到一间阁楼，整天画些像眼睛、盘子里的贝壳之类的静物。可祖母听后却说，‘不要去法国，你去英国吧，去那里锻炼锻炼流点汗’。我一直都很听祖母的话，再加上我喜欢跳舞，而且跳得还不错，于是就来到了这里，来到了莱斯体育学院。一开始，大家听说我只想跳舞时，都觉得大为吃惊……”

露西想不明白，这样一个严肃保守的学校，怎么会接受迪斯特罗这样一个魅力十足的“骚核桃”呢？

“刚好这里有个学生中途退学，这样的事情时常发生，你说怪不怪？于是便留下一个空缺，而那样对学校影响不太好，所以他们干脆就说：‘噢，好吧，就让这个从巴西来的疯狂女子住凯尼恩的房间，过来上课吧。这样就不会有什么损失，学校的账目也不受影响。’”迪斯特罗说。

“所以你是直接从高年级开始读的？”露西问。

“是的，舞蹈课是这样的，你知道，我已经是个专业舞者了。不过我还是跟低年级学生一起上解剖学，我觉得研究骨头很有趣。至于其他的课，我有兴趣就去上，所有的课我都去听过，除了‘水管工程’，我觉得这门课不太体面。”迪斯特罗答道。

露西把“水管工程”这门课理解为“下水道卫生”。她问迪斯特罗：“那么那些课你都喜欢听吗？”

“课程内容非常丰富。英国女孩都很天真幼稚，就跟九岁小男孩一样。”

露西听后笑了笑，心想：宝儿可不怎么天真幼稚。

迪斯特罗留意到露西脸上的表情，接着说：“或者说她们幼稚得跟十一岁的小女孩一样。一高兴就狂喊乱叫，你知道我说的‘狂喊乱叫’是什么意思吧？”

露西点了点头。“只要勒费夫尔老师对她们说几句好话，她们就狂喜得要昏过去一样。我也要昏过去，不过是被她们这种夸张行为惊得要昏过去。她们还存钱给弗茹肯老师买花，但弗茹肯老师满脑子想的就只有那位远在瑞典的海军军官。”

“你是怎么知道海军军官这件事的？”露西吃惊地问道。

“我在弗茹肯老师房间的桌上看到他了，我的意思是，我看到他的照片了。弗茹肯老师来自欧洲大陆（除英国外的欧洲领土），她不会狂喊乱叫。”迪斯特罗说。

“德国人也是欧陆人，但是他们经常狂喊乱叫。”露西说道，“而且他们还因为这点比较出名。”

“欧陆人是一个极不均衡的民族，”迪斯特罗随意地总结着日耳曼民族道，“比如瑞士和德国就不一样。”

“不管怎样，希望弗茹肯能喜欢她们送的花。”露西说。

“她肯定不喜欢，因为她把花都扔到窗外去了，而且我注意到她更喜欢那些没送她花的学生。”

“噢，是吗？那么还是有一些人不会激动得‘狂喊乱叫’咯？”露西问。

“是有，不过不多。比如苏格兰人就不会那样，我们学校就有两个。”迪斯特罗的语气好像是在说两只小兔子。“她们俩忙着吵架，没心情管其他的事。”

“吵架？我以为全世界的苏格兰人都团结一致呢。”露西说。

“那也得她们属于同种风才行。”迪斯特罗说道。

“你说的‘风’是什么意思呢？”露西问。

“它是一个跟气候有关的问题，我们生活在巴西的人对这点就非常清楚。风的声音分两种，一种是‘啊——啊’(她张开红润的双唇发出温柔的轻声)，它代表一类人。另一种是‘咝——咝’(她故意将声音从牙缝中发出来)，它代表另一类人。在巴西风声受纬度影响，而在苏格兰则因东西海岸的关系而不同。这是我复活节观察那两个苏格兰人得到的体会。坎贝尔属于‘啊——啊’风声，她具有这类人的综合特性，行为懒散、爱撒谎同时又极富魅力。斯图尔特则属于‘咝——咝’风声，她为人真诚，勤奋努力，而且非常耿直。”

露西听后笑了起来。“那按照你的说法，所有住在苏格兰东海岸的人，全部都是圣人咯？”

“就我所知，她们吵架也有一些私人原因，比如一方辜负另一方的热情招待这类事情。”

“你的意思是说，一个人去了另一个人家里度假，但却做出了行为不端的事？”露西的脑子里立马浮现出许多个画面：勾引爱人、偷窃餐具、烟头烧坏家具。

“噢，不是那样。其实我指的是两百年前，两个风声派别的人在雪地里互相厮杀。”迪斯特罗说“厮杀”时的语气非常严肃认真。

听到这里，露西真的大笑了起来。坎贝尔家族当年奉英王威廉三世之命在格伦科屠杀麦氏一族，露西一想到他们仍然无法摆脱其带来的恶名就觉得很好笑，凯尔特人还真是个心胸狭隘的民族啊！

露西坐在那里一动不动，想着凯尔特人的事情出了神。迪斯特罗转过身看着她问道："萍小姐，你来这里是为了把我们当你的心理学研究对象吗？"

露西解释说，自己跟霍琪老师原本就是老朋友，这次过来看望她，也顺便度假。她温和地说道："不管怎么说，我觉得研究体育学院学生的心理可能不怎么有趣。"

"是吗？为什么这么觉得呢？"

"噢，因为这里的学生大多都是一个类型，都太平常、太单纯了。"

迪斯特罗脸上闪过一抹饶有意味的笑容，自两人见面以来，露西还是第一次看到她这样的表情。而让露西始料未及的是，这个表情有点刺痛到她，让她觉得自己也位于其口中"太幼稚"的行列之内。

"你好像不赞同我说的话？"

"我只是想从高年级学生中找出一个我觉得平常的人，可是我发现太难找了。"

"噢，说说看！"

"你知道她们在这个学校的学习和生活方式，高年级学生们熬过常年的训练很不容易，到最后一学期还保持正常是不太可能的。"

"你是觉得纳什不正常吗？"露西问。

"噢，宝儿啊。她这人意志坚强，所以可能没受多少苦。但你觉得她跟茵内斯之间的友谊那叫很正常吗？当然，她们关系很好。"迪斯特罗连忙又说，"那关系简直是无可挑剔的好，但正常吗？肯定不正常。两人就跟大卫和乔纳森[①]一样。毫无疑问，这种情谊是极其幸福的，不过，"——迪斯特罗晃了晃手，想找一个合适的词来表

① 大卫和乔纳森是圣经故事里的两个男性角色，两人是莫逆之交。

达——“不过它将其他人都排除在外，就像耶稣的十二门徒一样，只不过她们是四个人。”

“你说的‘门徒’是哪些人呢？”

“马修、威马克、卢卡斯和利特蕾。一开始，由于名字跟十二门徒同姓氏，她们在学校玩到了一块。萍小姐，相信我，现在她们四个连想法都完全一致了。她们住在顶楼那四间房。”——迪斯特罗抬头朝着侧边建筑的楼顶示意道——“不管你问她们中任何一个人借扣针，她们都会异口同声地回答你‘我们没有扣针’。”

“好吧，那戴克丝呢，你觉得她又有什么不对劲的地方呢？”露西问。

“她心智发展不健全。”迪斯特罗冷淡地说道。

“胡说八道！”露西这回决定坚持自己的想法，她说，“戴克丝是个单纯快乐、没有心机的姑娘，她过得很开心，也热爱着生活。正常得不得了！”

迪斯特罗突然笑了起来，笑容坦率而不做作。“好吧，萍小姐，关于戴克丝就算你说对了。但是我得告诉你，这是她们的最后一学期了，所以任何事情都会夸大很多，每个人也多多少少会有点不正常。真的，千真万确。要是一个学生生性畏惧害怕，那么在这最后一学期她的畏惧程度便会严重一千倍；要是一个学生雄心勃勃，那么在这学期她便会变得激情澎湃。所有事情都可以这样以此类推。”迪斯特罗坐直了身子，总结道，“这些学生过的本来就不是正常的生活，所以你别指望她们人都正常。”

Miss PYM Disposes

4

“你别指望她们人都正常。”周日下午，露西坐在和昨天相同的位置，在心里对自己重复着这句话。她看着草坪上聚在一起的学生们，一张张快乐而且再正常不过的年轻面孔，目光里满是愉悦。就算她们中没有卓越高贵的天才，至少也都不卑鄙低劣。从她们那被太阳晒得红彤彤的机敏的脸上，更是看不出一丝不健全或者筋疲力尽的迹象。这些年轻的女学生们是通过了严苛的考核才被亨丽艾塔录取进来的，露西不禁觉得，要是严格管教能培养出如此优秀的人才，那她或许也该认同这种教学方法。

露西饶有兴致地盯着“四大门徒”看，由于长期生活在一起，她们看上去还挺相像的——就像长期相处的夫妻，尽管各自特色不同，但给人的感觉却是一样——圆圆的脸蛋上都带着快乐期许的神情，只有观察了一会儿后才能发现她们体格和肤色上的差异。

露西又看向汤玛斯，就是那个最具有威尔士人特点的贪睡姑娘，她身材矮小，肤色很黑，是个土著居民。还有奥唐纳，现在她总算亲眼见到浴室里说话的“那个声音”了。奥唐纳是个标准的爱尔兰姑娘，细腻的皮肤，灰色的大眼睛，长长的睫毛。那两个苏格兰人在人群中相对来说不是很起眼，她们与整个团队相距甚远却又仍属于其间。斯图尔特一头红发，她正从摆在草坪上的一个盘子中切下一块蛋糕，一边用她那愉悦的爱丁堡语调说：“这蛋糕是从克劳福特店买来的，你们这些只知道便宜糕点的可怜人儿，可以换个口味尝尝真正的美味了！”坎贝尔双颊粉红，一头棕色的秀发，带有朦胧美。她正斜倚在杉木树干上，悠闲地享用着涂了黄油的面包。

所有的高年级学生都可以称得上是伊丽莎白女王口中的“纯英国人”，除了那个脸部扁平、神情沉着、长得像原始人的女学生，她叫哈瑟特，是个南非人。

在所有学生中，唯一让露西觉得不同寻常的是宝儿的密友玛丽·茵内斯，倒不是她长得多好看，而是她身上某种气质打动了露西。在露西看来，纳什本该找个既有能力又美貌的同学做朋友，那样和她才是最适宜的。也不是说茵内斯长相不够出众，只是茵内斯的眉毛以及她那低眉往下看的双眼，使得整张脸显得格外凝重，让人看了便觉得担忧，不免忽略了她那迷人而细致的脸部轮廓。她不像宝儿那么活泼爱笑，恰恰相反，她非常安静，尽管大家都说个不停，但露西到目前为止都没见她笑过。

昨晚露西和教员们吃过晚饭后便回房了，正更衣的时候有人敲了她的门，然后她听到门外的纳什说：“我来看看你有没有什么需要，顺便向你介绍一下住你隔壁的同学，她叫玛丽·茵内斯。不管你有什么需要，她都可以随时为你效劳。”纳什道了晚安后便离开了，留下茵内斯一人继续这段对话。露西觉得茵内斯十分迷人且相当聪慧，只是气氛让人觉得有点尴尬。她对自己觉得不好笑的事情统统都不屑一笑，即便态度友善，却并不会主动去活跃气氛。在露西近来活跃频繁的学术圈和文学圈内，这种态度十分普遍，可在这所到处充满欢声笑语的校园里，这种态度就有些拒人于千里之外了。不过也只能说是绝大程度上，毕竟茵内斯对露西的书——“那本书”——以及她自己的事情肯定不会也是这个态度。

此时此刻，露西看着正坐在杉木树荫下的茵内斯，不禁想着，是不是茵内斯原本就觉得生活无趣呢？一直以来，露西都以自己善于读脸的能力为傲，并且现在更加倚重自己的这种分析能力。打个比方，如果一个人的眉毛低到鼻子处或高到额头处，那他一定是个诡计多端、与人共谋的人，露西遇到的情况无一例外。简·戈登还是谁曾经观察过，当一群人在公园里听公众演讲时，鼻子较长的人通常会坚持留下来听完演讲，而鼻子较短的人往往没听完就离开了。此刻，露西看着茵内斯的眉毛位置和那厚实的双唇，她怀疑任何笑容是不是都被这个专注的神情给屏蔽了。某种程度上来说，茵内斯长得一点都不像当代人，倒像——像什么呢？

像历史书里的插画人物，还是美术馆里的人物画像？

无论如何，反正都不像是某个女子体育学院的学生，完全不像。拥有茵内斯这样圆脸的人，通常都是历史创造者。

学生们总是不断转向露西，然后又转向别处聊天打趣，这其中只有两个人是无法让人一下子就心生喜欢的。一个是坎贝尔，她太百依百顺，言语过于轻柔，而且还竭力去讨好所有人。另一个则是满脸雀斑的劳斯，她双唇紧闭，一副无比警惕的神情。

劳斯来参加茶会时迟到了，她出现时，所有人突然都安静下来。这一幕让露西联想到老鹰飞过一群叽叽喳喳的鸟儿上空时，周围鸦雀无声的场景。不过，这种沉默并不是大家蓄意为之，也不带有任何恶意。大家就像是注意到了劳斯的到来，然后暂停了交谈，可也并没有人特别喜欢她，喜欢到要邀她来自己的圈子玩。

“抱歉我迟到了。”劳斯说道。一片沉寂中，露西听到有人做了个简洁果断的评论：“书呆子！”估计她把劳斯迟到的原因归结为看书入迷忘了时间吧。纳什向露西介绍完劳斯后，劳斯便在草坪上和其他人坐到了一起，中断的谈话声再度响起。露西一向很同情那些与周围格格不入被排挤在外的人，于是便对这位迟来的女孩充满了同情，可进一步观察到劳斯那攻击性的神情后，露西觉得自己之前真是白费了感情。如果说坎贝尔是因为过于顺从而不讨人喜欢，那么劳斯不受喜欢的原因则正好与之相反。露西觉得，除非眼前开过一辆推土机，不然再没有别的东西能入劳斯的眼了。

“萍小姐，你还没尝尝我做的蛋糕呢！”戴克丝把露西看作老朋友般毫不掩饰地说道。她坐着斜倚在露西椅子旁边，两条腿伸得直直的，像个洋娃娃一样。

“哪个蛋糕是你做的呢？”露西问道。她看着各式各样的点心盒，这些可比平日学校里的黄油面包好了几个档次，“周日”式的小圆面包都可以拿去乡村集市售卖了。戴克丝做的似乎是那个淋着奶油糖霜的巧克力三明治。露西决定，这一次看在友谊的分上（当然也有自己贪吃的因素），她就不去管自己的体重那么多了。

“你们经常自备蛋糕来参加周日的下午茶会吗？”露西问。

“噢，不会，这次是因为你来我们才会带。”

坐在露西另一边的纳什笑着说道：“萍小姐，坐在你眼前的这群人，都是天天到厨房偷吃的好吃鬼，没有哪个搞体能训练的学生不偷吃东西。”

“亲爱的同学们，在我整个学生生涯中，我无时无刻不是饿得头昏脑涨。每次吃早餐，只有吃到自己觉得羞愧的时候，我才会停下来，然而半小时过后，我又会饿得能吃下一头牛。”

“这就解释了为什么我们唯一的罪过是……”劳斯刚要说话，斯图尔特在她背后狠狠地踢了她一脚，害得她差点往前跌倒。

“我们梦寐以求的美食现在都铺在你的脚下了。”纳什打趣着说，盖住了劳斯未说完的话，“当然啦，我们还准备了一大堆碳酸饮料哦。”

“我们还郑重地开了个秘密小会，讨论应不应该为这次见面盛装打扮一番。”戴克丝一边说，一边切着巧克力三明治分给其他人，完全没察觉到自己接下来说出口的话多么失敬。“不过后来我们觉得你看上去也没有多特别。”这话一说出来便引起了大家的大笑，于是戴克丝匆忙补充道，“我没有丝毫恶意，我的意思是说，大家都觉得你会喜欢我们本来的样子。”

她们的穿着五花八门，依据个人喜好或各自所需而定。有些穿着短裤，有些穿着蓝色的亚麻运动上衣，还有些穿着粉彩水洗丝质连衣裙。就是没有人穿花朵图案的丝质洋装，此时的迪斯特罗应该正在拉博镇陪修道院的修女喝茶。

“此外，”长得像荷兰洋娃娃的格林盖琪发话了，昨天早晨五点半庭院窗户出现的黑色脑袋瓜子，祈祷有人拿东西把汤玛斯砸醒以结束戴克丝哀号的人就是她，“此外，萍小姐，我们真的非常愿意为你换上盛装，可是期末考试迫在眉睫，而且一天天临近，即使是资深老练的变身演员，也需要花上整整五分钟才能穿出周日最佳状态的效果，所以要是你能接受我们现在一身破烂的话，就相当于贡献了”——她停顿了一下，默数着在场的人员，一边在心里默默计算着——“你就贡献了一小时零二十分钟给我们大家学习知识。”

“你可以从中减掉我的五分钟，亲爱的。”戴克丝边说，边用舌头熟练地舔着一块蛋糕上流下的黄油和糖霜。“我整个下午都在研究大脑皮层，仅得出了唯一一个确定的结论，那就是我自己没有皮质层。”

“你肯定有皮质层的。”毫无新意的苏格兰人坎贝尔这么说道，她和格拉斯哥人一样说话慢吞吞的，就像糖浆从勺子上慢慢滑落的那种感觉，不过没人在意她这个显而易见的观点。

“我个人认为，生理学这门课最烦人的部分是绒毛。想象一下，在短得还不到一英寸的二十分之一的长度里，横截面就有七个不同的部分。”奥唐纳说。

“你们对人体结构的了解必须精确到这种细节吗？”露西问道。

“星期二早上我们必须记住，在那之后我们一辈子都可以不用再记得了。”贪睡的汤玛斯说。

露西想起自己曾承诺周一上午要去参观体育馆，便询问大家在期末考试那周，体育课程是否会中断。学生们告诉露西说学校不会中断课程，让她放心。只有到汇报演出的时候才会提前两周停课。露西这才知道，汇报演出原来是仅仅稍次于期末考试的“重头戏”。

“家长们都会来，”“四大门徒”中的一个人说，“而且……”

“她的意思是，我们所有人的家长都会来。”另一个“门徒”接着说。

“……还有我们的竞争学校的人，以及所有的……”

“所有拉博镇的乡绅们都会来。”第三个“门徒”说道。她们四个人中，似乎只要一个开始说话，其他人就会自动地参与附和进来。

“还有所有的郡县权贵人士都会来。”第四个“门徒”总算把这句话讲完了。

“汇报演出就是场谋杀，简直要命。”第一个“门徒”又总结道。

“我就喜欢汇报演出。”劳斯说，话音刚落大家又是一片莫名的沉默。

没有人流露出任何敌意，纯粹只是孤立。大家都面无表情地看向劳斯，然后又转而看向别处。没有人理会她说的话，这种漠然的态度让劳斯陷入了孤立无援的境地。

“我觉得向人们展示我们的能力是件有意思的事。”劳斯又加了一句，语气中带了一点自我防卫的味道。

大家还是不予理会，保持着沉默。露西从没见识过被动的英式沉默可以发挥得如此淋漓尽致，如此极致般的残忍，她开始因为同情而不那么讨厌劳斯了。

不过劳斯自己倒没有轻易退缩，她看着自己眼前的盘子，伸手去拿东西吃。“茶壶里还有茶吗？”她问。纳什弯腰向前去拿那只棕色的大水壶，斯图尔特则继续接着“门徒”说的话聊。

“真正要命的，是看自己抽的职位签。”斯图尔特说。

“职位？”露西问，“你是说工作吗？工作为什么要抽签决定呢？

你们肯定都知道自己申请的是什么工作，对吧？”

“我们中很少有人需要去申请工作。”纳什边倒着浓茶边解释道，“学校通常都有足够的岗位分配，以前录用过莱斯学生的地方只要一有职位空缺，就会写信给霍琪老师，让她推荐学生过去。如果有些岗位需要高资历，或者说责任重大，那霍琪老师就会找那些想要跳槽的往届毕业生，不过通常来说，工作空缺都由应届毕业生来填补。”

“那些地方的人真是捡了大便宜。”一个“门徒”说。

“第一份工作大家普遍干得很卖力。”第二个接着说。

“而且不用给很高的薪水。”第三个人补充道。

“可能为了提升一点点个人魅力。”第四个人说道。

“所以你们看，”斯图尔特说，“整个学期下来最痛苦的时刻还是被霍琪老师叫到她房间，然后等着她说出自己的命运。”

“或者说是当你坐着火车离开拉博镇那一刻，因为霍琪老师压根都没有叫你去她房间！”汤玛斯补充道，很明显，她觉得自己找不到工作，已经想象过自己要重回老家的画面了。

纳什往后坐到了自己的脚跟上，笑着对露西说：“其实情况没有她们说的那么糟糕。我们中有相当一部分人已经找好了工作，因此不会占用岗位空缺名额。比方说哈瑟特，她会回南非去工作。还有‘四大门徒’，她们都会去从事医疗工作。”

“我们打算去曼彻斯特的一家诊所工作。”其中一个“门徒”说。

“那个地方患风湿病的人特别多。”

“畸形的人到处都是。”

“有钱人也多。”——剩余三个“门徒”异口同声地补充道。

纳什对她们四个慈爱地笑着，表示嘉许。“我打算回到我从前的学校当体育老师，至于骚核桃——迪斯特罗，她肯定不想找工作，所以我们当中真正缺工作的也没多少个。”

“我得赶紧回去研究肝脏了，不然连文凭都拿不到咯。”汤玛斯说道，她炯炯有神的棕色眼睛在阳光下一闪一闪的，“研究肝脏还真是个度过夏夜的好方式啊！”

大家慵懒地挪了挪位置，像是不情愿似的，之后又继续接着闲聊了。不过，汤玛斯说的话让大家都心有余悸，于是一个接一个开始收拾自己的东西准备离开，就像恋恋不舍的孩童，拖着步子慢悠悠地穿过阳光照耀下的草坪走了。露西这时才发现偌大的花园里，除了芬芳的玫瑰花，吱吱作响的昆虫，以及强烈的阳光，只剩下自己一人。

露西又坐了半个小时，内心觉得极大的满足，她看着树荫慢慢从自己的脚边移开。接着，她又看到迪斯特罗从拉博镇回来了，她以一种巴黎式的优雅姿态慢慢地走在小径上，刚与一群活蹦乱跳的年轻人喝过午茶的露西倒觉得眼前这个女人有些突兀起来。这时迪斯特罗从远处看到了露西，便改变方向朝她走来。

“嗯，下午有没有什么收获呢？”迪斯特罗问道。

“我没打算要有什么收获，”露西淡淡地说，言辞尖刻，“这是我度过的最美好的一个下午。”

迪斯特罗听完后站在那里注视着露西。

“我觉得你是个非常和善的人。”她说了这句不太相关的话后，便悠闲自在地往宿舍方向走去了。

露西突然觉得自己幼稚透顶，而她一点也不喜欢现在这种感觉。一个穿着花朵图案连衣裙的黄毛丫头竟然让她觉得自己毫无经验还愚蠢可笑！

她迅速站起身来去找亨丽艾塔，一面在心里提醒自己，她可是写了“那本书”的露西·萍啊！她可是曾在许多学会中发表演讲，名字被列入名人录中，并且还是大家公认的研究人类心理的权威人士啊！

5

“什么算校园犯罪呢？”晚餐后一起上楼时，露西问亨丽艾塔道。她们走到敞开的扇形窗前停了下来，看着下面的小方院，腾出空间让给那些赶去教室的学生们。

“比如说从体育馆抄小路去校外的田间小径上。”亨丽艾塔不假思索地回答说。

“不，我指的是真正的犯罪。”露西说。

亨丽艾塔转过身，目光锐利地看着露西。一会儿之后她才说：“亲爱的露西，要是哪个人像这些女孩们一样辛苦卖力地训练，他是不会有这个闲情去策划一桩案件，更加没那个精力去实施它的。你怎么会想到要问这种事情呢？”

“今天下午喝午茶时，有人讲了一句关于她们犯下的‘唯一罪过’的话，好像和她们经常饿肚子有关。”露西说道。

“噢，你说那个啊！”亨丽艾塔舒展开紧蹙的眉头，说道：“那指的是偷窃食物，在我们学校这种情况时有发生。任何一个像这样人多的地方，总有些难以抵御诱惑的人。”

“你的意思是说去学校厨房偷吃东西吗？”露西问。

“不是，她们都是偷拿同学宿舍里的食物，都是些小毛病而已，后来自然而然地就会改掉了。这实在不是什么犯罪的先兆，顶多算她们意志力薄弱。即使一个学生不会想着偷钱，也不想着去拿任何物品，但她却无法抗拒一块蛋糕的诱惑，尤其当她面对的是一块甜甜的蛋糕。她们搞锻炼消耗了太多能量，身体需要补充大量糖分。尽管学校食堂对学生的吃食不作任何限制，可她们依然永远处在饥饿状态。”亨丽艾塔说。

“是的，她们训练的确非常辛苦。依你看，大约有多大比例的学生能够顺利完成学业呢？”露西问。

“这些学生里面，”——亨丽艾塔朝着楼下一群穿过庭院往草坪走去的高年级学生点点头——“百分之八十的学生都能结业，这是平均水平。有些学生在第一学期，或者是第二学期便半途而废退学了。”

“不过，一定不是所有人都半途而废才退学吧，肯定也会出些意外状况不是吗？”露西问。

“噢，是的，确实有意外状况。”亨丽艾塔说完转过身，继续沿着楼梯往上走。

“那迪斯特罗替补的那个女孩呢，也是因意外才退学的吗？”露西问。

“不是，”亨丽艾塔简短地回答道，“她是因为精神崩溃了。”

露西爬上浅色的楼梯，紧紧跟在亨丽艾塔后头。她听出了亨丽艾塔话中的语气，这种语气就跟亨丽艾塔小时候当班长常说“衣帽间地板上不准放拖鞋”时一样，容不得任何商量的余地。

要知道，在亨丽艾塔眼中，这所她钟爱的学校可不是年轻学子的祭坛，它是莘莘学子通往未来的光明大道。要是有人觉得学校对其而言是危害而不是机会的话，那么很遗憾只能说是志不同道不合，并不能怪罪于这所学校的缔造者。

“这里就像修道院一样，”昨天早晨纳什这样说，“我们根本没有时间去想象外界的生活。”事实确实如此，露西已经见识了这里一天的日常生活。昨晚学生们去用餐时，露西在客厅也看了两份尚未批阅的学生日常报告。不过就算是在修道院，修女也该是平静温和、与世无争、舒心自信的，不会像这些学生过着焦虑过度、极其费劲的生活。学校和修道院的生活只有两个地方一样，那就是二者都自我专注、见识狭隘。

然而果真那么狭隘吗？露西思索着，她想着眼前这会客厅的小聚。要是这所学校是任何其他类别的专科院校，那么参加聚会的人就会是同一类型的人。比如说，如果是科学院校，参加聚会的人就会是科学家；如果是神学院校，参加聚会的人就会是神学家。但是在这间挂着极佳画作、铺着印花棉布装饰的漂亮长屋内，高高的窗户敞开着，温暖的夏夜青草玫瑰香味弥漫着整个屋子，就在这一间屋子内聚集了多个领域的人才。勒费夫尔夫人是戏剧界的代表，她优雅地靠在帝国主义式样的硬沙发上，用绿色滤嘴吸着一支黄色的香烟，代表着以油彩、艺术品和工艺品为主的领域；勒珂丝小姐是学术界的代表，她直直地端坐在硬椅子上，代表着以大学、教科书和学术讨论为主的领域；年轻的蕾格小姐是体育界的代表，她正忙着倒咖啡，代表着以身体锻炼、竞技和无须动脑为主的领域；还有今晚的客人伊妮德·奈特医生，客座教师之一，则是医学界的代表；弗茹肯小姐是异国世界的代表，她今晚没有出席，和她那不会说英语的母亲回房休息去了，那样她俩就能在屋里用瑞典话进行交谈了。

所有这些领域的代表们都一起参与培养了学校里的这些毕业生们，由此可见，至少学校的培养育人方式绝不狭隘。

“萍小姐，既然你已经和学生们相处了整整一个下午，你觉得她们怎么样呢？”勒费夫尔夫人问露西道，一双黑色的大眼睛望着露西。

真是个该死的蠢问题，露西心里想着，不知道一对值得敬重的英国中产阶级夫妇怎么生出了像勒费夫尔夫人这样狡猾的人来。“我觉得，”她很乐于能够说出实话，“每个学生都很优秀，都可以被当成莱斯学校的活广告。”说完，她看到亨丽艾塔沉重的脸色变得欢欣起来，对亨丽艾塔而言，学校就是她的整个世界，她生活在这，一切活动都是围着学校的事务转，学校就好比她的亲人、她的爱人、她的孩子。

“他们确实都是善良的好孩子。”蕾格小姐高兴地赞同道，她自己结束学生时代还没多久，所以对待学生们很是关照。

“他们就跟饿得要死的猛兽似的，”勒珂丝小姐言辞犀利地说道，“居然认为波提切利[①]是某种意大利面。”她神情极其忧郁地审视着蕾格小姐递给她的咖啡，“说到这点，她们竟然也不知道意面是什么东西。不久前，戴克丝还在营养学课上到一半的时候站起身，指责我毁了她的美好幻想。”

“我倒是很意外，没想到戴克丝还有能被毁坏的东西。”勒费夫尔夫人又用她那如棕色丝绒般有质感的声音慢悠悠地说道。

“你毁了她的什么幻想呢？”坐在窗户下的年轻医生问。

“我只是告诉她们说，意大利面之类的东西就是面团做成的，很显然，那话使戴克丝对意大利的幻想破灭了。”勒珂丝小姐说。

“戴克丝之前幻想的意大利是什么样的呢？”

“一大片朝她招手的通心粉，她是这么说的。”

亨丽艾塔往极小一杯咖啡里加了两块方糖（露西看后满怀渴望地想着，真好啊，身材都像一麻袋面粉了还能这样毫不介怀地吃糖），然后转过身说：“至少他们都没有犯罪。”

“犯罪？”大家疑惑不解地问道。

“萍小姐刚刚在问关于莱斯学校犯罪案件的事情，果然是个专业的心理学家啊。”

露西还没来得及为自己那单纯的求知欲辩白一下，勒费夫尔夫人便开口说道：“那好，我们就遂了露西的愿，把那见不得人的羞耻过去都翻出来，说说我们学校曾经到底有些什么罪行。”

---

① 波提切利是文艺复兴早期的著名意大利画家。

“去年圣诞节，法辛因为骑自行车没有开车灯而被起诉过。”蕾格小姐主动第一个说道。

“犯罪，我们说的是犯罪，不是那些琐碎的不端行为。”勒费夫尔夫人说。

“要是你指的是一般的小错事，还有那个丧心病狂的花痴，她每周六晚上都在拉博镇的军营大门口边晃荡。”

“是有这回事，后来被我们拽出来后她怎么样了呢，你们有人知道吗？”勒珂丝小姐边说边回忆着。

“她现在在普利茅斯的海员庇护所做些端茶倒水的工作。”亨丽艾塔说完大家便笑了起来，她睁大眼睛说道，“我不知道这事有什么好笑的。你们也很清楚，十年来，我们学校唯一算得上犯罪的就是那起手表事件了。而且即便是那件事，”她进一步解释道，生怕影响了其钟爱的学校的美誉，“也只能说是执迷不悟，不能说成盗窃罪。那人只偷过手表，其余什么东西都没拿，并且偷来了也没有使用，而是极其随意地将它们都放在书桌抽屉里。她总共偷拿了九块手表，就是死性不改，毫无疑问。”

“那根据以前的事例，我猜她现在应该跟金银匠一起共事咯。”勒费夫尔夫人说。

“这个我不清楚，”亨丽艾塔一脸严肃地说，“她家人应该把她留在家里吧，他们家境十分富裕。”

“好吧，萍小姐，看来我们学校的犯罪率不到百分之一。”勒费夫尔夫人摆了摆她那褐色的纤纤细手说，“我们都是些低调、不追求轰动的人。”

“校园里面正常得太过头了。”蕾格小姐主动说道，“要是时不时地发生点小丑闻，倒会有意思得多，就像从单手倒立到上翻运动，那就是个很好的改变。”

“我很想看看学生们表演单手倒立和上翻，明天早上我能去看看高年级学生们练习吗？”露西说。

亨丽艾塔表示，露西一定得去看看高年级学生，她们都忙着练习自己的汇报演出项目，所以这次体育演练可以说是专门为露西一个人举办的。她还说：“她们是学校最优秀的一届学生。”

“那等她们期末考试那天，我能先去体育馆提前练练手吗？她们是周二考试对吧？”蕾格小姐问道，然后大家便开始讨论期末考试的时间安排了。

露西走到靠窗的座位边，坐到奈特医生边上闲聊起来。

“你是不是负责教有关‘肠绒毛’横截面的课程呢？”露西问。

“噢，没有，那是学校基础的生理学课程，由勒珂丝负责。”

“那你教些什么呢？”

“嗯，不同年级所教的内容不一样。我教公共卫生学，讲的是关于人们所谓的‘社会’病症，或者甚至可以说是‘生活百态’吧，和你研究的主题差不多。”

“心理学吗？”

“对，虽然我的职责是教授公共卫生学，但我的专长却是心理学，我非常喜欢看你写的书，你写得非常通俗在理，我很欣赏这点。人们在理解一个抽象话题的时候，往往容易变得浮夸不切实际。”

露西的脸微微泛红，能得到一个心理学行家的夸赞，果真是心满意足。

“当然了，我还是学校的医学顾问。”奈特医生饶有趣味地继续说道，“不过这是个清闲的差事，因为这群学生个个都非常健康。”

“可是……”露西犹豫着说，她想到，坚持说学生们不正常的是迪斯特罗那个外来人，要是她说的情况属实，那这位同样来自外界，并且还受过专业训练的医生一定也能察觉出些异样。

“当然了，偶尔也会有意外情况。”医生说，她误解了露西说的“可是”二字的本意，“她们搞训练总免不了出些小意外，比如说摔伤、扭伤、指节脱臼等之类的状况，但确实极少出现什么重大事故。我来这里之后，只有班特丽——就是你现在住的那个房间的学生——伤得最严重，摔断了一条腿，要到下学期才能返校。”

“可是……学生们的训练强度那么大，每天都筋疲力尽，她们在这种环境下难道就从未崩溃过吗？”

“你说得没错，训练确实很艰苦，大家都知道，最后一学期尤其难熬，对学生们来说简直就是一场噩梦，各种考核课程，还有……”

“还有考核课程？”

“是的，每个学生都必须当着所有教工和同学的面，表演体育项目和一段舞蹈，再根据她们的表现进行评价考核，真是够令人紧张的。考核课程就是这些了，不过她们还有期末考试、汇报演出、工作分配以及离校事宜等。你说得对，对这群可怜的孩子们来说确实是很艰辛。但是她们却出乎意料地精力旺盛，不然也没法坚持到现在这么久。我要去倒点咖啡，顺便给你也倒点吧。”

奈特从露西手里拿过杯子往桌边走去，露西往后靠到卷起的窗帘上，朝下望着花园。太阳落下去了，远方地平线渐渐变得模糊不清，她感觉到空气中的细小水珠拂过自己的面庞。房间另一边的某处（不知道是不是学生的公共休息室）传来弹钢琴的声音，还有女孩的唱歌声。女孩的声音悦耳动听，唱来自然不费力，音色纯净，迷人的四分音既没有那些专业的技巧，也没有流行的处理技能。此外，她唱的是一首民谣，古典中带着感性，但又不是那种自怜自哀的故作感伤。年轻清澈的声音唱着一首朴实的老歌。露西猛地意识到，她之前听的歌都是经过各种处理后的声音，已经很久没有听到这样真切自然的声音了。这时候要是在伦敦，一定到处都是嘈杂的收音机响声，而在这清凉爽朗、花香四溢的花园里，却能听到一个女孩发自肺腑的歌唱声。

露西心里想着，自己在伦敦待得实在太久了，是时候做些改变了。或许自己可以去南海岸找个宾馆住下，要么出国去，人总是会忘记这个世界其实充满朝气。

“这是谁在唱歌呢？”露西接过奈特递给她的咖啡杯问道。

“应该是斯图尔特吧。”奈特医生漫不经心地答道，“萍小姐，要是你愿意的话，你可以救我一命。”

露西表示，如若能挽救一个医生的命，那将会给她带来极大的满足感。

“我想去伦敦参加一个医学会议，”奈特医生压低声音悄悄说，“会议时间是星期四，那天我刚好有一堂心理学课要上。霍琪小姐觉得我总有开不完的会议，所以她是不会准许我走的。不过要是你愿意代我去上那节课，一切就都好办了。”

“可我打算明天中午吃完午餐就回伦敦了。”露西说。

“不！”奈特医生极其失望地说道，“你明天一定要走吗？”

“说来也奇怪得很，我刚刚还在想自己有多不想回伦敦去呢。”露西说。

“那就留下来别走了吧，在这再待个一两天，也能帮我个大忙。别走了吧，萍小姐。”

“那我帮你代课的话，亨丽艾塔会怎么想呢？”

“你这样谦逊地问我未免有些矫揉造作了，你得为此感到惭愧啊，我既不是名人，又不是畅销书作家，更不是心理学最新教材的编写者……”

露西做了个小手势表示自己刚才说错话了，眼睛却依旧看着窗外的花园。她为什么要回伦敦去呢？那边是有什么东西在吸引着她回去吗？可事实是那边没有任何能吸引到她的人或事。她头一次觉得自己那美好、独立而又轻松的名人生活有些索然无味，而且狭隘怪异。是那样的吗？有没有可能自己一直以来颇为满意的生活其实是缺少温暖的呢？当然，她指的并不是缺少与他人的接触，她生活中有一大堆人要打交道，可是现在想来，与那些人的交集都是千篇一律。除了来自曼彻斯特郊外、每天来家里打理家务的蒙莫朗西太太，住在沃博威克镇、偶尔邀请她去共度周末的西莉娅阿姨以及一些小商贩之外，露西都没跟出版界和学术圈之外的人说过一句话。当然了，这两个领域的男男女女们既聪慧又有趣，尽管如此，依然无可否认他们的兴趣实在有限。比方说，你无法跟同一个人交流社会保险、乡间民谣和中奖这些事情，因为他们每个人都有自己的“专项话题”。露西深有体会，那些人大多都只讨论跟稿酬有关的话题。而她自己对稿酬的概念极其模糊，对自己的稿酬问题更是不清不楚，因此在与那些人交谈时总是说不下去。

再说了，那些人一点也不年轻。

至少他们没有这里的孩子年轻，尽管有些人的年龄可能和这些学生们差不多，但他们却被社会的纷繁俗事和与自己利害攸关的事情压弯了腰，变得老成，所以在这里见到这些朝气蓬勃的年青一代可以说是个很好的改变。

再说了，在这里深受大家喜爱也是件不错的事。

露西决定不逼自己再去想她为什么想在这里多留一会儿，为什么她昨天早上准备放弃体面行为的乐趣，而那种乐趣似乎曾是她执意追求的，多想无益，反正被众人喜欢真好。

过去的年头里，她曾被忽视，遭人嫉妒，也曾受人欣赏，作为有教养的人被他人崇拜过，然而，自从有次得了第四名拿到一块手工抹笔布奖品并被某位同学真心夸赞一番后，露西再也没有像现在这样感受到身边人真诚、温暖的喜爱了。能待在这样一个充满朝气、欢喜、温暖的地方，她愿意不去计较校铃、豆子和浴室那些令人不快的事情。

“奈特，‘四大门徒’们有没有让你给她们介绍一些曼彻斯特的医生呢？”在他们身后聊天的年轻的蕾格小姐提高嗓音问道。

“嗯，她们一起来找我提过这事，我当然答应下来啦，说实话，我很乐意帮她们这个忙，我觉得她们将来会非常成功。”

“一个个来看的话，她们四个平淡无奇，没什么特殊之处。”勒珂丝小姐说，“但把她们四个看成一个整体的话，便有了四倍坚定的决心，而那将对她们以后在兰开夏郡的工作大有裨益。我从没遇到过像她们这样，四个人在一起形成的力量居然能抵得过六个半人。嗯，要是没人要看这本《周日时报》的话，我就拿去自己床上看咯。”

很明显，没人想看那本书，午餐后露西就看到它一直原封不动地摆在那里，而且到现在为止，也只有她和勒珂丝小姐翻看过。

“这一届的毕业生都把自己安排得非常好，基本上不需要我们插手帮忙。”勒费夫尔夫人说，“学生不用像往届那样心急如焚了。”她说心急如焚时的语气并没有一点抱歉的意思，反而满是嘲讽。

“每年的学生们都能找到适合自己的工作岗位，这点一直都让我很是欣慰。”霍琪小姐说，她的语气不带丝毫嘲讽，“每次有了岗位空缺，我们的学生都能很好地去填补上，差不多就像是同一台机器的两个零部件，彼此配合得出奇完美。我在学校这些年来，还没遇到过不匹配的情况。对了，顺便说下，我收到科威勒斯学校的来信了，就是爱丁堡的那个科威勒斯学校，信中说玛卡斯特要结婚了，需要有人去填补她的空缺。玛丽，你还记得玛卡斯特吧？”霍琪小姐转过去对着勒费夫尔夫人说。学校里除亨丽艾塔外，资历最老的职工就是勒费夫尔夫人了，她的受洗名就叫玛丽亚。

“我当然记得她，就是那个长得像没有发酵的面团样的傻大个嘛。”勒费夫尔夫人说，她对任何人的评价都是根据其体型和力气来说的。

“玛卡斯特是个好女孩，”亨丽艾塔神色平静地说，“我觉得斯图尔特非常适合去填补她的岗位。”

“你跟斯图尔特说了这件事吗？”蕾格小姐问。

“噢，还没有，我一直都喜欢把事情先放一放。”亨丽艾塔说。

“放一放？你当孵小鸡啊。”勒费夫尔夫人说，“你一定昨天吃中饭前就知道了科威勒斯学校来信这件事，因为邮差最近一次送信就是那时候，可直到现在你才让我们知晓。”

“这事并不是很重要，”亨丽艾塔辩解道，然后又似笑非笑地加了句，“不过我倒是听说了个绝佳职位，对某些人来说那绝对是个大好机会。”

“跟我们说说啊。”大家齐声说道。

可亨丽艾塔不肯，她表示在没有接到正式通知或者确切消息之前，最好还是先不透露给大家，不过她的神情依旧神秘而欣喜。

“好吧，那我回房睡觉去了。”勒珂丝拿起那本杂志，没有理会亨丽艾塔刚才的一番闪烁其词，“萍小姐，你是明天中午吃完午餐再离开对吗？”

“这个，”露西突然在心里作了决定，她说，“我想在这再多留个一两天，你跟我说过，要我多留几天的。”她提醒亨丽艾塔说，“我在这儿看到了一片不一样的天地，这种感觉很美妙很有趣，而且，这里又是如此的迷人，如此的……”噢，天哪，露西觉得自己说的话听上去像个傻子一样，难道自己永远都学不会做个大名人露西·萍吗？

不过好在她的结巴都被大家的欣然欢呼声掩盖了，露西看到连勒珂丝小姐听到自己留下来的消息时都露出了喜悦的神色，心里不禁觉得十分感动。

“那待到星期四吧，正好帮我代一下高年级的心理学课，这样我就能去参加伦敦的医学会议了。”奈特医生装作临时想到这件事的样子说。

“嗯，这个我不知道是否……”露西故意稍作停顿，看着亨丽艾塔。

“奈特医生总是离开学校，跑去参加各种会议，”霍琪小姐虽然心里不同意，但语气中并没有表现出强烈的反对，“不过当然啦，萍小姐，要是你愿意给学生们再讲一次课，我们都会觉得荣幸之至、欣喜无比。”

“我很愿意给孩子们讲课，而且那会让我觉得自己是个临时教师，而不仅仅是一个客人，那样我会觉得更加高兴，所以我非常乐意去代课。”露西起身对着紧紧抓着她手臂表示感激的奈特眨了眨眼，“现在我得回学生宿舍去了。”

露西向大家道过晚安后，便跟勒珂丝一同走出了会客厅。

两人一起往房间后方走去，勒珂丝边走边装作看着路边的样子，不过露西还是从勒珂丝那灰色的眼睛里，看到了她的友好和愉悦。

“你真的喜欢这个像动物园一样的地方吗？”勒珂丝问道，“还是你只是想从这里找些生活素材去做你的心理学研究呢？”

这个问题跟昨天下午迪斯特罗问她的“你来这里是为了找实验对象吗”如出一辙，好吧，露西决定对这个问题做出和昨天一样的回答，看看勒珂丝听后会有什么反应。

“我待在这里是因为我喜欢这个地方，不管怎么说，一所体育学院里也找不出什么不正常的事例来研究，你说是吗？”露西说最后一句话的时候用了肯定语气，而不是真的询问，然后等着勒珂丝的反应。

“为什么没有呢？”勒珂丝反问道，“虽然训练到大汗淋漓可能会让思维变得迟缓，但一个人的情绪还是会变化波动的。”

“会变化吗？”露西听后觉得很惊奇，说，“要是我训练得无比疲累，一定什么心情都没有，只想快点上床睡觉。”

“觉得疲累便上床睡觉，这不是什么问题，而且是正常、愉快和觉得安定的反应。要是有人疲累不堪却依然醒着不睡，那就有问题了。”

“有什么问题呢？”

“就是我们现在讨论的假设性问题咯。”勒珂丝很自然地回答说。

“那你觉得，疲累不堪却依然要醒着不睡这种情况常见吗？”露西问。

“这个嘛，我又不是学生的医疗顾问，没有拿着听诊器跟在她们后面转，向她们询问情况，不过我敢说在最后一学期，六个毕业生里面有五个会累到觉得早上起床就是一场噩梦。人在极度困倦的状态下便无法正常地控制自己的情绪，走路碰到一点小障碍便觉得那是世界最高峰，听到某句无心之谈也要极度哀怨一番，遭遇一点小失意也能突然演变成一起自杀事件。”

露西脑海里浮现出喝下午茶时和学生们围坐成一圈的场景，想起她们一张张开心的棕色笑脸，无忧无虑，大多都自信满满。在这群轻松健康的学生身上，哪里看得出一丝压抑和坏脾气的迹象呢？完全看不出来。尽管她们确实抱怨过课业繁重，但那也只是一种自我调侃式的发牢骚而已。

学生们确实可能觉得疲累，事实上是一定会很疲累，这样训练不觉得疲累才怪呢，但说她们疲累到变得不正常的地步，那还是不会，反正露西觉得不可能。

“我的房间到了。”勒珂丝停下脚步说，“你有书看吗？我猜要是你本来打算昨天回伦敦的话，应该没有带什么书过来看吧，要不要我借点书给你看呢？”

勒珂丝推开房门，房间里面布置得整齐有序，装饰品不多，就只有一幅版画，一张相片，以及满满一壁柜的书籍。屋里能听到隔壁房间传来瑞典语的谈话声。

“可怜的弗茹肯。”露西正凑着耳朵去听时，勒珂丝出乎意料地说道。

“她一直都非常想家，能再度用自己的母语拉家常她一定觉得很高兴。”勒珂丝说完看到露西正盯着相片看，便告诉她说：“相片上是我的妹妹。”

“你妹妹真可爱。”露西说道，希望自己刚才的语气里没有流露出任何惊奇。

“是啊。”勒珂丝边拉着窗帘边说，“我不喜欢飞蛾，你呢？其实我妹妹出生的时候我已经有十多岁了，可以说她是我一手带大的，她现在在医学院读三年级。”她走过来和露西一起看了一会儿相片，“嗯，你想看些什么书呢？从美国的鲁尼恩到法国的普鲁斯特，他们的书我这都有。”

露西拿了本《年轻的来访者》，离她上次读这本书已经有好长一段时间了，不过她刚才一看到这本书时便忍不住嘴角上扬，可以说是某种条件反射，看到这本书便下意识地笑了。等露西抬起头时，她发现勒珂丝也正微笑着。

“嗯，我永远都做不来这种事。”露西表示遗憾地说。

“什么事呢？”勒珂丝问。

“写一本让世上所有人都为之开颜微笑的书。”露西答道。

“并不是所有人看了都会笑的，”勒珂丝笑得更明显了些，她说，“我有个表亲看到一半就没看了，我问她为什么不看完，她说‘写得太天马行空、太假了’。”

之后露西便拿着书微笑着往自己房间走去，她很高兴自己明天不用去赶火车，脑子里还挂念着那个相貌平平的勒珂丝，不仅爱着漂亮的妹妹，还喜欢看荒诞小说。当她走到楼房侧边的长廊时，看到宝儿正站在远处楼梯的拐角处，高高地举着个手铃，一秒后整个长廊便全是刺耳的响铃声。露西站在原地不动，用手捂着耳朵，远处的宝儿看到了，便故意摇着铃对着露西笑，她站在那里，手里拿着个磨人的器具，可爱极了。

“高年级级长还要负责摇睡觉铃吗？”当宝儿总算停止了摇铃时露西问她。

“没有，我们高年级学生轮着摇铃，这周刚好轮到我了。由于名单是按姓氏排列，而我的名字比较靠后，所以一学期下来我只会轮到一次。”纳什看着露西，压低声音假正经地说，“对于只轮到一次这件事我其实是假装很高兴，因为大家都觉得对着手铃是件无聊透顶的事，不过说实话，我很喜欢摇铃。”

露西想想觉得也对，宝儿既不觉得焦躁，又没什么压力，身体状况也很好，她当然喜欢摇铃来制造响声了。接着，她脑子里又自动冒出了另一个想法：会不会宝儿其实喜欢的不是摇铃本身，而是喜欢权力在握的感觉呢？不，不是这样，她立马否定了这种想法。宝儿的人生一帆风顺，从小到大她想要什么只要开口伸手，便能得偿所愿，所以她没必要从这种事上寻求一种替代的满足感，她的生活本来也不缺什么。她只是单纯地喜欢摇铃罢了，仅此而已。

“总之，”纳什追上露西的步伐说道，“我刚刚打的不是睡觉铃，是熄灯铃。”

“我没想到已经这么晚了，那我也一样要熄灯吗？”露西说。

“你当然不用啦，你就是这里的神，想怎样就怎样。”纳什回答说。

“即使是外来神也可以随心所欲？”

“你的房间到了。”纳什说，她打开屋内的电灯，然后站到一边，好让露西走进明亮的小屋内，柔和的灯光下，房间看上去令人十分愉悦。在感受了夏夜的丝丝凉意和乔治亚风格的典雅会客厅之后，这小房间就像是用亮光纸印刷的美国杂志上的插图一样。“真高兴刚好碰到了你，因为我得跟你忏悔一件事，那个，明天我不能送早餐来你房里了。”

“噢，没关系的，我本来就该起床……”露西正准备说却被纳什打断了。

“不不不，我不是那个意思，当然不是那个意思啊。是这样的，有个低年级学生叫茉莉，她请求要来给你送早餐，而且还……”纳什说。

“是那个拿了乔治模型的学生吗？”

“噢，对了，我忘了你当时也在场了。是的，就是她。茉莉斯觉得，要是她没能在你离开学校前的最后一个早上亲自给你送早餐，她便会抱憾终生，她的人生都不会完整了。所以我叮嘱她说，只要她不向你索要签名或者对你造成困扰，我就答应让她给你送早餐。希望你不要介意，她是个善良的好孩子，而且能给你送早餐真的能带给她极大的欢乐。”

露西才不在意谁来给自己送早餐呢，患白眼病的人也好，杀人狂也罢，只要她能一个人静静地待在房内吃着那硬邦邦的烤吐司就满足了。她对宝儿说，她很感激茉莉斯的好意，并表示无论如何，明天并不是自己待在这的最后一天，她会留下来并且周四还要给她们上课。

“你留下了！噢，真是太好了！我太开心了，大伙儿要是知道也会很高兴的，你简直就是我们的良药。”纳什说。

“你说我是药？”露西皱起鼻子抗议道。

“不不，是让我们精神振奋的大补药！”

“是某些人的糖浆吧。”露西嘴上这样说，心里却很高兴。

露西真心觉得高兴，高兴得即使是整理头上小发夹这种平时让她懊恼抓狂的事，此刻也一点都不觉得厌烦。她往脸上抹着面霜，一边端详着自己的脸，在亮眼的强光照耀下她的素颜显得油光发亮。毫无疑问，小圆脸的人不容易有皱纹，要是一个人实在长着一张烤饼样的脸，那她至少也可以庆幸那是块光滑的烤饼。这时露西想到，其实每个人的脸都长得恰如其分。要是自己长着明星般秀挺的鼻子，她还得好好梳洗一番来与之相衬；要是像勒珂丝一样颧骨突出，她就得努力不辜负其背后的深意。而露西从没在任何事上达到自己的期望，即使是“那本书”也一样。

这时露西及时想起，房内是没有床头灯的，因为学校不提倡学生在床上看书学习，于是她便关了电灯，走到窗前把窗帘拉到一边，看向窗外的园子。她站在大敞开的窗户边，呼吸着夏夜里凉爽的空气。此时的学校一片静谧，白天的谈话声、校铃声、嬉笑声、抗议声、鼓点般的脚步声、澡堂内放水声等各种人来人往的声响，在此刻的静寂中都归于平静，沉寂的校园里一片漆黑。

“萍小姐！”

露西对面的一个窗户传来一声低语。

那儿的学生们能看见自己吗？不，肯定看不到，一定是有人听到自己刚才拉窗帘的声响了。

“萍小姐，你能留下来我们真是太高兴啦！”

学校里的消息传得还真是快啊，距离她跟纳什道完晚安还不到十五分钟，而她留下不走的消息就已经传遍对面楼层了。

露西还没来得及做出回应，此起彼伏的低语声便从小院子四周的看不见的窗户传来。

“对啊，萍小姐，我们都高兴极了！”

“萍小姐，真是太好了！”

“真的好开心啊，萍小姐！”

“大家睡吧，晚安。”露西说。

“嗯，晚安，太好了，萍小姐，晚安。”

露西给手表上好发条，然后拉过房里唯一的一把椅子，将手表放在上面，这样她明天就不用在枕头下面翻找手表了。生活真是奇怪啊，她留下来不走了，而就在昨天早上，她还迫不及待要离开这个地方呢。

而且，也许是因为作为一个专业的心理学家，露西并不相信任何像预言这种过时的东西，所以也就没有那种所谓的热心小精灵飞到熟睡的露西的耳边说：“离开这里吧，趁现在一切都尚好赶紧离开吧，离开，离开这里。”

6

屋内响起椅子在镶木地板上摩擦的声音，跪着祷告的学生们都纷纷起身，等待晨祷结束的教师们一个个离开。成为临时教员的露西也来参加了这个八点四十五分的祷告活动，以弥补自己早上在床上吃早餐这种有失教员身份的过失。在祷告结束的前几分钟，她细细打量了跪在她前面的那一排学生的腿，并对每双腿的独特性感到很惊叹。此时此刻，学生们都统一穿着校服，把头虔诚地埋在双手中，但是露西发现，像凭人脸认人一样，靠腿也能辨认出人来。眼前的一排腿中，有固执的、轻佻的、小巧秀气的，也有毫无生气的、多疑的，只需要转下小腿看看她们的脚踝，她便能根据实际情况说出戴克丝、茵内斯、劳斯、宝儿等对应的名字来。从第一排跪在最后面那双优雅的腿来看，那应该是迪斯特罗，这样看来，难道英国修道院都不在乎她们的门徒应该听英国国教教徒的祷告吗？那双细得跟竹竿一样的腿应该是坎贝尔，还有那双……

“阿门！”亨丽艾塔十分虔诚地说道。

“阿门！”学生们也一齐跟着低声念道，然后在一片刮擦声中站起身来。露西和其他教员们一起一个个出了祷告室。

“进来等我一下，我先处理一下今天早上的信件，然后再带你去体育馆。”亨丽艾塔说，一边领着露西走进她的私人会客室，会客室内一个恭顺的兼职秘书正等着她的指示。露西在窗户边靠近电报机的座位上坐了下来，漫不经心地随耳听着亨丽艾塔和秘书之间的公事对话：某夫人写信过来询问汇报演出的日期；某某夫人问学校附近有没有宾馆，她和她丈夫过来看女儿表演后可以留宿；肉铺老板要求再看一次他开的收据才肯放心，必须要把收据找出来；原定于本学期最后一个周五来讲课的特约讲师取消了计划；三位即将有孩子的准父母想要一些学校的详情资料。

“这些事情都很好办。”亨丽艾塔说。

“是啊，”恭顺的年轻秘书说，“我会立马处理好这些事的，之前有一封从亚林赫斯特寄过来的信，不过好像没放在这里了。”

“没在这里，那个可以在这星期晚点回复的。”亨丽艾塔说。

亚林赫斯特，露西在心里念叨着，亚林赫斯特指的肯定就是那个声名赫赫的亚林赫斯特女校，那可相当于女子学校里声名卓越的“伊顿公校”了。人们在外面只要说“我在亚林赫斯特待过”这句话，便一切都好办了。露西将注意力从电报的社论上移开，她心想着，要是亨丽艾塔之前提过的“绝佳职位”指的就是亚林赫斯特的话，那么势必会在那些有想法去这所学校的高年级学生中引起轩然大波。她正准备开口向亨丽艾塔求证自己的想法，却又立马停了下来，部分原因是因为小秘书在场，不过更重要的原因是她注意到了亨丽艾塔脸上的表情。不可否认，亨丽艾塔看上去小心谨慎，面带愧色，似乎是在盘算着什么事情。

算了，露西想着，要是亨丽艾塔只是想一个人守着那个动人的秘密的话，那就如她所愿吧，我就不去坏她的好事了。她跟在亨丽艾塔后面走下长廊，穿过房子的侧边，经过廊道来到了通往体育馆的走廊上。体育馆的位置与房子的右侧平行，从天上俯瞰的话，几栋建筑刚好是个完整的英文字母“E”的形状：字母的三根横线分别是“老房子”、房子的右侧和体育馆；一根竖线则是建筑的连接处和通达的廊道。

廊道通往的大门敞开着，门那边的体育馆传来各种各样杂乱的声音：谈话声、说笑声和噔噔的脚踏声。亨丽艾塔在敞开的大门前停了下来，指着对面紧闭着的门。“那个就是我之前跟你提过的校园犯罪。”她说，“学生们不走指定的那条绕着体育馆的廊道出去，而是直接穿过体育馆从那扇门出去，所以我们才不得不把门锁了起来。谁会想到对这些一天奔走个不停的学生们来说，多走点路竟那么难！警告和批评也无济于事，所以我们索性把门给锁上了。”

亨丽艾塔穿过门领着露西来到了体育馆的另一头，这里有个小门廊，穿过它便是通向观众席的楼梯。她们正往上爬楼梯的时候，亨丽艾塔停顿了一下，指着低处推车上的一台机器说：“那个就是学校最大的特色，我们的真空吸尘器，享誉这里和新西兰的‘厌恶鬼’。”

“为什么是厌恶的呢？”露西问。

“它以前的全名是‘自然界的厌恶鬼’，后来人们简称它为厌恶鬼。你还记得上学时我们学过的‘自然厌恶真空’那句谚语吧。”亨丽艾塔说完又看了那个器械一会儿，目光里满是关切和怜爱，“我们花了一大笔钱才买来这个‘厌恶鬼’，不过也算是物有所值。过去不管我们把体育馆打扫得多么整洁干净，总还是会有些残留的灰尘，学生们在体育馆各处活动，一来二去灰尘便被扬到空中，来来往往的学生吸了这种带有扬尘的空气便可能得黏膜炎。当然啦，学校得这种病的情况并不普遍存在，不过一直也都没有个特定的时间，不同的季节都可能会发病。奈特医生来之前的那位医师曾表示，可能是空气中肉眼看不见的灰尘在作祟，现在看来她的猜想确实是对的。自从我们花大价钱买进了这个吸尘器后，学校就再也没有人得黏膜炎了。而且，”她高兴地继续说道，“到最后我们还省了一大笔。现在体育馆的卫生都由园丁吉迪负责，我们不用另外花钱请清洁工了。”

两人爬到了楼梯顶端，露西停住脚步透过楼梯扶手往下看着吸尘器说道："我不怎么喜欢这台吸尘器，不过我觉得它的名字倒是取得非常好，就是觉得机器本身有些令人不悦。"

"吸尘器的功效出奇地好，而且操作起来极其简便。每天早上，吉迪只要花上二十分钟的时间就能打扫完，并且打扫完之后的体育馆极其干净，用吉迪的原话来说那叫一个'纤尘不染'。他对吸尘器甚是得意，像驯养小动物般悉心照料那台机器。"亨丽艾塔说，边打开了楼梯顶端的门，然后和露西一同走进了观众席。

像体育馆这样的建筑物是不会讲究建筑设计和风格的，它只在乎其功能性。体育馆呈矩形盒子状，光线从屋顶或者墙壁高处的窗户射进屋内，这里的窗户都设在屋顶和墙壁的接合处，虽然毫无美感可言，但是通过高处窗户玻璃的折射，阳光的光线在任何时候都不会直射学生的眼睛，也就避免了意外发生。矩形的体育馆内，各处都反射着夏日清晨的金色柔光，高年级学生们分散在地板各处，有的在热身，有的在练习，有的在点评，还有的在戏弄别人一起玩乐。

"学生们会介意我看她们吗？"露西坐下来问道。

"她们已经习以为常了，基本上每天都会有人来看她们练习。"亨丽艾塔回答说。

"观众席下面是什么呀？她们一直盯着什么看呢？"露西问。

"她们自己。"亨丽艾塔简明扼要地回答道，"观众席下方的墙壁上是一面长长的大镜子。"

露西很欣赏这些学生们看着镜中自己的动作时，脸上的那种客观专注，能以这样超然的态度严格审视自己的肢体动作，肯定不是什么坏事。

"手臂无法伸直真是我一生的苦恼。"长得像木头娃娃般的盖琪看着自己伸长的手臂说道。

"要是你能听取星期五来学校演讲那个人的意见，再加上你自己的意志力，现在一定能伸得直。”斯图尔特边做着柔韧运动边说。

“你试试看朝另一边伸！”屈身下蹲着的纳什取笑道。

露西猜测，她们说的星期五演讲的那个人应该就是那天晚上的那个她的“同行”。她漫不经心地想着，那个人是把他的主题说成“信念”还是“人定胜天”来着？那话是出自卢尔德还是枯耶[①]呢？

南非人哈瑟特相貌平平，长着一副土著人的脸，她正紧紧抓着练习倒立的茵内斯那悬在空中的脚踝。“茵茵茵内斯，靠靠靠你的双臂来支撑。”哈瑟特用一口瑞典腔说道，很明显她是在模仿弗茄肯说话，惹得茵内斯笑得倒了下来。露西看着台下的她们，双颊绯红地微笑起来，心想着，这还是她第一次见到茵内斯笑呢。她又一次觉得，眼前的这两个人穿得太不协调了。哈瑟特就好比穿着一条天蓝色的长裙，左耳上却配着印有小山丘、城堡和马路风景照的耳环。茵内斯的穿着则像某幅挂在走廊墙壁上的古画——像 17 世纪的画像？那又不像，那时候的画像风格太愉悦，人物太容易妥协，而且眉形也太拱了。还是更像 16 世纪的，相对而言比较内敛，态度强硬，无情冷漠。

劳斯一个人待在远处的角落里，边走边弯腰用手去碰双脚，费力地拉着筋。实际上，露西觉得她真的没必要再这样努力地去拉筋，毕竟已经拉了这么多年了，所以就当这只是个北部国家的人证明自己努力的例子吧。在劳斯的眼里，任何事情都马虎不得，要以真挚的态度去对待真实的生活，她觉得自己的生活就是要认真地做拉筋运动，然后毕业获得一个好职位。露西心里希望自己能够喜欢上劳斯，她环顾四周想找到戴克丝的身影，好调节一下心情，但人群中却看不到戴克丝那小马般的脸蛋。

突然间，所有断断续续的嘈杂声和谈话声都停了下来，一下子

---

① 卢尔德和枯耶都是著名的心理学家。

鸦雀无声。

毫无疑问，肯定是有人来了，远处敞开着的大门并没有人走进来，不过露西能感觉到，有人正穿过自己脚下的观众席走进来，她记得楼梯底部，就是放吸尘器的那个地方有个门，这人应该就是从那里过来的。

就在之前一会儿，学生们还像散落的珠子般分散在地板的各个地方，而现在，没有听到任何的指令，却像被施了魔法一样神奇般地站成整齐的队列。

弗茹肯小姐从观众席下方走了出来，审视着学生们。

“戴克丝人呢？”她冷冰冰地低声问道。话音刚落，慌慌张张的戴克丝便从大门跑了进来，停下的时候才发现大家都在等着她。

“呜呜，死定了！”戴克丝哀号着说，然后赶紧跑到某同学贴心为她留的空位中，“噢，老师，对不起，真的对不起，都是因为……”

“演汇报演出那那天你也打算迟到吗？”弗茹肯问道，她的语气像是搞科学调查一样。

“不不不，当然不会，都是因为……”戴克丝说。

“我们知道，大家都知道她为什么迟到，不是掉东西就是什么东西坏了。即使是可以光着身子来这上课，戴克丝也一样会弄丢或者弄坏个什么东西。立正！”弗茹肯说道。

学生们全都立正站好，一动不动。

“要要是汤玛斯能收一下她的小腹，队伍就能更整齐了。”弗茹肯说。

汤玛斯立马收起了自己的小腹。

“阿普莱亚德的下巴不够收。”

脸颊红润的胖胖小女生把下巴往脖子里收了收。“好了！”

学生们统一向右转，列成一纵队，然后沿着体育馆往前行进，她们步履轻盈，踩在硬硬的木质地板上都几乎听不见响声。

“声音更小点，再小点。步子更轻些，再轻些！”弗茹肯命令道。

露西心想着，还可能更小更轻吗？

然而很显然，确实是可能的。此时那些训练有素的学生们的脚步声变得更小了，悄无声息地统一前进着，一群体重参差不齐、加起来少说也有十石[①]重的年轻女子，一同绕着体育馆行进却毫无声响，这简直太难以置信了！

露西偷瞄了一眼亨丽艾塔，然后又迅速把视线移开了。亨丽艾塔苍白的脸上正洋溢着骄傲的神情，让人惊讶，也让人有些不悦。有那么一瞬间，露西忘了看台下的学生，脑子里想的都是亨丽艾塔的事情：亨丽艾塔那如麻布袋般肥肿的身材和她认真尽责的精神；她父母年迈，没有姊妹，天性善良，总是关心他人冷暖；没有人会为了她辗转反侧，夜不能寐，也没有人会在黑暗中在她屋外踱来踱去，甚至都没有人送过她花。（这不禁让她想到了艾伦，不知他现在身在何处。露西曾认真地考虑了好几个月时间，想着自己要不要接受艾伦，尽管她有些介意他的喉结。她那时觉得改变一下自己的生活，让人喜爱呵护会是件很美妙的事。可后来她又打消了这个念头，因为她意识到喜爱呵护应该是相互的。比方说，要是她接受了艾伦，就得为他缝补袜子，但她不喜欢脚，即使是艾伦的脚也一样。）表面上看来，亨丽艾塔是个沉闷乏味的人，但事实并非如此。就拿她现在脸上随意的神情来说，旁人是无法看出她心中的充实自豪和满足感的。亨丽艾塔第一次与自己重逢的时候曾说过，她十年前刚接管这里的时候，学校规模很小而且也没什么名气，十年来，她与学校共同成长。事实上，亨丽艾塔现在不仅是校长，也是学校的股东之一。直到刚才她惊奇地看到亨丽艾塔脸上的那个表情后，她才意识到她的老朋友亨丽艾塔是如此地在乎她的工作。露西之前就知道，

---

① 1 英石 =14 磅，1 磅 =0.45359237 千克。

对亨丽艾塔来说，学校就是她的全部，因为她基本上不说学校之外的事情。无论如何，露西觉得，亨丽艾塔对工作的投入是一回事，她脸上的表情则另当别论。

这时远处突然传来一阵拖拉器械设备的声音，让露西从自己的思绪中回过神来。学生们不用再侧弯着身子去压腿，把自己累得气喘吁吁，跟轮船冒着蒸汽的船头一样，她们现在拉着杠木。露西想起过去的伤心事就觉得腿痛，她都记不清自己在那块坚硬的木头上撞痛了多少次，不过现在她已进入中年，而进入中年的好处之一就是不必再做这些令人不舒服的事。

学生们把木柱摆在地板的正中央，两根杠木分别置于木柱两侧的凹槽内，位置大约在双手举高能够得着的地方；再将带有木制把手的铁插销穿过木柱上特定的孔，支撑着整个杠木，折磨人的器械就此安装完成。不过现在还没到她们把腿撞得脱皮的时候，要过一会儿才会有。此刻还只是“旋转”时间，学生们两两一组，各站一头，然后像猴子一样，双臂吊挂在杠木上往前行进。先侧转，再往后，然后慢慢便像个陀螺似的旋转起来。到目前为止大家都没有出错，练得相当完美。这时，轮到劳斯了，她屈膝跃上杠木，却突然放开手落下地来，满是雀斑的脸上露出惊慌的神色，她仓皇失措地看着弗茹肯。

“噢，老师，我一定做不到的。”劳斯说。

“瞎说！”弗茹肯对劳斯的反应丝毫不觉得意外，很显然，之前她肯定也遇到过类似的情况。她鼓励劳斯说：“你还是低年级新生时就已经做得很好了，现在你当然也能做好。”

劳斯沉默地压抑着自己内心的胆怯，跃上吊杠开始练习动作，动作的前半段她完成得很流畅，体现出了她专业选手的水平，然而突然不知怎的，她在转身时一只手失误没有抓到吊杠，只剩下另一只手吊住吊杆，身体悬在半空中晃荡着。她利用那只手的力量将身体往上拉，勉强做完了动作，然而整个动作的流畅度已经破坏，她双脚落地回到了地上。

“我就知道我做不到的。老师，我也会像凯尼恩一样，重蹈她的覆辙。”劳斯说。

“劳斯，你不会像任何人一样，纯粹只是技巧问题，而你刚才只是一时失手，仅此而已。来，再练一次！”弗茹肯说。

劳斯再次跃起攀上头上的杠。

“错了！”弗茹肯大声说道，劳斯听后重新回到地上，神情疑惑地看着弗茹肯。

“不要在心里说：天哪，我一定办不到！而是要暗示自己：这个动作我经常做，而且轻轻松松就能做好，所以这次我也一定能做好！去做吧！”

劳斯又尝试了两次，还是没能做好。

“做得很好，劳斯，按照我之前对你说的话，你就会做好的。晚上应该有一半的吊杆会被摆放好，就像现在这样，所以你明天早上早点过来这里练习，练到熟练为止。”弗茹肯说。

“可怜的劳斯。”露西说道。这时学生们将吊杆翻转了一面，平整的一面朝上，圆的那面朝下，开始进行平衡木练习。

“是啊，确实太可惜了。”亨丽艾塔说，“她可是我们学校最杰出的学生之一。”

“杰出的？”露西觉得很是惊讶，她可不会用这样的词来形容劳斯。

“总之，论体力，劳斯的表现最为杰出。对她来说，书面功课相对来说比较困难，不过勤能补拙，她通过努力也学得很好。她是模范好学生，也是学校的光荣和骄傲。只可惜刚才表现失误了，肯定是她太焦虑了。这样的情况在学生中时有发生，起因通常都是些鸡毛蒜皮的小事，说来也真是令人费解。”

“劳斯刚刚说的‘像凯尼恩一样’是什么意思呢？凯尼恩就是迪斯特罗替代的那个学生，对吗？”露西问。

“对，没错！你真聪明，居然还记得。凯尼恩就是一个焦虑所致的典型范例。有一次，她突然认定自己无法保持平衡了。而在那之前，她的平衡性一直都好得出奇，大家也不明白她怎么突然就毫无缘由地失去平衡了。她在练习动作时，一开始是身体摇晃不定，后来中途从杠上跳下来，跌坐在平衡木上，再也没能站起来。当时她就那样坐着，像个受惊的小孩一样紧紧抓着平衡木不放，坐在那里一个劲儿地哭。”亨丽艾塔说道。

“她的恐惧来源于某种内心上的空虚。”露西说。

“确实如此，让凯尼恩觉得恐惧的并不是平衡木本身，不过我们还是得送她回家休养。我们都希望她经过一段长时间的休息后，能重新再回来完成训练，她以前在这里过得很开心。”亨丽艾塔说。

她开心吗？露西在心里想着，开心的话还会心理崩溃？一个原本擅长平衡木的女孩变成了抓着平衡木发抖大哭的可怜泪人儿，这背后究竟有什么原因呢？

眼前的学生们正在平衡木上练习，可怜的凯尼恩之前就是因为它跌入了人生低谷。露西换上一种新的心情来看学生练习，她们两两一组翻身跃上高高的平衡木，转身分坐两侧，然后从平衡木狭窄的边缘凸起处缓缓站起身来。先慢慢抬起一条腿，绷紧的腿部肌肉在光线下清晰可见，各自的手臂做出特定的动作。她们的面孔冷静从容，专心致志，肢体不断调整着以维持平衡。平衡动作做完后，她们蹲下身来，上身挺直，放松地坐在脚踝处，随意伸手去抓平衡木，然后转身再次侧坐，身子往前翻了一个跟头，最后着地。

没人出错也没人失手，整个过程堪称完美，连弗茹肯都觉得找不出任何破绽。露西突然发现自己刚才一直屏着呼吸，她坐了回去，深呼吸了几下放松自己。

“她们表现得真棒。我们俩以前学校的平衡木比这个矮多了，是吧？所以那时并不觉得多刺激。”露西说。

亨丽艾塔看上去很高兴。“有时候我进来体育馆，就是专门来看平衡木练习的。好多人都喜欢看更加壮观、花样多点的项目，比如跳马这种类型的运动，不过我倒是觉得，看人们在平衡木上能精准地控制着平衡，让人觉得心满意足。”

说到跳马，那确实是相当精彩。在露西眼里，跳马器械是个令人心生畏惧的东西，她看到就觉得害怕。然而她不解地发现，学生们脸上却都是欢欣雀跃的神情，看来她们都喜欢跳马。她们喜欢把自己置身于虚无的状态，或翻转或跳跃地腾空越过跳马器械，最后平稳着地。那一刻，迄今为止所有束缚着她们的规矩似乎都消失了，她们的每一个动作都充满活力，个个都喜笑颜开，像是用肢体在诠释生命的美好和内心的喜悦。露西惊奇地看到，之前在简单的单杠项目中频频失手的劳斯，在这个需要极大勇气、超强控制力和娴熟技巧的跳马项目中，却表现得神乎其神，简直完美。（亨丽艾塔说得没错，劳斯在体力项目中果然很杰出。毋庸置疑，劳斯肯定也是个优秀的竞赛选手，她对时机把握得非常之好。然而，露西还是没法用“杰出”来形容劳斯，在她看来，“杰出”应该用来形容像宝儿这样肢体发达、心理健康、精神昂扬全面发展的学生。）

“戴克丝！把放在器械上的左手移开！你以为是在爬山吗？”弗茹肯教训道。

“我不是故意要放那么久的，老师，真的不是故意的。”戴克丝说。

“可以理解，但这并不代表你不用受到斥责，跟在玛修斯后面再跳一次。”弗茹肯说。

戴克丝又重新跳了一次，这次她总算能及时放开她那双不听使唤的手了。

“好耶！”戴克丝高兴地说，她对自己这次的成功表现甚是开心。

“确实很棒！”弗茹肯赞同地露出了微笑，“关键在于协调，所有动作要领都在于协调。”

“学生们都很喜欢弗茹肯呢。”露西对亨丽艾塔说道，学生们开始收拾着体育器械。

“所有教员都深受学生喜欢。”亨丽艾塔说，她的语气像是回到当年她担任级长的时候。“无论一个教员多么出色，如果她在学生中不受欢迎，那么学校都不会聘用她。另一方面，教员们也要让学生对自己有适度的敬畏之心。”她微笑着，做出一副开玩笑的样子，要知道亨丽艾塔可是不轻易开玩笑的，“弗茹肯、勒珂丝和勒费夫尔夫人都以她们各自的方式，深得学生的敬畏。”

“你说勒费夫尔夫人？让学生见到就觉得两腿发抖那不叫敬畏，应该说是惧怕才对。”露西说。

“等你熟悉玛丽亚之后，就会发现她为人其实很和善，她喜欢把自己塑造成学院的传奇人物。”

露西心想着，勒费夫尔夫人和那个“厌恶鬼”吸尘器是学校的两大传奇，都有着各自显著的能力，既让人觉得惧怕又不禁为之着迷。

学生们站成一纵队，一边高高抬起手臂再放下，一边深呼吸放松。五十分钟的集中训练到此结束，她们一个个都面颊绯红，脸上都是充实、胜利的喜悦神情。

亨丽艾塔起身准备离开，露西也随之起身，她转身的时候发现弗茹肯的母亲就坐在她们的后排。这是位胖胖的妇人，头发全部绾在脑后，露西看到她便想起了诺亚方舟玩具模型上的那个诺亚夫人。她对着弗茹肯母亲弯腰致意，然后露出一个大大的笑容。由于语言不通，人们通常都会用这种笑容来缩短彼此的距离。这时露西想起，尽管这个妇人不会说英文，但也许她会说德语，于是她试着说了一句德语，妇人听后神情立马变得愉悦起来。

“萍小姐，能和你说话我真是太开心了，就算用德语跟你说我也乐意。我女儿跟我说，你十分优秀，是个声名显赫的人。”她说。

露西则用德语表示，她确实取得了一点小小成就，不过遗憾的是，她那点名声还算不上声名显赫，她告诉弗茹肯母亲，自己很欣赏弗茹肯的训练成果。亨丽艾塔由于念书的时候只学过些古代文字，不太知晓现代语言，所以插不上话，只能光听着露西她们用德语交流，然后领着她们下楼梯。露西和弗茹肯太太走出观众席来到体育馆外面时，学生们也正从对面的门出来，有的奔跑着，有的悠闲地踱着步，穿过廊道往宿舍走去。劳斯最后一个才出来，露西不禁怀疑，她是不是故意算准了时间走出来，好与路过的亨丽艾塔偶遇，要不然的话，她干吗落在其他学生后面那么远。露西心想着，劳斯一定是瞥见了亨丽艾塔，知道亨丽艾塔正往门那边走去，要换成是她自己，一下课早就跑得没影了，而劳斯却还徘徊着不走。露西因此而越发不喜欢劳斯了。

亨丽艾塔追上劳斯，停下来和她说话。露西和弗茹肯太太经过她们身旁时，她看到劳斯仰着她那长满雀斑的脸，听取着亨丽艾塔的至理名言。她想起从前在学校时，大家管这种人叫作“谄媚奉承的马屁精”。而劳斯比马屁精还更会阿谀讨好，她在心里鄙夷地想着。

“我脸上也总是爱长雀斑。”露西遗憾地说。

“抱歉，你说什么？”弗茹肯太太用德语问道。

然而，雀斑这种话题没法恰如其分地用德语来讨论。露西想着，要真用德语来说雀斑，说出来的各种复合词及词组都够写本厚书叫《雀斑的含义》了。她觉得还是要用法语说才比较恰当，用法语里一些浮夸的溢美之词和友善的反讽说法来形容雀斑一定再合适不过了。

“这是你第一次来英国吗？”露西问。她们没有和其他人一同进入屋内，而是穿过花园朝前屋走去。

弗茹肯太太表示，这确实是她第一次来英国，而且她对人们把房子建在这么漂亮的花园中间感到大为惊奇。“当然，我指的不是这栋房子。”她说，“这栋旧式建筑非常好看，一定是鼎盛时期留下来的，对吗？不过，坐火车和出租车上看这些建筑的话，便觉得和瑞典建筑一比差远了。千万不要觉得我这种思维像俄国人，那个……”

“你说俄国人的思维吗？”露西问。

“是啊，俄国人愚昧无知，十分自大，觉得自己国家最好，任何国家都比不上他们。我刚刚说英国建筑不如瑞典建筑好看，只是因为我习惯了看赏心悦目的现代建筑而已。”弗茹肯太太说道。

“等你看到英国的膳食，可能也会对英式烹饪有同样的感慨。”露西说。

“那倒不会。”弗茹肯太太觉得惊奇地说道，“我对英国食物不是那样想的，我女儿跟我说过，学校里边的膳食都是按照健康养生法来做的，所以不算是正宗的英式食物。”——露西觉得用“依据健康养生法”这几个字来形容这里的饭菜，实在绝妙——“她还说，这里旅馆提供的伙食同样也不正宗。不过她假期的时候在当地人家里住过，觉得英国菜很美味，但也不是所有英国菜她都喜欢，就跟并非所有人都喜欢吃我们瑞典的生鲱鱼片一样。总之，刚出炉的烤肉，涂了奶油的苹果馅饼，还有新鲜柔嫩的火腿冷盘，这些美食都是最让人喜爱的，简直欲罢不能！”

此时此刻，两人正漫步穿过夏日花园。露西发现自己脑子里想的全是吃的：蘸着麦片的油炸鲱鱼片、麦片姜饼、德文郡的开花面包、火锅、细薄肉片还有其他各个地方的美食。她故意略过了猪肉馅饼，因为在她看来，猪肉馅饼有点野蛮暴力的味道。

她们拐弯往前门走去的时候，经过一扇敞开的教室窗下，里面的高年级学生们正专心致志地听着勒珂丝讲课。教室窗户开得很大，从外面可以清清楚楚地看到教室里面的一举一动。露西随意地瞥了一眼里面的学生。

露西将目光收了回来，这才意识到，教室里的学生们完全换了一副神情，和她十分钟前在体育馆看到的大不一样！她又往里面看了一眼，觉得十分震惊。学生们都疲累不堪，无精打采，之前脸上那种兴奋激动、因运动而泛起的红润、还有满足的成就感全都荡然无存，就连她们身上散发出的青春朝气也消失得无影无踪。

当然，不是所有学生都这样低迷。哈瑟特依然保持着她惯有的从容淡定，宝儿纳什好看的脸上依旧神采飞扬。然而，大多数的学生看上去都状态不佳，极其困倦。露西看到，座位最靠窗的茵内斯的脸上有一条明显的印子，从鼻尖一直延伸到下巴，那条印子实在没必要留着。

刚才教室的一幕让露西觉得有些沮丧不适，就像一个沉浸在喜悦中的人突然遇到了一件不快的事一样。她转过头，最后路过教室的时候看到了劳斯。露西看到劳斯脸上的神情后觉得非常吃惊，这让她想起了自己的华博维克阿姨来。

为什么自己会想到华博维克阿姨呢?

劳斯脸上长满雀斑，而她那令人畏惧的阿姨一点雀斑也没长。

所以肯定不是因为这样!

那她为什么……等等！露西明白了！她想到的不是她阿姨，而是她阿姨家的猫！她刚才看到的劳斯的神情，跟她在阿姨家里用装牛奶的小碟子装满奶油时，看到的猫的神情一模一样。那种神情只能用一个词来形容：自鸣得意!

露西想着，一个刚才连常规体育项目都做不好的学生，有什么值得她自鸣得意的。此刻，露西心里对劳斯的最后一丁点好感都烟消云散了。

7

“萍小姐，”迪斯特罗突然出现在露西的旁边说道，“我们一起跑走吧！”

星期三的早晨，整个学校笼罩在一片期末考试的沉寂当中。露西斜靠在一扇五栅门上，盯着外头满田野的金凤花。这里是莱斯学校花园和乡村的交界处，这个乡村完全独立于拉博镇之外，称得上是真正的乡村，没有受到任何污染和侵扰。田野那头是条小溪，再过去是个板球场，然后远处便是一望无际的风景，矮篱、树丛和牧草，黄白绿相间其中，在清晨的阳光中静谧沉睡着。

露西恋恋不舍地将目光从黄灿灿的金凤花田野中移开，然后想着这个巴西女孩究竟有多少条丝质印花连衣裙。现在迪斯特罗身上又换了另一条裙子，鲜艳亮丽得让保守的英式花色显得暗淡无光。

“你打算要跑去哪里呢？”露西问。

“我们跑到村子里去。”迪斯特罗答道。

“这里有村庄吗？”露西问。

“在英国这样的国家，村庄无处不在。不过比较有特色的是，这里有个毕灵顿镇。只要穿过教堂那边的树林，就可以看到教堂顶上那个气象指标了。”迪斯特罗说道。

“看上去很远，毕灵顿是个很不错的地方吗？”露西说。她不喜欢走路，而且她觉得待在这里非常惬意。她已经好久没像现在这样，有着充裕的时间，欣赏眼前满田野的金凤花了。

“是啊！毕灵顿镇上有两个小酒馆。”迪斯特罗对此如数家珍，“而且，英国村庄该有的一切镇上都一应俱全。伊丽莎白女王曾在镇上住过，查理二世君主曾在那里藏身过，十字军战士的遗骸也埋在镇上的教堂下面——镇上有个人长得很像我巴西家里的农场主——商店售卖的明信片上的村舍都可以在镇上亲眼见到，还有些书里的插画，这个小镇……”

“你说的书是指旅游指南书吗？”露西问道。

“不不不，是那种专门描写毕灵顿镇的作家写的书。我刚来莱斯学校时，看过一本这种类型的书，书名叫作《漫天的雨》，里面写的尽是些乱伦的性关系。镇上还有毕灵顿镇烈士公墓，所谓的烈士就是指上世纪时六个朝警察局扔石头的男子，他们后来被抓入狱处死了。一个国家的政府连人们扔石头都记仇！换了在我们国家，人们肯定用刀砍，因为也买不起手枪！后来人们大声痛哭，用鲜花掩埋了那六个烈士的尸体，一周后便完全忘记了这件事。”迪斯特罗说。

“嗯……”

“我们可以去镇上的‘小茶壶’茶馆喝咖啡。”迪斯特罗说。

“其实是那种爱尔兰风味的茶对不对？”露西问。

然而，再聪明的外地人来到一个新地方都有太多东西要了解。“不是茶，是真的咖啡，不管是从香味还是口感来看，我都可以告诉你那是真的咖啡。一起去嘛，萍小姐，那离这不远，只要走十五分钟的路就到了。再说了，现在都还不到十点钟，在下午一点我们被叫去吃煮豆子之前，待在学校也无事可做。”迪斯特罗说。

“你不用参加任何考试吗？”露西问，然后恭顺地穿过迪斯特罗为她打开的栅门，和她一起去毕灵顿镇。

“我应该会去参加解剖学考试，如你说的，就当去玩玩嘛！解剖学的每一堂课我都上了，所以去考试一下应该会很有意思，也看看自己究竟学到了多少。学点解剖学知识还是挺值得的，虽然学的时候很吃力。尽管这门课程不太注重想象力，不过还是值得一学。”迪斯特罗回答说。

“我觉得也是，要是能懂点这方面的知识，人们在遇到突发状况时就不至于像个傻瓜一样手足无措了。”露西说。

“突发状况？”迪斯特罗说，显然她的心思没放在这上面，“噢，我明白你的意思了。不过我要表达的是，解剖学这门科目不会过气，但你研究的心理学，恕我直言，就会不间断地、越来越过气，不是吗？尽管心理学这门课听着很有趣，但以其为终身职业就太傻了。在心理学领域，今天的独到见解也许到明天就变成了一派胡言，但锁骨就永远是锁骨。你明白我的意思了吗？”

露西明白了迪斯特罗的想法，并为其精打细算的想法所折服。

“明天，低年级学生们考解剖学期末考试，我也会去一起考。这是件值得赞赏的事，祖母也一定会赞同我这样做的。不过现在他们都忙着解答难题，而我呢，我可以和迷人的萍小姐走路到毕灵顿镇去喝咖啡。”

“什么难题呢？”露西问。

迪斯特罗从连衣裙的小口袋中掏出一张折叠的试卷，然后摊开试卷念道：“如果球在越线出界但尚未着地时，场内的球员拍打或抓住这只球并将其带回场内，你会如何判定呢？”

沉默了一会儿后，她将那张模板印刷出来的试卷折了起来，重新放回口袋。

“既然她们都还在忙着准备体育比赛的理论考试，那你是从哪里得到这张试卷的呢？”露西问。

“蕾格老师给我的，她说我看了应该会很高兴，我看了确实很高兴。”迪斯特罗说。

在黄色的金凤花田野和白色的山楂树篱间有条小径通到小溪边。她们走到小桥上停顿下来，看着垂柳荫下的水流。

“那里就是比赛馆。”迪斯特罗指着溪水那头的地面说，“到了冬天，那里会有很深的淤泥，学生们便在鞋上穿上一根防滑条以免滑倒。”露西感觉迪斯特罗刚刚的语气就像是在说“她们戴上鼻环以变得更有魅力”一样。

“我们现在沿着下游走到下一座小桥，然后从桥那边的马路去镇上。也不算是马路，应该说是小路吧。”迪斯特罗说，她默默地走到林荫小路上，看上去就像一只色彩亮丽的蜻蜓，优雅且充满异域风情。露西对她能默不作声，丝毫不去破坏这片宁静，感到十分惊奇。

她们过了小桥走上小路，这时迪斯特罗终于开口说话了：“萍小姐，你有没有带钱呢？”

“没有，”露西沮丧地停下脚步。

“我也没有，不过没关系，奈薇尔小姐会资助我们的。”迪斯特罗说。

“奈薇尔小姐是谁呢？”露西问。

“她是经营茶馆的老板娘。”迪斯特罗回答说。

“出门不带钱真是太不寻常了，是吗？”露西说。

“对我来说倒是很寻常，因为我经常忘记带钱。不过奈薇尔小姐人很好，亲爱的萍小姐，你别觉得沮丧啦，我在镇上的声誉很好的，你等下就知道了。”迪斯特罗说。

毕灵顿镇和迪斯特罗之前描述的完全一样，奈薇尔小姐人也确实很好，“小茶壶”茶馆更是深受露西喜欢。“小茶壶”茶馆属于那种旧式茶馆，那些喜欢面包、奶酪和啤酒的人是非常鄙视这种地方的，然而对于那些喜欢喝茶，并对乡下面包店后面苍蝇横飞的小房间、放有像死虫样的葡萄干的粗糙面包、没洗净的有裂纹的茶杯及黑浓的茶水仍记忆犹新的一代人来说，简直是如获至宝。

常住乡间旅馆的作家们所抹黑的小镇物品在这个茶馆里都应有尽有：绘着印度树木图案的瓷器；黑色的橡木桌子；詹姆斯风格花色

的亚麻窗帘；插在没上釉的棕色罐子中的花草；连装饰窗户艺术贴画和手工艺品这里都有。虽然露西以前跟艾伦在一起的时候，曾见识过一尘不染的雅室，但说实话，她觉得眼前的这个小茶馆十分迷人。烤箱中传来浓郁的香草蛋糕香味，茶馆外有两个窗户，一个是朝向街道的长窗，另一个窗户则可以看到五彩缤纷的花园，茶馆内的气氛宁静和谐，很是友善。

奈薇尔小姐是个胖女人，她戴着印花棉布围裙，像迎接珍贵的老朋友一样接待了迪斯特罗，并问她是不是“逃学了呀，就像你在大西洋彼岸说的”。在布鲁克林的街头小巷，人们经常这样问，迪斯特罗对此没有理会。“这位是萍小姐，她写了些心理学的书籍，是我们莱斯学校邀请来的客人。”她礼貌地介绍露西说，“我跟她说来这里可以喝到真正的咖啡，而且这里是个很文艺的地方。虽然我们两个现在身上毫无分文，不过我们想先好好享受一顿，日后再来给你付钱。”

迪斯特罗的提议在奈薇尔小姐看来，就像是再平常不过的事情，她欣然平静地走去厨房取咖啡。上午的这个时候，茶馆还空无一人，露西在屋内随意走动着，看着古老的版画和全新的工艺品——她欣喜地发现，奈薇尔小姐杜绝赝品，店里摆设的铜制门环都是真的，尽管有些匣子是用棕榈叶编织而成——然后与迪斯特罗一同在桌前坐下，看着窗外的村镇小路。她们的咖啡还没煮好，这时，两人看到茶馆外面来了一对中年夫妇，开着车过来的，像是一路在找着什么地方。车子是典型的乡镇医师开的那种车，耗油量低，从新旧程度上看应该开了三四年了。不过那个从副驾驶下来，对着丈夫有说有笑的妇人倒不像那种典型的医师太太。妇人一头灰发，身材苗条，双腿细长，细小的两只脚穿着上好的鞋子。露西愉悦地欣赏着妇人，现在这样骨架良好、干净利落的人已经不多见了。

“在我们那里，这样的妇人都会带有专门的司机和男仆。”迪斯特罗一面打量着妇人，一面轻蔑地看着车子。

露西看着那对夫妇朝茶馆走来，心想着，一对中年夫妇还能如此甜蜜，这种画面现在也不常见了，他们看上去像是在度假。夫妇俩走进了茶馆，神情疑惑又充满期待地环顾着店内。

“没错，就是这里了！”妇人说道，“那就是她说的对着花园的窗户，而且这里还有旧伦敦大桥的版画。”

他们在茶馆内走动着，安静地不自觉地看着店里的摆设，然后在靠窗的位置上坐了下来。露西开心地发现，要是由她来为这个妇人挑选丈夫，她也会选这个男人的。尽管这位丈夫略显忧郁，比妇人更为内敛，但却十分讨人喜欢，他让露西联想起某个人，一个她相当赞赏的人，却又记不起名字了。她注意到，丈夫的两道眉毛非常浓密，低低垂至双眼，他穿着十分陈旧的西装，尽管整烫笔挺，但依然可以看得出年代久远了。妇人穿着破旧的粗花呢大衣，袜子上工工整整地打着补丁。她的双手看上去像是常年累月地做着家务活，一头灰发应该是自己在家里洗的，没有用卷发棒弄卷。是什么让这位生活拮据的妇人看上去如此高兴呢？就是因为能跟心爱的丈夫一起出来度假吗？就因为那样，她灰色的双眸中才会流露出那种孩童般的欣喜吗？

这时，奈薇尔小姐端着咖啡和一大盘新鲜出炉的香草蛋糕走了进来，蛋糕的边缘处看上去松脆爽口。露西决定就此一次，不去考虑体重问题，好好地享受一番，她倒是经常做这样的决定。

露西倒咖啡的时候，听到那个男人说：“你好，我们从英国西部远道而来，就是为了尝尝你们这的煎饼，你现在能给我们做些煎饼吗，是不是早上这个时候太忙做不了呢？”

“如果你太忙也没关系，我们可以点些那样的蛋糕，闻起来很香。”那位妇人说。

奈薇尔小姐表示，她无法立马给他们做出煎饼，因为做煎饼要先和好面糊，再将面糊静置一段时间，要是现在和面糊来做，做出的煎饼就不会很好吃。而且，夏季很少有人点煎饼吃。

“我想也是，只是我们有个女儿在这里的莱斯学校念书，她经常跟我们提起你这里的煎饼，而这可能是我们唯一一次能有机会品尝到她说的煎饼啦。”妇人说完便笑了，一半是因为想起了他们的女儿，另一半则是笑自己幼稚的愿望。

如此说来，这对夫妇是学生家长。

那么他们是谁的家长呢？露西想着，从咖啡杯的上缘看着那对夫妇。

也许是宝儿的家长，噢，肯定不是，宝儿家很有钱。那么究竟是谁的家长呢？

露西想到了戴克丝，但是也觉得不对劲。戴克丝那颗亚麻色的脑袋瓜不可能遗传自深发色的男子，而且这个稳重聪慧的妇人也不可能生出戴克丝那样莽撞的孩子。

突然，露西认出了那对眉毛。

茵内斯的眉毛。

他们是茵内斯的父母，而且不知怎的，露西觉得茵内斯的某些特点从他们身上得到了解释。茵内斯严肃的性格，她那不可一世的神情，还有她那觉得生活没什么乐趣可言的态度。她肩上背负着学业成功的重担，对她来说，生活品质要有一定的标准，而她却没有足够的钱来达到这个标准，这可不是件能令人高兴起来的事情。

奈薇尔小姐离开后，屋子里一片安静，这时露西的声音在屋内响起：“不好意思，请问两位是不是姓茵内斯呢？”

夫妇俩转过身来，疑惑地看了露西一会儿，然后妇人微笑着说：“是的，我们在哪里见过吗？”

“没有。”可怜的露西此刻脸涨得通红，她总是一时冲动而把自己置身于窘境，“不过我认得你丈夫的眉毛。”

“我的眉毛？”茵内斯先生说。

机敏的茵内斯夫人立马反应过来。“一定是玛丽的眉毛！”她说，“你也是莱斯学校的学生吗？你认识玛丽吗？”此时的她神采奕奕，语气中流露出激动。从这句“你认识玛丽吗”来看，难道是因为她今天要去看自己的女儿所以才这么开心吗？

露西向茵内斯夫妇介绍了自己，又介绍了迪斯特罗。迪斯特罗觉得很高兴，因为这对迷人的夫妇对她的一切事情都很熟悉。“虽然我们从没去过莱斯学校，但里面的大小事情我们基本上都知道。”茵内斯夫人说道。

“你们没去过学校吗？对了，你们愿意坐过来和我们一起喝咖啡吗？”

“莱斯学校离我们那实在太遥远了，后来因为玛丽去了那里念书，我们才决定等她毕业的时候去学校看看，顺便参加学校的汇报演出。”露西猜想，要不是因为旅费昂贵，茵内斯夫人一定不会等这么久才来学校看女儿，她肯定早就想过来看看女儿在学校过得怎么样了。

“那你们这次肯定会去学校看看咯？”

“不，说来也怪，这次我们不会去学校，我们正赶往拉博镇。我丈夫是个医生，他要去参加一个医学会议，所以我们肯定没时间去学校了。况且现在是期末考试周，要是我们没来由地突然出现在学校，只会让玛丽分心，影响她复习。都离学校这么近了却不能进去看看，我们也有些郁闷，不过既然已经等了那么长时间，也不在乎再多等个十来天了。真正让我们难以忍受的是自己开车离开，然后看着学校渐行渐远。真没想到在上午的这个时间，尤其还是期末考试周，能在这里遇到学校里的人，而且我们确实很想来看看这个玛丽常常提到的地方。”

“汇报演出那天我们去了学校一定会很忙，因为到时候有太多太多东西要看。学校的培养方式出奇地多元化，是吗？”茵内斯医师说。

露西表示很赞同，并描绘了自己那天在学校见到各个领域的优秀教员时留下的美好印象。

“是啊，玛丽最初选择体育这一行时，我们俩都觉得有些不解，因为在那之前，她对体育赛事没有表现出任何浓厚的兴趣。我曾经想让玛丽去医学院学医，不过她说想去一个多方面发展的领域，看来她是如愿以偿了。”茵内斯夫人说。

露西想起玛丽那眉宇间所表现出来的强烈决心，她看面相一向很准，她觉得只要是玛丽决心要做的事，绝不可能轻易放弃。眉毛是最能看出一个人的，确实如此。露西想着，要是哪天心理学过时了，她就去写本关于看面相的书。当然，到时得换种说法。看面相在知识阶层中可不怎么受待见。

“你们的女儿很漂亮。”迪斯特罗出乎意料地说道。她把一大块香草蛋糕吃个精光，察觉到茵内斯夫妇觉得惊讶地沉默着，她抬起头来看着他们说，“在英国，当着父母的面谈论孩子长相是不是不太合适呢？”

“噢，不是。”茵内斯夫人急忙说，“没有不合适，只是我们从没觉得玛丽长得很漂亮。她确实可人，至少我们是这么认为的，不过话说回来，为人父母看自己唯一的女儿肯定是觉得可爱的。玛丽她……”

“我初来英国那天，”迪斯特罗说，一边伸手从托盘里又拿了一块蛋糕（她是如何保持苗条身材的），“正好下着雨，脏兮兮的枯叶像死蝙蝠般掉落在大家身上，学校里所有学生都行色匆匆，慌乱地跑着，嘴里还大喊大叫地说着：‘噢，亲爱的，怎么样？打球都打中了吗？天哪，我居然把我新买的曲棍球棍落在评审台了！’然后，我看到一个女孩，她既没奔跑也不说话，长得有点像挂在我曾祖母外甥家餐厅里的那幅我曾祖母的祖母的画像，于是我当时就想着：

‘这里应该不完全是个野蛮之地，不然这样文雅的女孩也不会待在这了，我决定留下了。’那个，萍小姐，还有咖啡吗？我觉得玛丽不仅漂亮，而且还是学校唯一一个漂亮的人。”

“那宝儿呢？”露西问，她对宝儿还真是情有独钟。

“宝儿长得很喜庆，就像英国过圣诞节时——萍小姐，麻烦加一点点牛奶就好了——杂志都换上令人欢欣的图片，人们可以将那些色彩明丽的图片框裱起来，挂在厨房前当装饰，好让做饭的人和她的朋友们保持好心情。那些图片非常光亮，上面还有……”

“这对宝儿是种诽谤。”茵内斯夫人说，“宝儿是个极其美丽的女孩，十分迷人，你知道的。我差点忘了，你也认识宝儿，”她转向露西说，“你认识学校所有人。宝儿是整个学校里我们唯一见过的学生，因为她曾去过我们家度假。那还是复活节的时候，西部的气候比英国其他地方要好一些。暑假的时候，玛丽也去宝儿家里待了几个星期。我们俩都非常喜欢宝儿。”她说完看向她的丈夫，示意他也说两句，他刚才太沉默寡言了。

茵内斯医师站起身来，他平静地坐着的时候，脸上一副劳累过度的愁容。此时他那原本忧郁的脸看上去有点孩子气，还饶有兴味地带着点邪恶，他说：“知道我们那能干而又独立的女儿受他人照应，真是非常奇怪。”

这显然不是茵内斯夫人想要听到的回应，不过她还是决定接着丈夫的话说下去。“可能是有些奇怪吧。”她说，好像是第一次思考这种事，“一直以来，我们都觉得玛丽本来就该独立自主，认为那是理所当然的事情，所以能被人照顾她觉得很开心。”然后她又对着露西说，“我想是因为玛丽和宝儿性格互补，所以才能成为这么要好的朋友。对此我觉得很高兴，一方面是因为我们非常喜欢宝儿，另一方面也因为玛丽难得交到这样的知己。”

“学校训练非常艰苦吧？”茵内斯医师问道，“我有时看着玛丽的笔记本，想不通她们为什么要学那些即使是专业医生一离开医学院也会抛诸脑后的东西。”

“绒毛横截面。”露西想到了这个词。

“对，就是这样的一些东西，看来你在四天内学到不少医学知识呢。”茵内斯医师说。

煎饼端上来了，由于时间关系，做煎饼的面糊没能放置一段时间，不过还是值得茵内斯夫妇从英国西部远道而来美美地享用一番，他们看上去满脸幸福。确实如此，露西觉得整个茶馆内都洋溢着幸福的味道，与屋外的明媚阳光交相呼应。即使是看上去一脸倦容的茵内斯医师，此时脸上也露出了放松满足的神情。茵内斯夫人就更不用说了，露西很少见到哪位妇人像她那样满脸幸福，似乎能到女儿常来的地方就是和女儿的一种交融，而且再过几天，她就可以亲眼见到心爱的女儿，分享她毕业的喜悦了。

露西心想着，要是之前自己真的回了伦敦，就看不到眼前这温馨的一幕了。这个时候要是在伦敦的话，她会在干吗呢？上午十一点，她应该在公园散步，一边思考着如何拒绝邀她做荣誉嘉宾的各种文学界宴会吧。而此刻，她却得以悠闲地坐在这个茶馆里，就因为奈特医师明天要去参加一个医学会议，不对，应该说是因为多年前亨丽艾塔曾在学校帮助过她。不过想到自己现在能享受着阳光普照的六月，竟是因为一件发生在三十多年前挤满小女孩的阴暗衣帽间的事情，实在太怪异了。那么，她留下来的主要动因究竟是什么呢？

“这真是个令人愉悦的地方！”茵内斯夫人说，四人离开茶馆走到了街上。“想到我们很快又能再见面真是开心极了，萍小姐，汇报演出那天你还会在学校吧？”

“但愿如此吧。”露西说，她心想着，不知道亨丽艾塔是否愿意让她白白待在学校那么久。

“不管怎么说，你们俩都答应我们，不要对任何人说起今天见到我们的事。”茵内斯医师说。

“放心吧，我们不会说的。”露西两人看着她们的新朋友坐进车内一起说道。

“你信不信我能一下子发动车子，并且还不会撞到邮局？”茵内斯医师考虑着说。

“我不想看到毕灵顿镇再多个烈士，烈士太令人难过了。”茵内斯夫人说，“不过话说回来，人生要是不冒点险那还叫什么人生呢？”

茵内斯医师准备发动引擎，采用他刚才的冒险方式来启动车子。车子启动后，前轮擦过邮局的雪白墙壁，留下一片模糊的污迹。

“那是杰维斯·茵内斯留下的标记！”茵内斯夫人说，一边朝露西两人挥手，“汇报演出见，祈祷那天是个好天气！再见了！”

她们看着车子驶上镇上的小街，然后转向田野小路和莱斯学校的方向，最后消失在视野中。

“他们真是好人。”迪斯特罗说道。

“很有魅力的一对夫妇，想来也怪，要不是你今天早上想喝些好咖啡，我们也绝不会在这里遇上他们。”露西说。

“萍小姐，悄悄跟你说，茵内斯夫妇就是那种典型的让其他民族羡慕得抓狂的英国人。他们平静稳重，很有涵养，相貌堂堂。他们也很穷，你注意到了吗？茵内斯夫人的上衣都洗得发白了，而它本来应该是蓝色的，从她身子前倾时上扬的衣领就可以看出来。像他们这样有教养的人，却穷到这种地步，真是不合理。”迪斯特罗说。

“距离学校都这么近了，却不能进去看看女儿，茵内斯夫人一定非常难受吧。”露西感叹道。

“是啊，不过茵内斯夫人倒是很有个性。她不去学校是对的，高年级学生们现在都忙着准备期末考试，没有一丝空闲，要是这时候闲下来一会儿，之前的努力便都付诸东流咯。”迪斯特罗从桥边摘下一朵野菊花，发出一阵咯咯的笑声，露西还是第一次听到她这样笑。

“不知道她们那个单脚越线的难题解答得怎么样了呢。”

露西则想着，茵内斯在每周日的家书中是怎样说自己的呢。之前茵内斯夫人说过：“等回到家看玛丽在信中说你们的事一定会很有趣。”

“茵内斯竟然会让你联想到画像里的人，还真是奇怪。不过她给我的感觉也像是画像里的人。”露西对迪斯特罗说道。

“是啊，像我曾祖母的祖母。”迪斯特罗将摘来的那朵野菊花扔进水中，然后看着它顺着桥下的溪水渐渐远去，直至消失在视线中，“不过有一点我没告诉那对友好的夫妇，其实我曾祖母的祖母在她的同龄人中不怎么受欢迎。”

“是吗？那也许是因为她害羞吧，现在我们称其为自卑心理。”露西说。

“这个我就无从知道了，她丈夫死得太离奇了，对于任何女人而言，丈夫离奇去世总是令人悲痛伤心的事。”迪斯特罗说。

“你的意思是说她谋杀了她丈夫吗？”露西说，惊骇地呆站在一片夏日风光中。

“噢，不是，我们家没有这样的传闻。”迪斯特罗责备似的说道，“她丈夫就是死得很离奇。他酗酒赌博，不太受人喜欢。有一天喝醉酒，上楼时踩到了一级松掉的楼梯，楼梯很长，直接从上面掉下来然后就死了。事情经过就是这样。”

“那她有没有再婚呢？”露西问，一边思考着迪斯特罗刚刚说的事情经过。

“没有，她没再爱上其他任何人。她得抚养孩子，赌鬼丈夫去世后，就不用担心家里的庄园资产被拿去赌掉了。她非常擅长管理资产，我祖母从她那学到了这项才干。祖母漂洋过海从英国到巴西嫁给我祖父之前，从未出过西一区的查尔斯街；而到了巴西还不到六个月时间，她便开始接手管理家族资产了。”迪斯特罗说，然后钦佩地感叹道，“英国人真是了不起！”

8

露西正在教室帮勒珂丝监考高年级的病理学期末考试，好让勒珂丝能有更多时间批阅之前的试卷。这时，亨丽艾塔的小秘书踮着脚尖走了进来，恭敬地将当天的信件放在露西桌前。露西刚才一直皱着眉头在看试卷，本想早餐后呼吸点夏日清晨的新鲜空气，却看到试卷上像关节炎、淋病、脓疮这样的字眼，真是恶心死了！“肺气肿”还稍微好一点，它的拉丁文原名可能是指栽培某种花的园丁的名字；“驼背”可以联想到大丽花上的纹路；“脊髓炎”的拉丁原名可能是那种深蓝色的藤蔓植物，成熟后会变成粉红色；“脊髓痨”的拉丁名很明显就是指那种价格昂贵、香味极淡的异域百合。

“舞蹈病”“硬化症”“足内翻”……

“针对病症的下列不同状况，区分其治疗方法：（1）先天遗传；（2）后天受伤；（3）极其严重。”……

天哪！露西想着，难道这些年轻的学生们要学这么多东西吗？唉，自己怎么能这样袒护学生呢，有这样的想法是不对的。

露西站在讲台上，满怀同情地看着台下拼命答题的学生们。大家都在为自己美好的未来而奋笔疾书，她们沉着冷静，不慌不忙，只有劳斯面带愁容。她发现，劳斯担忧的样子比平时自鸣得意的时候好看多了，她抑制着自己对劳斯的同情心。戴克丝正埋首试卷，一边吐着舌头，一边看着试卷，每看完一行试题便长叹一口气。宝儿自信满满，从容淡定，答题的时候就像在写请柬一样，她对自己一直很有信心，从不怀疑自己，无论是现在还是毕业以后，她的生活都会一片亮堂。斯图尔特有着一头亮丽的红发，尽管脸色苍白，嘴角却挂着淡淡的微笑。她的工作也定下来了，毕业后回苏格兰老家的科威勒斯学校任教，她邀请自己去参加周六晚上在她宿舍举办的庆祝会。（“我们办私人聚会时不会邀请教员，不过你不算是正式教员，你就只是我们的好朋友。”）“四大门徒”一字排开坐在教室前排，不时地用眼神鼓励着彼此。病理学是她们尤其擅长的科目，很显然，即使有不会做的地方那也不值一提，曼彻斯特花钱聘请她们过去真是十分值当。茵内斯坐在窗户边，时不时地抬头望向窗外的花园，好像那样可以让她精神焕发。从她有条不紊的答题方式来看，她看花园并不是要寻找灵感，只是想得到些精神上的慰藉，她的样子好像在说：“啊，美景仍在，教室外别有一番美丽动人的天地。”茵内斯的神情让人感觉，学校让她觉得太压抑太疲累了。

露西从勒珂丝整齐的抽屉中取出裁纸刀，准备拆看小秘书送过来的信件。三张账单，这个倒不急着现在拆开，一张收据，一份报表，一个深蓝色、用红色烤漆印着“米利森特·克雷”几个大字的硬皮卡片（这个女人实在没必要这样为自己打广告吧），里面用粗笔写着五行大字，感谢她对仁爱基金的贡献。最后是蒙莫朗西太太写来的信，露西拿起刀拆开来看。

大（夫）人：

按照您的分（吩）付（咐），我给你由（邮）寄了加急包果（裹）。我登记过了，佛瑞德今天出门工作顺道带去威格莫尔街，放到那里的由（邮）筒里了，收具（据）也放在一起。按您说的，我打包了你的兰（蓝）色套装和几件上衣，分（粉）色的领带还在洗衣店，还没洗好，我放了一个灰（徽）章进去，希望能有用。

大（夫）人，恕我多嘴，不过我也是为了你好。一个女人光顾着写书，而没个年清（轻）伴侣的话这样不好。不要觉得我下（瞎）操心，你是我在工作中遇过的最和善的人，做过事的最好的女人，佛瑞德也是这么人（认）为的，他说你一个女人，老在外面转来转去不太好，别先（嫌）我罗（啰）索（唆）。

蒙莫朗西竞（敬）上

另外钢丝刷放在戎（绒）鞋里面

接下来的十五分钟里，露西一边由于蒙莫朗西太太对自己关爱有加而深受感动，一边对洗衣店的服务表示抓狂，一边又想着为什么自己要缴纳教育税。对人们来说，社会欠缺的不是公立学校，而是要多建一些提供小班教学和读写及算术课程的初级小学，让那些像蒙莫朗西太太这样社会底层的人能受到良好的基础教育。露西以前家里的老园丁麦克林十二岁时就辍学了，但他写的信却和露西大学同学写的信一样好，为什么会这样呢？就因为他以前就读的是那种村庄里的小学校，那种学校采用小班教学，而且还有好老师。

当然啦，在麦克林那个年代，人们更重视基础教育，而不是免费牛奶。那时的社会背景下，麦克林学会了些基本的听说读写，之后便全靠他自己了。他一生仅靠甜烙饼和浓茶度日，但却精神矍烁，最后在九十二岁高龄时离开人世。

这时，露西从自己的思绪中回过神来，她看到劳斯脸上的神情变了。在此之前，露西看到过劳斯各种表情：挫败气馁、阿谀奉承、自鸣得意，还有之前答题时担心忧虑的神情，但却从没见到她像现在这样，神情鬼鬼祟祟。

为什么她看上去鬼鬼祟祟的呢？

露西好奇地盯着劳斯看了一会儿。

这时劳斯抬起了头，发现露西正盯着自己看，立马将视线移向别处。她脸上鬼鬼祟祟的表情消失了，做出一副“若无其事”的样子。

露西对这个表情深谙其道，她担任小学四年级年级主任时，经常在一些学生的脸上见到：偷吃糖的学生；在法语课上做算术题的学生。

还有，考试作弊的学生！

亨丽艾塔之前怎么说来着？——“对劳斯来说，理论科目比较困难。”

原来如此。

对劳斯而言，“肺气肿”“足内翻”等等这类的医学术语实在是太难记住了，她必须借助某些东西才能想起来。但问题是，她借助了什么东西呢？东西又藏在哪呢？

课桌是开放式的，前面没有挡板，腿都露在外面，所以肯定没在大腿上。手指甲太小，写不了多少有用的病理学内容，最多只能抄个公式。一般作弊的学生会把小抄写在衣袖上面，袖口有没有弹性都不影响，这种手段比较稳妥，可是这些学生穿的都是无袖的衣服。那么劳斯究竟把小抄写在什么上面呢？又放在哪里呢？还是说，她只是偷瞄了前座奥唐纳的考卷？或者偷瞟右侧汤玛斯的答案？

露西假装着看信，静待时机。所有老师都知道这个招数，她故意漫不经心地抬起头，随意地扫了一眼所有学生，然后再低下头去看信。再抬起头时，她便直接看向劳斯：劳斯正低着头，左手抓着一条手帕。露西觉得，一方面，就算小抄是写在手帕上，一条手帕也不够写下病理学纷繁复杂的知识点，而且作弊的时候也不容易查找；另一方面，手帕在莱斯学校这样的地方并不常见，没人拿手帕来擦鼻涕，而且偌大的教室就只有劳斯一人拿着手帕。露西断定，无论劳斯把小抄写在何处，一定跟她的左手脱不了干系。由于她坐在最后一排的靠窗位置，所以左侧紧挨着墙壁，其他任何人都看不到她左手的动作。

露西思忖着，这种情况下，最好的解决办法是什么呢？

走到劳斯座位边要她交出手帕？然后发现那不过是一条九英寸

大小的普通正方形手帕，其中的一个角上绣着主人名字的首字母，而且还洁白无瑕得就像刚洗过一样？

或者让劳斯交出手帕，当众揭穿她？然后在这段高年级学生们最不平静的时间里，掀起丑闻的巨浪？

又或者，一言不发地紧紧盯着劳斯，让她没有机会去偷看小抄作弊？

毫无疑问，最后一个方法最理智，而且目前为止，劳斯应该没有偷看到多少内容，即使看到了一点，也不足以影响她和其他同学的成绩。

露西走下讲台，悠闲地踱着步走到教室后头，然后斜靠在劳斯和汤玛斯中间的墙壁上。汤玛斯已经停止答题好一会儿了，她抬起头朝露西微笑了一下。劳斯一直低着头，脖子涨得通红，没一会儿，便把手帕以及藏在里面不知名的东西放回了上衣口袋。

好吧，露西现在已经成功地破坏了劳斯的作弊阴谋，但她并没有因此而觉得心满意足。她生平第一次觉得，作弊这种事发生在四年级小学生身上，让人觉得淘气又可笑，可发生在高年级学生期末考试的考场里，却让人极其反感！同时，她也庆幸这种事只发生在劳斯一个人身上，其他学生都没有。过了一会儿，露西慢悠悠地踱回了讲台，她站在上面，发现劳斯没再去看手帕了，很明显，她现在一定无助极了。这时露西发现，她心里突然同情起劳斯来，没错，她为劳斯感到难过。毕竟，劳斯是个很刻苦用功的学生，据别人的评价，她简直是拼了命地努力学习。她作弊，并不是为了偷懒走捷径，而是理论知识对她来说实在太难，她几乎不可能记住那些知识点，最后被逼无奈才出此下策。

这样想想之后露西心里好受了许多，在接下来的监考时间里，她对刚才的作弊事件也淡然了很多。她重新看回试卷，考试内容范围之大令她折服，她很好奇，劳斯到底把小抄写在什么地方，既能方便查看，又不会被轻易发现呢？她很想去请教一下她。

最合理的一种解答是，劳斯对某两门或三门课程的考试都很担心，所以将知识点都抄在了一张纸上。

茵内斯最先做完，她将试卷整理好，再用夹子夹住卷子上缘。她重新检查着自己的答案，偶尔在上面做些修改，最后将试卷平铺在课桌上，悠闲地欣赏了一会儿窗外的美景，然后安静地起身走到讲台边，将试卷放在露西面前的桌上。

“啊，天哪！”戴克丝悲叹道，“是不是有人交卷啦？可我才做完一半呢！”

“戴克丝，别出声。”露西说，维护考场安静是她的职责所在。

戴克丝朝露西嘿嘿笑了一下，表示同意，然后继续埋头做题。

茵内斯交卷后没多久，斯图尔特和宝儿纳什也紧跟着交了卷，不一会儿，露西面前的试卷便越堆越多。此时，离考试结束还有五分钟，教室里只剩下三个学生：一个是皮肤有点黑的威尔士人汤玛斯，她应该是懒觉睡太多了没能好好学习；一个是依然还在奋笔疾书的戴克丝；还有一个便是劳斯，她的脸急得通红，十分发愁，显然是因为答不出题才这么郁闷。还有两分钟的时候，教室就只剩下劳斯一人了，她匆忙地翻看着试卷，不停地在上面涂涂改改，看上去迷茫而又绝望。

远处响起了校铃声，劳斯不再犹豫不决地修改更正了，不管她写的什么答案，现在都得交卷了。她迅速地将考卷叠放在一起，并意识到刚才的铃声意味着她得马上赶去体育馆集合，弗茹肯老师可不会接受因为考试太难而迟到这种理由。露西本以为劳斯会避开她的目光，或是表现出尴尬的样子，但令她意外的是，劳斯真诚地对她微笑着，而且还坦然地说出了自己的感受。

“呼！”劳斯长吁一口气道，“考试真是太难了。”说完便跑着离开了教室，去追上前面其他的同学。

露西看着劳斯那满是涂改的试卷，觉得十分愧疚，一切都只是她的假想而已，劳斯刚才根本没有作弊，至少不像她想的那样蓄谋已久。她现在想到了，劳斯之前脸上鬼鬼祟祟的神情，可能只是因为她觉得自己准备不充分而感到内疚，或者最坏的情况也不过是因为她想偷瞄一下邻座同学的答案而已。脖子之所以涨得通红，是因为她意识到自己怀疑她在作弊，露西至今依然清楚地记得，她以前在学校时也会因为无辜被怀疑而羞红脸，让人觉得她好像真的做错了什么事一样。露西觉得，她这次真得好好向劳斯道歉，要想个办法补偿她。

露西习惯性地将试卷按照姓氏首字母顺序整理好，再整齐地叠放在一起。她清点好张数后，便拿着试卷准备上楼去交给勒珂丝，她很高兴自己不用做批阅试卷这种烦琐的事。她上楼后发现勒珂丝房里没人，于是便把试卷放在她的书桌上，在房里站了一会儿，想着自己要去哪里消磨午餐前的这段空闲时间。她本想去体育馆看学生练习体操，但随即又打消了这个念头，她现在不能把体育项目都给看熟悉了，不然到汇报演出那天看表演就没什么意思了。她诱导性地说服了亨丽艾塔让自己待到汇报演出那天，事实上亨丽艾塔很愿意她留下来，所以她可不想提前把项目都看了，到时候坏了自己看表演的兴致。她又走下楼梯，在梯台的长窗前驻足了一会儿，从这可以看到远处田野里的榆树及其后面潺潺的小溪，露西决定去金凤花田野待一会儿，在这样宜人的夏日里，望着田野里大片大片的金凤花是再惬意不过的事了。她下了楼，沿着屋子侧边走到了体育馆外面的廊道，然后往田野那头走去。

她走到廊道，看到路边草坪中有个什么东西。一开始露西以为那是花瓣，没太在意，但后来她发现那个东西四四方方的，肯定不是花瓣。于是她走回去将其捡了起来，发现是本小小的地址簿，红色的皮革封面有些褪色了。本子看上去跟某种旧式女包的配件有点像，就是那种皮革和工艺都不像现代做法的旧式女包。她漫不经心地幻想着那种旧式女包，包上还会有其他的配件，包里面装着香水瓶、金笔、象牙写字板等等。她翻开本子，发现上面写着许多密密麻麻的小字：外伤病变，纤维蛋白，细胞膜，滑膜，综合征，关节僵硬，发烧。

单说本子上的内容，露西看不出任何端倪，但本子的用途却十分明显。她继续翻阅着本子，发现上面密密麻麻写着的基本上都是些学科术语，而且都按字母顺序列好，连最后一页都写满了关于“射线”的晦涩难懂的术语。最让露西为之折服的是，这个本子内容详尽齐全，而且本子主人处心积虑提前蓄谋了这一切。这绝不是某人临时抱佛脚准备的，而是处心积虑抄写这些来避免考试落败的。从本子里内容的齐整性和排写方式来看，里面的术语词条都是按学科主题归类好的。事实上，要是这个笔记本大小正常，那也不过是一本普通的课堂笔记而已。然而，没人会选一个和大号邮票差不多大小的本子来写笔记，毕竟买一个普通大小的本子也花不了多少钱。这样一个只有用极细的绘画笔在上面写字才能看清楚的本子，只可能有一种用途。

露西现在完全明白是怎么回事了：劳斯在跑去体育馆时曾掏出过手帕，由于她之前从没用手帕夹带过小本子，再加上心里想的都是刚才糟糕的考试，又担心体育课迟到，所以掏手帕的时候没有想到本子的事情，于是小本子便掉在了这里。

她继续朝前走着，穿过五栅门来到了田野间，然而她却无心欣赏眼前的金凤花。她慢慢地走到小河边的林荫路上，然后上了桥，倚着栏杆看河里的水草以及间或跳跃的小鱼，脑子里想着劳斯的事情。小本子的扉页上没有写名字，而且从头到尾也没有任何可以辨认出主人的标识。现在多数学校都会教学生楷书和草书，草书相对更难辨认一点。尽管书法家肯定可以根据字迹轻易地认出写字人来，但那又怎样呢？就算确定了本子主人是劳斯，也没有任何证据可以证明本子的用途就是用来作弊的，甚至连本子的不合理用途都证明不了。要是把本子当作失物交给亨丽艾塔，又能怎样呢？没人会去认领，最多让亨丽艾塔知道有个高年级学生准备了巴掌大的本子来作弊而已。

但要是她对小本子的事只字不提，那么劳斯永远不会知道本子的下落，一辈子都要生活在担心本子被揭露的忧虑中。露西觉得这样的惩罚最能让劳斯受到报应，她又翻看了一遍小本子，想不出爱德华时代的本子怎能这般精致，然后倾身向前将其扔进了河里。

露西一边走回学校，一边想着劳斯是如何顺利通过其他几门期末考试的。运动机能学等其他学科和病理学一样难，都有很多晦涩难懂的内容需要背诵记忆，那么劳斯是怎样通过这些科目的考试的呢？难道这个红色的小本子只是五六个小本子中的一本吗？一个人专门花钱买了超细的绘画笔，难道只为了一门考试吗？露西猜想，只要花上足够的时间去找，即使找不到像小红本这样精致小巧的本子，肯定也可以买到很多小本子。或许劳斯就是因为有了这个红色的小本子，才萌生了考试作弊以避免落败的想法。

走到学校门口的时候她想起，前几门科目的考试成绩应该都会公布在大门口的布告栏上，于是便取消了之前绕路走回学生宿舍的打算，径直走进大门来到了布告栏边。绿色的台呢绒布告栏上钉着几张低年级的成绩单，还有三张高年级的期末成绩单。露西饶有兴趣地看着：

《生理学》期末考试成绩单

优等（90 及以上）

玛丽·茵内斯　　93

甲等（75—90）

威廉明娜·哈瑟特	87	帕米拉·纳什	86
希娜·斯图尔特	82	珍妮特·盖琪	79
宝琳·卢卡斯	79	芭芭拉·劳斯	77

乙等（65—75）

多萝西·利特蔷	74	碧翠斯·阿普亚德	71
琼·戴克丝	69	艾琳·奥唐纳	68
玛格丽特·坎贝尔	67	露丝·薇马克	66
莉莲·马修斯	65		

其余学生均低于 65 分及格通过。

好啊，看来劳斯凭两分的优势挤进了甲等。

露西接着看下一张成绩单：

《医药学》期末考试成绩单

甲等（75—90）

玛丽·茵内斯	89	宝琳·卢卡斯	89
帕米拉·纳什	89	多萝西·利特蔷	87
露丝·薇马克	85	威廉明娜·哈瑟特	82
希娜·斯图尔特	80	莉莲·马修斯	79
芭芭拉·劳斯	79		

乙等（65—75）

珍妮·伯顿	73	珍妮特·盖琪	72
艾琳·奥唐纳	71	琼·戴克丝	69

其余学生均低于 65 分及格通过。

劳斯又一次挤进了甲等。

《运动机能学》期末考试成绩单

优等（90 及以上）

玛丽・茵内斯	96		

甲等（75—90）

宝琳・卢卡斯	89	帕米拉・纳什	88
希娜・斯图尔特	87	威廉明娜・哈瑟特	85
露丝・薇马克	80	珍妮特・盖琪	79
琼・戴克丝	78	芭芭拉・劳斯	78

劳斯又是甲等！三门考试全是甲等！一个理论科目很差的学生竟然全部考了甲等？露西觉得，除了那个红色的小本子之外，劳斯一定还准备了其他写了小抄的本子。

罢了罢了，今天已经是周五，明天期末考试就结束了。经过上午掉本子的教训，劳斯明天上午考试应该不太可能会带小抄了。即使她真的准备了其他小抄，也不敢再带出来作弊了。

露西盯着成绩单思索着（她很高兴看到戴克丝也得了一个甲等），这时勒珂丝拿着昨天考试的成绩单过来了。

“谢谢你帮我监考，还把考卷送到了我办公桌上。多亏了你，我上午才批完了考卷，把成绩单整理了出来。”勒珂丝说，她上前用图钉将成绩单钉到了布告栏上，然后退回来看着成绩单。

《卫生学》期末考试成绩单

优等（90 及以上）

玛丽・茵内斯	91		

甲等（75—90）

帕米拉・纳什	88	威廉明娜・哈瑟特	87

希娜·斯图尔特	86	宝琳·卢卡斯	81
芭芭拉·劳斯	81		

“芭芭拉·劳斯！ 81 分！”露西看着成绩单脱口而出道。

“没错，很让人意外，对吗？”勒珂丝平静地说，“她是个极其用功的学生。我想，她在体育项目中表现那么优秀，肯定不能容许自己在理论考试中拖后腿。”

“茵内斯每门功课都考了第一。”露西说。

“是啊，她待在这里真是太可惜了。”勒珂丝说。

“为什么可惜呢？一个人越有才华肯定越好，不是吗？”露西问。

“是没错，但以茵内斯的聪明才智，她完全可以取得比这更多更高级别的殊荣，所以我才说她在这里太可惜了。”勒珂丝说。

“不知怎的，我觉得劳斯今天上午的病理学考试考不到 81 分。”两人离开布告栏时露西说。

“为什么这么觉得呢？她觉得题目很难吗？”勒珂丝问。

“简直是难于上青天！”露西说，一边暗自希望自己的语气听上去没有太幸灾乐祸。这时，五分钟的预备铃响了，大汗淋漓的高年级学生们纷纷从体育馆冲了出来，跑进澡堂便赶紧脱掉衣服，好赶在下一个铃响之前洗完澡。“多忙碌的生活啊！”露西接着说，“回想我们上大学的时候，那可轻松多了！要是在期末考试当天，我们只要考完便可以自由支配剩下的时间，好好休息放松一下。而对这些年轻的学生们而言，考试只是日常安排的一部分。”

澡堂传来混乱的咒骂声。“欧唐娜你这只猪，那是我的隔间！”“马克你个笨蛋，别踩我脚！”“啊，不要穿！我的姑奶奶啊，那是我的紧身衣！”“天哪，看我长的水疱！”“盖琪，把我鞋踢过来！地上太滑了！”“你个蠢货有必要把冷水到处乱泼吗！”

“她们喜欢这样的生活。”勒珂丝说，“在这些学生心中，她们乐意过着匆忙和劳累的学习生活，因为那样能让她们觉得自己有价值。事实上，她们中没几个人有正当理由来说明自己有价值，所以忙碌的生活至少能给她们这种错觉。”

“她们这叫‘犬儒主义’。”露西说。

“并非如此，心理学家。”勒珂丝说，走过澡堂时她歪着头去听里面的吵闹声，“里面听上去就像在自由辩论一样，你不觉得吗？每个人的声音既绝望又愤怒，不过这都是她们故意夸张的效果。要不了五分钟，她们便会整齐有序地端坐在食堂，连一根头发丝都不乱。”

勒珂丝说得没错，五分钟后，当教员们一个个走到食堂主桌时，澡堂里的那群吵闹鬼们已经规规矩矩地站在餐桌前了，她们每个人都穿戴整齐，梳理妥当，一个个都静默不语，心思已经全部放到吃的上去了。果然是孩子啊！不管遇到什么不开心的事，只要有玩具玩，便能很快忘掉所有的不愉快。她们和那些疲惫焦虑、徘徊在崩溃边缘的成年人完全不一样，她们都是快活的孩子，就算有不开心的事，嘴上嚷嚷发泄一番后便什么事也没有了。自从五天前，也就是上周六迪斯特罗在榆树下说这里学生不正常之后，露西一直都在寻找些蛛丝马迹来验证迪斯特罗的说法，而她发现了什么呢？一件极其普通且精心策划的作弊事件，除了作弊手段干净利落之外，其它不值一提。

“太好了，”亨丽艾塔说，一边给教员们分发着看上去像是奶酪蔬菜派的东西，“我给汤玛斯找了个威尔士的工作，就在那里的阿伯雷斯威斯镇附近，真是太开心了。”

“威尔士那地方的环境让人昏昏欲睡。”勒费夫尔边考虑边说，短短一句话便浇灭了亨丽艾塔的热情。

“是啊，”勒珂丝说，“到时候谁来让她保持清醒呢？”

“我们首先要考虑的不是谁来让她‘保持清醒’，而是谁先把贪睡的她叫醒。”蕾格贪婪地看着馅饼说道。她从学校毕业没多久，现在依旧胃口很大，对美食没什么判断力。

“汤玛斯从小就在那种环境下长大，”亨丽艾塔压抑着心中的不快说，“毋庸置疑，她一定知道如何去适应那里。不管怎么说，她在威尔士以外的其他地方是不太可能有很大建树的。威尔士人都是些老实巴交的乡下人，我说这话没别的意思，而且我之前注意到，他们都会落叶归根回自己家乡。要是有机会回去工作，他们都会优先考虑。由此看来，这个职位来得恰是时候，汤玛斯很适合教小学三年级体育，毕竟她也没什么很大的抱负。”

“只有汤玛斯这一个新职位吗？”蕾格问，一边吃着馅饼。

“不，还有另外一个新职缺，我想和各位商量一下人选。”亨丽艾塔说。

啊哈！露西心想，终于要说亚林赫斯特女校的事了。

“灵格修道院需要人专职照顾小孩子，并且给她们上舞蹈课。也就是说，舞蹈水平必须要高。我想把这个职位分配给戴克丝，她对小孩子很有一套，不过关于她的舞蹈程度，玛丽，我想听听你的看法。”亨丽艾塔说。

“在跳舞这方面，她简直愚笨如牛。”勒费夫尔夫人说道。

“不过她能跟小孩子相处得很好。”蕾格小姐说。

“但是她跳舞跳得特别差劲。”勒费夫尔夫人说。

“她个人的舞蹈表现并不重要，”亨丽艾塔说，“重要的是她有没有指导孩子们跳舞的能力。关键在于，她全面地掌握了舞蹈这门课的内容吗？”

“噢，她当然知道四三拍与四四拍有什么不同。”勒费夫尔夫人说。

“去年圣诞节在拉博镇西部，我看过戴克丝教小孩子们跳舞。”蕾格说，“她教得非常好！我当时本来是要做评委的，但后来却完全沉浸在孩子们的舞蹈表演中，什么评语都忘了说。我觉得她确实很适合这个职位。”

“那么，玛丽你的意见呢？”亨丽艾塔问道。

“我想不通这有什么好纠结的，”勒费夫尔夫人说，“反正灵格修道院的舞蹈课水平糟得一塌糊涂。”

这样看来，戴克丝去灵格修道院的事是定下来了。要是确定去当教员的话，灵格修道院也算是个好去处，对此露西为戴克丝感到高兴。她朝学生餐桌那边扫了一眼，尽管一片吵闹，她依旧可以听出戴克丝那高亢的声音，她正在说病理学考试的事：“天哪，我当时写的答案是‘关节变得有黏性’，那肯定不是正确的药理学术语。”

“霍琪小姐，关于职位的事情我要给她们俩提个醒吗？”过了一会儿蕾格问。

“不用，今天就只先告诉汤玛斯，戴克丝的事我明天再跟她说。最好分别告诉她们，免得一起兴奋过了头。”亨丽艾塔说。

教员们起身准备离开，蕾格转身面向恭敬站着、暂时安静下来的学生们，然后宣布：“午餐后，请汤玛斯去霍琪老师办公室谈话。”这显然是惯用仪式，因为教职员们尚未走出门口，学生们就叽叽喳喳地说开了。“汤米，有工作啦！”“恭喜你啊汤米！”“不错嘛！老汤！”“向威尔士人致敬！”“小汤，祝你发大财！”“你简直太幸运了！”“汤米，干杯！”

然而，还是没有人提到亚林赫斯特女校。

9

露西最先听到有人谈论亚林赫斯特女校的职缺一事，并不是来自教员们，而是出自学生们之口。今天是周六，她整个下午都和弗茹肯母女待在一起，帮忙缝制低年级学生在汇报演出那天表演瑞典民俗舞蹈时要穿的演出服装。天气晴朗，风和日丽，露西她们拿着一堆色彩艳丽的布料，走到花园的一个角落坐了下来，这样可以一边缝制衣服，一边欣赏英国的田园风光。学生们此刻都去参加比赛了，花园里面空荡荡的，没有人去践踏河边的绿草地。她们带着极大的祝福缝制着衣服，弗茹肯太太似乎跟自己女儿说了露西的种种好，此时的弗茹肯一改之前的沉默寡言，而且露西高兴地发现，这个平时让她想起如雪上反射的阳光般耀眼的年轻女子，竟也会温暖地咯咯笑，而且还很幽默。（诚然，弗茹肯太太对露西的缝制技术大为失望，不过她对英国人倒是有着很大的包容性。）弗茹肯太太重新说到了食物，滔滔不绝地讲着某种“肉丸”的一长串优点。而露西（她不会下厨，就只知道在最后土豆煮熟的时候，用锅铲将其铲成片状，加上要一起煮的其他东西，然后再淋上一层酱汁）觉得这道菜费时费力，很是复杂，于是便决定不作理会。

“你今晚有空吗？”弗茹肯问露西，“我们打算今晚去拉博镇看戏，我母亲她还没看过英国戏剧，要是你愿意一同前去的话，我们都会很高兴的。”

露西解释说自己今晚要去斯图尔特宿舍，参加她办的庆祝找到工作的派对。“我知道教员通常不参加学生的私人聚会，不过我不算是正式教员。”

弗茹肯上下看了露西一番然后说道：“你应该去当一个教员，你简直就是她们的良药。”

又是那句医学用语，就好像她是一剂处方似的。

“这话怎么说呢？”露西问。

“噢，我英语说得不好，表达不清楚，而用德语说起来又太晦涩了。就是，一部分是因为你穿高跟鞋，一部分是你写了一本书，一部分是她们不需要对你有半点畏惧之心，一部分是……噢！天哪，太多个理由了。对她们来说，你来得恰是时候，这段时间她们需要转移一下注意力，但又不能分心……噢，真希望我的英语能好一点。”

“你的意思是说，她们就好比‘胃酸过多’，而我就是那剂中和酸性的‘碱’。”露西说。

弗茹肯出乎意料地咯咯笑了起来。“对对，就是那个意思。尽管我很遗憾你今晚不能和我们一同去看戏，不过学生邀请你参加派对，说明她们非常喜欢你，我想你一定会玩得尽兴的。现在期末考试考完了，今晚大家一定都会很高兴。等下她们比完赛回来，这周末就自由了。所以她们周六一定会狂欢一阵。”她说完又用英文加了一句，“解放万岁！”

学生们确实是解放了。露西和弗茹肯母女在方院门口分开，她们母女俩继续往屋前的客房走去。刚走进方院，她就听到整栋楼都一片嘈杂：两层楼澡堂里的冲水声，各种喊叫声，橡木楼梯上火急火燎的脚步声、歌声、口哨声、哼哼声。很显然，两支球队都回来了，而且看这气氛她们应该是胜利而归，现在整栋楼都沸腾着。一片嘈杂的人声中，露西听到大家不断重复地提到一个词。她上楼时要路过一楼澡堂，这时才第一次听别人说起亚林赫斯特。“你听说了吗？天哪！亚林赫斯特女校哎！”

“你说什么？”

“我说亚林赫斯特！”

里面的水龙头被关掉。

“水声太大我听不清楚，你刚刚说哪里？”

“亚林赫斯特！”

“真的假的？”

“是真的，”另一个声音说，“千真万确！”

“不可能啊，学校都没给亚林赫斯特送宣传海报。”

“确实是真的。霍琪老师的秘书悄悄跟乔丽说了这件事，乔丽又告诉了她乡下的妹妹，然后她妹妹又告诉了茶馆的老板娘奈薇尔。今天下午骚核桃和她那个表哥去茶馆喝茶，老板娘跟她说了这个事。”

“骚核桃那个小白脸表哥又来学校了吗？”

“我在说亚林赫斯特！想都不敢想啊！你们觉得学校会把它分配给谁呢？”

“噢，这还用说嘛。”

“对啊，肯定是茵内斯啊。”

“茵内斯真幸运！”

“是啊，这也是她应得的。”

“亚林赫斯特！想想就觉得激动啊！”

露西经过二楼澡堂时，里面也是一样：洗澡的冲水声，水花四溅声，嘈杂的说话声，以及谈论亚林赫斯特女校的声音。

“这事谁告诉你的？”

“骚核桃。”

“天哪，骚核桃的话你也信，大家都知道她说话经常颠三倒四。”

“总之，这等好事肯定是给茵内斯的，轮不到我，我大概只能在伦敦的乡下工作了。”

“骚核桃可能说话是有些疯疯癫癫，不过她不是医学博士，而且也是碰巧得知这事。再说了，她甚至都不知道亚林赫斯特是什么意思，所以她不可能编造得出来。她之前还问‘亚林赫斯特是不是一所学校呢？’”

“亚林赫斯特是不是一所学校！我的天！”

“要我说，咱们的校长大人会不会因为这事得意到乐昏了头啊！”

“那你觉得她会不会因为这个好消息，今晚给我们吃美味的蛋挞而不是牛奶布丁呢？”

“我猜乔丽昨天就把牛奶布丁做好了，现在已经整齐地放在餐桌上等我们去吃了。”

“哦，好吧，那就让它摆着吧，我打算去拉博镇了。”

“我也要去。嘿，茵内斯你在吗？”

“茵内斯不在，她已经洗完澡了，现在在外面穿衣服。”

“我说，要不我们给茵内斯办个庆祝会吧，我指的不是那种私人的小型派对，而是我们所有人一起参加的庆祝会。不管怎么说，这是……”

“好啊，就这么办！不管怎么说，能找到像亚林赫斯特这样的好工作可不是常有的好事，而且这也是茵内斯应得的，大家都会为此感到高兴，还有……”

“好啊，我们就在学校的公共休息室开庆祝会！”

“毕竟这是整个学校的荣耀，为莱斯学校增光啊！”

“亚林赫斯特！不敢相信啊！”

“亚林赫斯特！”

露西想着，那个恭顺的小秘书会说漏嘴把消息放出去，是不是因为得到什么暗示，以为亨丽艾塔马上就要公开宣布了呢。面对这样的重磅消息，即使是亨丽艾塔那样小心谨慎的人也按捺不住了。如果真是这样，那现在亚林赫斯特应该在等学校的答复了。露西猜想，亨丽艾塔大概是想等到期末考试周结束，再跟学生宣布这个好消息，而现在学生们都知道了，她不禁觉得亨丽艾塔对时机把握得真是精准。

她沿着走廊朝尽头的房间走去，恰好看到了正在穿衣服的茵内斯。

“嘿，听上去你们下午收获颇丰啊。”露西说道。

“你指的是大家的吵闹声吗？”茵内斯说，“没错，我们下午比赛是赢了。不过她们并不是在闹腾比赛获胜的事，而是在欢呼她们再也不用经历期末考试了。”

露西注意到，茵内斯很自然而然地用“她们”两个字来称呼自己的同学。有那么一瞬间她都惊叹于这个女学生的冷静淡定，她想着，有没有可能她还不知道亚林赫斯特女校的事情呢？这时，茵内斯从阴暗的走廊走到了戴克丝宿舍敞亮大开着的门边，露西这才看到她脸上欢喜的神情。她心里满是温情地想着，这种感觉一定很美妙吧？就像是美好的未来正在向自己招手。

“不管怎么说，你看上去很高兴。”露西十分老套地说，因为她不知道该用什么样的词来形容茵内斯眼里的欢欣。

“用奥唐纳的话来说，我现在‘连国王都不放在眼里’。”两人分开时茵内斯说，“你会来参加斯图尔特的庆祝会吧，太好了，我们到时再见！”

露西往鼻子上搽了点粉，决定去“老屋”那边看看教员们对亚林赫斯特这件事的反应。或许那边午茶还没结束，到那边还能喝到点茶，她之前完全忘了午茶这回事，而且弗茹肯母女显然也忘记了。露西将冰桶里的香槟酒转动了一下位置，酒是她从乔丽那里讨来的，准备晚上带去参加斯图尔特的庆祝会。她再次惋惜地想着，可惜拉博镇的酒馆没有年代更久远点的香槟卖，不过她坚信，法国兰斯[①]出产的任何一种香槟酒对这里的学生来说都只是普通的“香槟”而已。

---

① 兰斯是法国东北部城市，当地的香槟酒非常出名。

到“老房子”去必须再次经过高年级学生宿舍和二楼的澡堂。露西经过时，感觉嘈杂的说话吵闹声较之前又达到了一个新高度，越来越多的学生听说了亚林赫斯特的消息，她们互相谈论并流传着，声音大得盖过了水龙头的放水声、关门的砰砰声以及火急火燎的脚步声。从嘈杂吵闹、情绪激动的学生宿舍一下子来到安静祥和的“老房子”，雪白的墙壁，漂亮的红木装饰，大大的窗户，露西觉得很不适应。她穿过宽敞的梯台，推开了会客厅的门。会客厅里面也十分安静，她走进去后随手带上了门，这才意识到屋内的肃静很是怪异。事实上，房间安静得有些令人震惊，露西还没明白怎么回事，就已经走到了一排教员中间。此外，从大家脸上的神情来看，这是个严重对立的情势。亨丽艾塔背对壁炉站着，脸色绯红，满脸固执，屋里其他人都带着指责的神情生气地盯着她。

露西见状本想退出房间，不过这时有人习惯性地倒了一杯茶递给她，尽管她可以想到很多借口离开，但她实在不好意思就这么放下茶杯然后走人。她看着手里的茶杯，茶水浓得发黑，而且已经很凉了。

屋里没有人注意到露西，也许是大家心里已经接纳她是一名教员了，又或者是她们心思全放在争吵上无暇顾及其他。当她们发现露西时，就像坐火车的人看到列车查票员一样，丝毫不觉得突兀。大家将露西默认为合理的闯入者，但并不参与她们的讨论。

“这样的安排不公平，简直骇人听闻！”勒费夫尔夫人说着。她坐在那里，纤细的双腿稳稳地放在地板上，这还是露西第一次见到她没有以贵族式的姿势坐着呢。

勒珂丝站在勒费夫尔夫人身后，她原本苍白的脸看上去比平时更加苍白了，脸颊的颧骨位置却泛着不寻常的嫣红；弗茹肯坐在一张印花棉布罩着的椅子上，神情傲慢，一副闷闷不乐的样子；蕾格在窗前来来回回地走，看上去十分迷茫尴尬，又很是气恼，就像终于来到神界奥林匹斯山的人，到了之后却发现诸神争吵不和而感到惶恐不安。

“我觉得这样的安排十分合理公平。”亨丽艾塔用她过去那种级长的权威语气说，但连露西都听得出来，她是在故作权威。亨丽艾塔很显然是众矢之的。

“岂止是不公平，简直是大错特错！”勒费夫尔夫人说。

“玛丽亚，别犯傻了！”亨丽艾塔说。

“从很多方面来看，你那样安排都大错特错！首先，亚林赫斯特要求学校安排最优秀的学生过去，而你却打算推荐一个较差的人。其次，你这样做也破坏了学校的声誉，即使未来某天可以重振声誉，最快也要等到二十年后了。而这一切都是为了什么？我问你！都是为了什么？就只是为了满足你那突发奇想的念头！”勒费夫尔夫人说。

“我并不觉得这是我的突发奇想，”亨丽艾塔厉声打断道，此时的她少了些惯有的高贵端庄，“你们任何人都无法否认，劳斯是个杰出的学生，她勤奋用功，她值得拥有这个新职位。此外，她这学期连自己最不擅长的理论课目每门都考得很好。”

“并不是每门都考得很好，我昨晚批阅了病理学的期末考卷，她甚至连个乙等都得不到。”勒珂丝说道，声音跟水滴落在金属盘子上一样小。

在这之前，露西一直在想着如何处理手中的茶，听到勒珂丝这番话后，她才开始竖起耳朵认真听。

“唉，那真是太可惜了。”亨丽艾塔由衷地为劳斯感到惋惜，没有抓住这件事的重点。“她已经做得很好了，完全超过了我能预想到的情况。”

“劳斯是个愚蠢的白痴，这点你知道的。”勒费夫尔夫人说。

“胡说！她是莱斯学校有史以来最优秀的学生……”亨丽艾

塔说。

“天哪，亨丽艾塔，别再说那话了！我们所有人心里都明白，亚林赫斯特所提到的杰出意味着什么。”勒费夫尔用她纤细的手拿着一张蓝色的纸晃荡着，然后将其放到离自己一臂之远的位置（她已经到了‘夫人’的年纪，但又不喜欢戴老花镜），高声念道：“‘不知道在贵校的应届毕业生中，是否有足够优秀的学生能够填补本校的这个职缺。新入职员先从亚林赫斯特女校起步，接着进一步了解学校的传统，同时，维系与贵校间长期以来建立下的深厚友谊’，深厚的友谊！而你却要推荐劳斯，断送掉这段深厚的友谊！”

“我想不通为什么你们所有人都如此固执地反对劳斯，你们这完全是偏见。一直以来，她都是学校的模范学生，而且在这之前你们从未说过任何关于她的不好。现在，我打算让她的努力得到回报，你们却突然狂怒不止地反对起来，我真不明白你们怎么想的。弗茹肯，你一定会支持我吧！劳斯绝对是你教过的学生当中最优秀的吧。”

“劳斯是个十分优秀的体操运动员，而且我从蕾格口里得知，她也是个很不错的竞赛选手。但是以后毕业离开了学校，没人会在意她比别人更擅长倒立，或者更适合当中卫，人家更看重的是一个人的性格，而劳斯的性格并不怎么讨人喜欢。”弗茹肯说。

“弗茹肯！我以为你是喜欢劳斯的！”亨丽艾塔吃惊地说道。

“是吗？”弗茹肯漠然地说，那两个冷冰冰的字就像是在说：我对所有学生都一视同仁，要是你觉得我特别喜欢或者极其讨厌某个学生，那我可就要叫屈了。

“好吧，你问也问了，也得到了答复。”勒费夫尔夫人高兴地说，“针对这件事情，我也已经说得够清楚明白了。”

“说不定……”蕾格开口说道，“我是想说，也许他们要找的正是擅长体操的教员呢。亚林赫斯特女校有很多不同的院系，比如体操系、竞技系、舞蹈系等等，每个系都由不同的专人负责，所以，或许劳斯也不错。”

露西想着，蕾格说这番话究竟是针对劳斯在她教的竞赛课程中表现优秀呢，还是想要减少两方的分歧，让僵持不下的双方缓和一下。

“多琳小宝贝儿，”勒费夫尔夫人说，她的语气像是对着一个愚蠢低能的笨蛋说话一样，“他们要的不是一个‘还不错’的学生，而是一个相当优秀出色的学生，从这里毕业后有能力直接进入全英国最好的女校任职，担任那里的体育老师！你认为劳斯是他们想要的人吗？你是这样觉得的吗？”

“不不不，没有。我得承认，听上去似乎茵内斯才是他们要找的人。”蕾格说。

“确实如此，茵内斯才是合适的人选，令人费解的是为什么霍琪小姐不这么想。”勒费夫尔夫人用她那双黑色的大眼睛紧紧盯着亨丽艾塔说道，亨丽艾塔因此而惊讶地畏缩了一下。

“我早就跟你们说过！威彻利矫形医院有个职位空缺，茵内斯很适合去那里工作，她在医学方面表现得很优异。”亨丽艾塔说。

“我已经失去耐心了！威彻利矫形医院！”勒费夫尔夫人说。

“霍琪小姐，难道大家一致的反对意见还不足以证明你做错了吗？”勒珂丝一针见血、十分尖锐地说道，“少数一个人的意见是没有什么分量的。”

这番话彻底激怒了亨丽艾塔，如果说亨丽艾塔本来可能被说服改变主意，现在也完全不可能了，盛怒之下她对着勒珂丝一顿爆发。

“勒珂丝，我这个少数人的意见可能是没什么分量，但我身为这个学校的校长，说话的分量却是不容置疑的。不管你对我的决定持怎样的看法，那都无关紧要。关于亚林赫斯特职位人选的事，我是因为信任你们才想听听你们的意见，而我也一直都是这么做的。当然，你们不认同我的决定这点让人很遗憾，不过也无所谓。这个学校我说了算，而且在这件事上，我已经决定好了。当然啦，你们有权反对我，不过我得说，你们无权干涉最后的结果。”

她颤抖着手端起自己的茶杯，习惯性地放到茶托上，然后朝门口走去。露西觉得此时的亨丽艾塔就像一只受伤的大象，跌跌撞撞蹒跚地朝前走着。

“亨丽艾塔！等一下！”勒费夫尔夫人说，她看着露西，眼睛里露出狡黠的光芒。“我们来请教一下这位局外人，同时也是受过专业训练的心理学家的意见吧。”

“可我并不是受过专业训练的心理学家。”可怜的露西说。

“那我们就当听听萍小姐的看法吧。”勒费夫尔夫人说。

“我觉得萍小姐跟职位空缺的事并没有什么关系……”亨丽艾塔说。

“不，我说的不是职位人选的事，只是想听听她对这两个学生的看法。萍小姐，跟我们说说吧，坦白地说出你对她们的看法。你来这里才一个星期，没人敢说你心存偏见。”勒费夫尔夫人说。

“你是说劳斯和茵内斯吗？”露西明知故问，为自己争取思考的时间，正要推门离开的亨丽艾塔此时也停顿了下来。“尽管我对她们俩并不了解，不过在这件事上我确实很意外，霍琪居然要把这份工作分配给劳斯。我觉得她并不是合适的人选，事实上，我认为她相当不适合。”

显然对亨丽艾塔而言，露西的话好比最后一击，让她再也忍受不了了。她用一副“你也有份[①]”的神情扫了露西一眼，跌跌撞撞地离开了房间，嘴里一边喃喃地说着“一张漂亮脸蛋的影响力还真是惊人的大啊”。露西以为亨丽艾塔说的是茵内斯的美貌，而不是指她

① “你也有份”原文为 Et tu，Brute，是一句拉丁语名言，罗马共和国晚期执政官恺撒临死时发现布鲁图的背叛后震惊之余说的最后一句话。

自己。

亨丽艾塔走后，人人都静默不语，整个会客厅里鸦雀无声。

“我曾以为自己十分了解亨丽艾塔。”勒费夫尔夫人最后终于打破沉默，茫然地沉思着。

“我曾以为她公正不阿，值得信赖。”勒珂丝满脸苦涩地说。

弗茹肯一言不发地站起身来，脸上依旧是那副高傲的神情，闷闷不乐地离开了会客厅。大家阴郁地对她投以肯定的目光，弗茹肯的沉默足以表明她的立场。

“本来一切都好好的，现在却发生这样的事，真是太可惜了。”蕾格又说了些于事无补的话，此时的她就像拿着润喉糖，围着地震灾民团团转一样，没有起到任何有益的作用，“每个学生对自己的工作职位都相当满意，而且……”

“你觉得亨丽艾塔仔细考虑一段时间后，会不会恢复理智改变主意呢？”勒珂丝问勒费夫尔夫人道。

“她将近一周前就开始考虑了，或者说，她那时候就已经在心里做了决定。在亨丽艾塔看来，这件事已经成了既定事实，她认定了劳斯，不会再改变主意了。”勒费夫尔夫人回答道。

“但是她其实一直都徘徊不定，我是说她并不确定我们会有什么反应，不然她也不会等到现在才跟我们说这事了。也许等她重新考虑过以后……”勒珂丝说。

“等她重新考虑时，她只会记得凯瑟琳·勒珂丝质疑她的权威！”勒费夫尔夫人说。

“但是学校背后还有董事会，董事会的权威是毋庸置疑的。董事会成员中一定有人反对亨丽艾塔这么做，我们可以呼吁她去改变这个决定。总之决不能容许发生这样不公正的事，因为……”勒珂丝说。

“学校背后当然有董事会，你刚来这工作的时候也见过她们。每逢周五晚上的讲座是关于瑜伽、通神论、巫术等之类的时候，有个董事成员就会来学校用晚餐。她脖子上戴着琥珀念珠，身上穿着绸缎大衣，是个贪得无厌的寄生虫，讨厌极了。她就十分赞赏亨丽艾塔，其他董事会成员也都很认可亨丽艾塔，而且我也一直都很钦佩她。然而正因为如此才让人震惊，亨丽艾塔，将这所原本名不见经传的女校改造成今天这样的精明能干的亨丽艾塔，在这件事上竟然如此盲目，一下子连最基本的判断都没有了……不可思议，太不可思议了！”勒费夫尔夫人说。

“但是我们总能做点什么……”勒珂丝说。

“我好心又愚昧的勒珂丝啊，”勒费夫尔优雅地站起身说道，“我们唯一能做的就是回房祈祷了。”她拿起披巾，哪怕是最热的天气她在室内活动时身上也会披着披巾，“再不济我们可以吃阿司匹林，洗个热水澡，虽然这样做对事情本身毫无作用，但至少能降降我们的血压。”她步履轻盈地离开了房间，几乎听不到任何声响。

“要是连勒费夫尔都没办法了，那就没人能改变亨丽艾塔的决定了。”蕾格说。

“我肯定改变不了，我只会惹恼她。”勒珂丝说，“就算我刚刚没有触怒她，就算我像埃及艳后一样魅力十足，她愿意听我说话，我也改变不了她心底里的错误认知。你也看到了，她对自己的决定相当坦诚。亨丽艾塔是我见到过的最耿直的人，在她看来，这件事本就该这么决定，她就是觉得劳斯各方面优秀，值得拥有那个好职位，认为我们所有人都心存偏见，跟她唱反调。怎么可能有人能改变她这些想法呢？”她注视着明亮的窗户，面无表情地看了一会儿，然后拿起了自己的书，“我得去换身衣服，要是还能找到空浴室的话。”

勒珂丝走后，房里除了露西就只有蕾格一人了。很明显她也想走，只是没有找到充分合适的理由离开罢了。

“一团糟，不是吗？”蕾格开口说道。

“是啊，真令人遗憾。”露西说，她觉得蕾格的话并不能充分形容当前的情形，她自己也依旧为刚才事件的变化感到愕然不止。这时，她注意到蕾格身上依然穿着她的户外衣服，“你什么时候听说这件事的？”

“我在楼下听到学生讨论这事，就是我们比赛完回学校那会儿。之后就赶紧上楼来这里，想确认是不是真的，结果进来正好撞上大家为这事吵得不可开交。真是可惜，本来一切都好好的。”勒珂丝回答说。

“学生们都理所当然地认为茵内斯会得到这个职位。”露西说。

“是啊，”蕾格从容冷静地说，“我听到她们在澡堂里说了。她们这样想也无可厚非，所有人都自然而然地认为这个职位非茵内斯莫属。虽然茵内斯不是最好的，我指的是在我的竞赛课的表现，但她一定会是个好教练，她很清楚自己在做什么。此外，她在其他课程中的表现都相当优秀，真的，她就该成为博士或者像博士那样聪明的人物。哦，好吧，我想我得走了，不再去掺和这件事了。”她犹豫了一下，又接着说，“萍小姐，你不会觉得我们经常这样争吵吧，不会的吧？今天是我第一次见到教员们为了一件事而发生口角，我们平常都是很要好的朋友，所以发生这样的事真是让人觉得太可惜了。我希望有人能改变亨丽艾塔的想法，但是就我对她的了解，没人能够说服她。”

10

没有人能改变亨丽艾塔的决定，大家都这么认为；但如果是她，露西·萍，也许能够做到。蕾格出去后关上门的那一瞬间，露西发现自己进退两难，她有理由相信，面对亨丽艾塔的决定，勒珂丝表达的第一个观点，较第二个要更为切实。至于她谈论到的亨丽艾塔“脑子散光”的问题，并不足以解释清楚露西心里的疑虑。她至今还记得，周一上午当亨丽艾塔的小秘书对亨丽艾塔说起亚林赫斯特来信的时候，亨丽艾塔脸上露出的怪异的愧疚神情，像是在谋划着什么事一样，但又不像是什么圣诞老人送礼物这样的好事，绝对是让她觉得羞于启齿的事。就算亨丽艾塔认不清事实，认为劳斯值得拥有这个职位，但也不至于糊涂到看不出茵内斯才是更好的人选吧。

正因为如此，露西觉得自己有责任将某些事实告知亨丽艾塔。她想着，那个被她扔进河里的红色小本子现在应该都被水浸泡烂了吧，实在是可惜了，都怪自己当时处理本子时太过感情用事。不过，不管有没有本子在手，她都得勇敢地去找亨丽艾塔，列出有力的观点，向亨丽艾塔证明劳斯并不是去亚林赫斯特女校的合适人选。

露西有些惊讶地发现，以她和亨丽艾塔现在的关系去找她谈话，竟让她回想起自己学生时代的怯懦不安，按说成年人不会有那种感觉，更何况还是个成年的社会名人。不过她被亨丽艾塔那句“漂亮脸蛋”的话给刺激到了，亨丽艾塔实在不应该说出那样的话来。

她站起身，将手里冰冷的浓茶放到托盘上，看到有人还准备了杏仁手指饼当茶点，不禁觉得很可惜，要在十分钟前她一定很想尝尝这些杏仁饼，然而现在就算有巧克力泡芙她也没胃口。倒不是说她发现亨丽艾塔不为人知的缺点很失望，她原本也没有在心里把亨丽艾塔刻画成一个完美形象，而是因为她从小学时候开始，就一直把亨丽艾塔视为值得自己尊敬的长者，所以当她发现亨丽艾塔那重则是欺骗、轻则是愚蠢的做法后，很是震惊。她想着，究竟是劳斯的哪一点让亨丽艾塔坚决地认定她就是最合适的人选。那句“漂亮脸蛋”的话实在是有欠考虑的冲动之言。是不是在看厌了一群长得好看的学生之后，长相一般的劳斯更能打动她呢？是不是在相貌平平、无人喜欢却勤奋努力、志气满满的劳斯身上，亨丽艾塔看到了某种她自己的特性呢？是不是看到努力拼搏的劳斯，就像是在看当年同样拼搏的自己呢？是不是因为这些，亨丽艾塔才会下意识地认可劳斯，照顾并且维护劳斯。当得知劳斯病理学期末考试考得较为不尽如人意时，亨丽艾塔真心地为劳斯感到惋惜，甚至都忘了自己当时正在跟教员们争辩了。

还是说，一切只是因为劳斯，就像那天上午在廊道一样，充分利用了她那令人赞赏却不讨人喜欢的面孔呢？

不，不是这样。亨丽艾塔是有缺点，却不愚蠢，而且她和其他学术界的人一样，对真挚的和虚假的爱慕都有着极深的了解。劳斯门徒般的敬慕之意，也许提高了亨丽艾塔对她的兴趣，但那并不是让亨丽艾塔喜欢她的根源所在，倒很像是曾经相貌平平、无人喜欢、勤奋努力、志气满满的亨丽艾塔，以半是赞赏半是亲厚的态度去看待同样相貌平平、无人喜欢、勤奋努力、志气满满的劳斯。

露西摇摆不定，不知道是该立马去找亨丽艾塔，还是等亨丽艾塔冷静下来再去找她。可问题就在于，要是等亨丽艾塔冷静了下来，她自己在这件事上公然反对亨丽艾塔的决心也会随之冷却下来。思量再三，再想到刚才众人都没法劝服亨丽艾塔，露西决定趁自己意志尚坚决，马上去找亨丽艾塔。

露西敲了敲亨丽艾塔办公室的门，里面没有反应。有那么一瞬间，她真希望亨丽艾塔是回楼上自己房间休息了，这样她就能多出几个小时来缓解一下压力。然而没有，亨丽艾塔的声音从屋内传来，“请进”。露西进屋的时候感觉自己像个做错事的犯人，随之又为自己的怯懦畏缩感到懊恼。亨丽艾塔依旧脸色通红，一副受伤的神情，这种表情要换做是别人的，露西一定觉得其泪眼婆娑了，但亨丽艾塔绝不可能这样的。尽管一眼看过去，她正埋首忙于看桌上的文件，但露西能感觉到，亨丽艾塔在自己敲门进来之前，除了想问题其他什么都没干。

“亨丽艾塔，”露西开口说道，“我之前在劳斯问题上表达了自己的看法，我想你大概觉得我那样做太冒失了吧。”

“是有些多嘴。”亨丽艾塔冷冰冰地说。

听听亨丽艾塔说的都是些什么话！居然说她“多嘴”！

“但是我那不能算多嘴，本来就不算。要不是有人问我，我根本没想过要发表自己的看法。关键是我的看法……”露西说。

“露西，我觉得我们没有必要讨论这个事，不管怎么说，这只是件小事，没必要……”亨丽艾塔说。

“但我觉得它并不是小事，要不然我也不会来找你。”露西说。

“在英国，我们非常引以为傲的一点，就是人人都有言论自由的权利。你已经行使了权利，也表明了自己的看法……”亨丽艾塔说。

“那是有人问我我才说的。”露西说。

“确实是有人问你，不过在我看来，你对一件自己并不十分了解的事情轻易就表明立场，有些没分寸。”亨丽艾塔说。

“但重点是其实我了解这件事，你认为我对劳斯心存偏见只是因为她长得不漂亮……”露西说。

“也许是对你来说不漂亮。”亨丽艾塔立马更正道。

“因为她不是特别漂亮，这样说总行了吧。”露西恼怒地说，说完便觉得好些了。“你认为我仅凭劳斯的社交举止来评价她的为人，但事实并非如此。”

“那你还能凭什么来评价她呢？你对劳斯的学业一无所知。”亨丽艾塔说。

“我监考过一门她的期末考试。”露西说。

亨丽艾塔听完后突然沉默不语，露西对这样的反应很是满意。

然而沉默只持续了五秒钟。

“通过监考一门考试，你能看出劳斯的什么品质来？”亨丽艾塔问。

“她不诚实。”露西说。

“露西！”亨丽艾塔的声音听上去并不是吃惊，而是警告，就像是在警告露西：你知道诋毁别人会有什么后果吗？

“是的，她不诚实。”露西又说了一遍。

“你这是在告诉我，你在监考的时候发现劳斯她……她……借助了外在帮助吗？”亨丽艾塔问。

“她尝试过作弊。我年轻时候在小学担任过年级主任，对那些小把戏知道得一清二楚。考试开始的时候我就注意到她要干吗了，由于不想因此闹出丑闻，我能想到的最好的方法就是阻止她去用它。”露西说。

“用它？用什么东西？”亨丽艾塔问。

“一个小本子。”露西说。

“你是说，你发现学生考试时用小抄后竟然闭口不说？”亨丽艾塔问。

“不，当然不是这样。小本子的事我也是事后才知道，我当时只知道她一直在看某样东西。她左手拿着一块手帕，然而她既没感冒，而且看上去也没有什么正当使用手帕的理由，脸上一副藏着糖果在课桌下的神情，那种神情我和你都心知肚明。她课桌下面什么东西都没有，所以我推测她是把那样东西和手帕一起放在了手里。由于我没有证据……”露西说。

“啊！原来是因为你没有证据！”亨丽艾塔说。

“没错，我当时是没证据，而且我也不想去让她交出来，以免影响了整个考场的情绪，所以我后来就去了教室后面，就站在她的身后，以确保她没办法作弊。”露西说。

“但如果你没有盘问她的话，你怎么知道小本子的事呢？”亨丽艾塔问。

“我在体育馆的路边发现了那个本子，它就……”露西说。

“你是说本子并没有在她课桌里？甚至都不在教室里？”

“是的，要是本子当时在她课桌里，考试结束五分钟后你就会得知此事。并且要是我当时在考场里发现了那样的本子，我也一定会立马将其交给你的。”

“那样的本子？是什么样的本子？”

“一个写满了病理学笔记的小地址簿。”

“一本地址簿？”

“是的，记满了关节炎之类的按字母排列的笔记。”

“你的意思是说，那个本子不过是一本学生上课做摘抄用的课堂笔记咯？”

“并非只是一本课堂笔记。”

“你凭什么说不是呢？”

“因为整个本子才一张普通邮票那么大。”

露西说完等着亨丽艾塔的回应。

“那你说的那个本子跟劳斯又有什么关系呢？”

“当时考场里除了她没有第二个人有那种神情，事实上，其他学生看上去并不觉得试卷很难。此外，她也是最后一个离开考场的学生。”

“那又能说明什么呢？”

“要是本子在劳斯离开考场之前就已经在路边那里的话，那它很可能早已经被其他经过的学生捡走了，因此本子是在劳斯离开考场之后才掉在那里的。本子是牡丹红色，而且就在路边的绿草坪上，十分显眼。”

“所以不是在路上面？”

“不是，”露西坦白地说，“在路边大概半英寸的地方。”

“那么也有可能是刚考完考试，兴奋得一路上叽叽喳喳、赶着去上下一节课的学生们没有注意到咯？”

“嗯，是有这种可能。”

“本子上写名字了吗？”

“没有。”

“没写名字？那有没有什么可以辨认出本子的主人来呢？”

“除了字迹，别的都辨别不了。本子上的字体是草书，不是正楷。”

“我明白了。”亨丽艾塔很明显精神振奋了起来，“那你把本子带来给我，我们再采取合适的办法找出本子的主人来。”

“本子不在我这，”可怜的露西说，“我把它扔河里了。”

“你说你把它怎么了？”

“我说，我把它丢到竞赛场那边的河里了。”

“那还真是件了不起的壮举啊，你觉得呢？”露西觉得亨丽艾塔说这话时眼中仿佛闪过了一丝解脱。

“并不是这样，我想我当时太冲动了。不过我留着它又有什么用呢？上面写的都是些病理学术语，而病理学期末考试已经考完了，也没人用过它。不管本子主人原本有什么打算，最后都化成了泡影。你为什么一定要我把本子拿来给你呢？在我看来，最好的惩罚就是让那个做小抄的人，永远都无法知道本子最后流落何处，一辈子活在疑虑当中。”

"'那个做小抄的人'，这句话不就说明了一切吗？没有任何证据可以证明劳斯跟那个本子有什么关系。"

"就像我之前说的，要是我手上有证据的话，我早就已经交给你了。一切都只是我的个人推论，但这种推论成立的可能性非常大。大多数学生都没有这种嫌疑。"

"为什么这么说？"

"那些对考试有把握的学生绝不会浪费时间做这种事，也就是说，擅长理论考试的学生没有作弊嫌疑。而你亲口对我说过，理论课程对劳斯来说极为困难。"

"对其他很多学生来说都很困难。"

"没错，但还有另外一个因素。虽然毫无疑问很多学生都觉得理论科目很难，但是只要能够勉强通过考试，她们对成绩分数并不是十分在意。而劳斯不一样，她在体育项目中表现十分优秀，所以她绞尽脑汁希望自己在理论考试中也能取得好成绩。她很有抱负，学习也非常努力。她希望自己的付出能有所回报，同时她又非常怀疑自己做不到，所以她便准备了那个小本子。"

"我亲爱的露西，你说的这些都不过是心理学的推理罢了。"亨丽艾塔说。

"或许吧，但是之前在会客厅，勒费夫尔要我说的正是这些心理学分析。你认为我说的那些看法都是对劳斯的偏见，但我想让你知道，我的推理都是有根据的。"她看着亨丽艾塔涨红的脸，不知道自己是不是又一次碰到了亨丽艾塔的雷区，因为她刚刚证明了自己之前并非只是随意的多嘴，"另外作为朋友，亨丽艾塔，我实在无法理解，有像茵内斯这么合适的人选，为什么你竟会想要推荐劳斯去亚林赫斯特呢？"说完后她便等着亨丽艾塔爆发。

然而亨丽艾塔并没有爆发，她极其沉默地坐着，用笔在干净的白纸上画着点点。乱写乱画和浪费纸张都不是亨丽艾塔的一贯做法，可见她此刻心烦意乱。

“我觉得你并不了解茵内斯。”她终于开口说道，语气很是友好，“就因为茵内斯既聪明又漂亮，你就认为她身上具有所有的美德，而实际上很多美德她绝对没有。她不懂得迁就，也不容易打交道，这是在寄宿学校过集体生活最严重的两大障碍。她的缺点就是太过于聪明，因为她无法坦然地接受自己犯傻。她内心有种倾向，我肯定那是她完全下意识的行为，她鄙视其他所有人。”（露西突然想到下午在学生宿舍，茵内斯自然而然地用“她们”来形容其他的学生。亨丽艾塔果然精明犀利。）

“实际上，从她初来学校那天起，她就让我觉得她瞧不起我们这个学校，只是把学校当作她达到目标的一个跳板而已。”

“噢，肯定不是这样。”露西嘴上自然地反对道，心里却想着事实是不是果真如此呢，那样是不是就能解释她心里对茵内斯的诸多疑惑了呢。要是茵内斯只是把这里当作她的磨炼地，一种达到最终目的的手段，那么她那种过于成熟的缄默不语，那种毫无必要的专注神态，还有她那不苟言笑的一贯态度也许就能解释得通了。

毫无关联地，露西想到迪斯特罗曾轻快地说过，她初到学校时就是因为看到茵内斯，才改变主意决定留下来的。当时在那个沉闷的秋日下午，她就是觉得茵内斯不像这个学校学生的样子，才从密密麻麻的人群中注意到了她，那个更像是属于成人世界的茵内斯。

“但她在学生中很受欢迎。”露西说。

“没错，她的同学还算喜欢她，我觉得那是因为她们觉得她的冷淡很……有吸引力。不过可惜，小孩子不怎么喜欢她，甚至很惧怕她。教员带学生出去实习时，都会写实习报告，你看了那些报告就会发现，在评价她教学态度那一栏里出现频率最高的词就是‘抗拒抵触’。”

“也许只是因为她那对眉毛的关系吧。”露西说，她意识到亨丽艾塔对此迷惑不解，认为她只是在胡言乱语，于是便接着说道，“又或许是因为她像许多人一样，看上去冷漠高傲，但其实内心对自己很不自信，这样就通常会表现出抗拒抵触的态度。”

“我觉得心理学家解释起事情来还真是夸夸其谈啊。”亨丽艾塔说，“要是一个人天生就不具备吸引人与之交朋友的魅力，那她至少可以做到尽力对她人友善一点。劳斯就是这么做的。”

（那倒是！露西心想。）

“天生缺少魅力是一件极其悲剧的事，不但同学不愿意与自己交朋友，还要忍受老师的无理偏见。劳斯非常努力地去克服自己那些天生的缺憾：思维迟钝，相貌普通。她尽力去迁就她人，宁愿委屈自己承受痛苦，也要做到合群，让别人接纳她、喜欢她。从她教过的小学生们来看，她做到了！孩子们都很喜欢她，盼望着再见到她；她实习报告的评语也都是优秀。然而在教员们看来，她不讨人喜欢。她们只看到她不吸引人的一面，而她努力去迎合迁就他人却只让她们心生厌烦而已。”亨丽艾塔从画圈圈的纸上抬起头，看到了露西脸上的神情。“噢，对了，你觉得我推荐劳斯作为职位人选，是因为我盲目偏爱她，对吗？相信我，我能将莱斯学校办到如今这个地步，绝对不会不知道如何洞悉人心。劳斯进学校以来一直都勤奋刻苦，取得了许多优秀的成绩；她很受其他学生爱戴，而且尽力去让同学接纳自己；她的迁就和友善很明显是茵内斯所缺少的，而且有我的极力举荐，劳斯绝对有资格去亚林赫斯特。”

“但是她不诚实。”露西说。

亨丽艾塔“啪嗒”一声将笔扔到文具盒中。

“这就是相貌普通的女孩不得不奋力对抗的事情之一。”亨丽艾塔十分愤怒地说，“你觉得二十个女孩当中有一个人考试作弊，而你认为那个人就是劳斯。为什么呢？就因为你不喜欢她的脸，准确地说，因为你不喜欢她脸上的表情。”

所以一切都是徒劳，露西收回想说的话，准备离开。

“你发现的那个小本子与任何一个学生都毫无关系。你只知道自己不喜欢劳斯的相貌，所以便认为她就是那个作弊人。而作弊人——如果真有人作弊，那么我很遗憾，自己的高年级学生中竟有人自甘堕落到玩这种诡计——没准就是那些长得漂亮、看上去最无辜的学生。人性和心理学不一样，你多了解点人性就会知道这些了。”

不知是因为听到亨丽艾塔最后一句话的刺激，还是因为亨丽艾塔斥责她认定劳斯是作弊人，走到门边的露西觉得十分气愤。

“亨丽艾塔，还有一件事。”她站在门边说，手停在门把上。

“什么事？”

“目前为止劳斯每门课的成绩都是甲等。”

“没错。”

“这难道不奇怪吗？”

“有什么好奇怪的，她学习非常刻苦。”

“但还是很奇怪，因为在无法使用小本子作弊的病理学考试中她连个乙等都没得到。”

露西说完后走出房间，轻轻关上了门。

“就让亨丽艾塔好好想想吧。”她心里想着。

她朝房子侧边走去，愤愤不平的心渐渐变得抑郁沮丧起来。如勒珂丝所说，亨丽艾塔是个十分耿直的人，这种耿直使得他人与其争论起来毫无意义。一方面她精明能干，思维明晰；而另一方面，她则像勒珂丝所说的“脑子散光”，针对这点那就无计可施了。亨丽艾塔并非有意识地欺骗，她说的就是她心里认定的，因此讲道理、危言吓唬或者说好话都对她不管用，也没法改变她的心意。露西有些沮丧地想着自己即将要去参加的聚会，她要如何去面对那群猜测着亚林赫斯特女校人选并且都认为茵内斯就是那个幸运儿的高年级学生们呢？

她要如何去面对满心欢喜、高兴得“连国王都不放在眼里”的茵内斯本人呢？

11

晚餐是莱斯学院一天中最正式的一餐，高年级学生都会穿上跳舞用的丝质洋装，其他人则穿着正式的晚餐服。不过每逢周六的时候，由于好多学生都离开学校跑去了拉博镇，所以大家较平时就随意多了。学生们可自由选择座位，在约束范围内穿着她们想穿的衣服。而今天晚上的气氛更是活跃，不少学生为了庆祝考试周结束已经去了其他地方，但还有更多人正计划着晚餐后直接就在这里庆祝。亨丽艾塔没有出席，据说她端着托盘回了自己房间；勒费夫尔夫人也因为个人原因没有露面；弗茹肯小姐和她母亲去拉博镇上观赏戏剧演出了；于是主桌上就只坐着露西、勒珂丝和蕾格，露西自己倒是挺喜欢这样。大家都心照不宣，没有提亚林赫斯特这个敏感的话题。

“原本以为，”勒珂丝小姐开口了，手里的叉子不耐烦地翻弄着盘子里那堆奇怪的蔬菜，“在这样一个值得庆祝的晚上，乔丽芙小姐会准备些更诱人的东西，而不是这堆残羹剩菜。”

“就是因为今天晚上要庆祝，她才更不需要费心准备。”蕾格一边说，一边大口地扒拉着，“她知道，楼上的食物多得能沉没一艘战舰，足够大家吃个痛快了。”

“可惜没我们的份儿，萍小姐可一定装点给我们带回来哦。”勒珂丝说。

“比赛回来路上，我在拉博镇上买了些奶油泡芙，”蕾格小姐坦白说，“等下我们可以去我房间里喝点咖啡，再吃个痛快。”

勒珂丝小姐看起来似乎更想吃芝士条，尽管她性格较为冷漠，但心肠还比较善良，所以她回答道：“谢谢你的邀请，你真好，我会去的。”

“我还以为你也要去看戏，不然早就邀请你了。”

“那东西早就过时了。”勒珂丝说。

“难道你不喜欢戏剧？”露西有些吃惊地问，对她来讲，戏剧仍具有童年时那般神奇的魔力。

勒珂丝小姐不再用她怀疑而又嫌弃的目光盯着一块胡萝卜，说道：“假设这是你第一次进剧院，先抛开小时候看儿童剧的情况不说，你觉得你会喜欢吗？几个盛装打扮的演员在打着灯光的大盒子里搔姿弄态，这真的有趣吗？最荒谬的就是中场休息了，原本是为了让观众有时间去洗手间，现在却让酒吧坐收渔翁之利。要是在其他的娱乐场合，谁会容忍这种随意的中断，你会在交响乐进行途中去买酒喝吗？”

“但是戏剧就是这样的啊。”露西发出了抗议。

“对啊，就像我说的，早就过时了。”

露西觉得有点被打击到了，倒不是因为她多么酷爱戏剧，只是觉得自己一直以来对勒珂丝的看法都是错的。在此之前，她肯定会说勒珂丝是个狂热的戏剧迷，甚至会跑到更偏僻的郊区去看戏。

“好吧，我今晚差点就去了，”蕾格说，“就为了再看一眼爱德华·艾德里安。我还是学生的时候对他无比痴迷，现在也许有点过气了，你们见过他吗？”

“没见过他上台表演，但他小时候常常跟我们一起度假。”勒珂丝又用叉子翻弄着盘子里那堆食物，确实没什么可吃的了。

“一起度假！在你家里？”

“是啊，他和我哥哥是同学。”

“天哪！太不可思议了！”

“有什么不可思议的？”

“无法想象爱德华·艾德里安也曾是个平常人，有人真的认识他，也曾是普通的学生，跟别人一样。”

“还很惹人厌。”

“哦，不！”

“他小时候相当叛逆，老喜欢照镜子。还有很厉害的本事，总能抓住当时流行的精髓。”她的话听起来平静，客观，不带感情。

“哦，勒珂丝，你打击到我了。”

“在推卸责任这件事上，我还没遇到过比泰迪·艾德里安更有本事的人。”

“但他肯定也有其他的本事。”露西壮了壮胆子说。

“他有本事，没错。”

“你们现在还会见面吗？”蕾格问。能得到神级偶像的第一手消息，她还有些晕眩没缓过来。

“只会偶然碰到。哥哥去世后，我们就离开了父母留下的房子，也就没再有过家庭聚会。”

“那你从没见过他上台表演？”

“从来没有。”

“你竟然也没花个六便士，搭公交车去拉博镇上看他今晚的演出。”

“我没有。都跟你说了，剧院简直无聊到没办法形容。”

“但那是莎士比亚的剧。”

“是啊，是莎士比亚。但我更愿意坐在家里读一读他的作品，还有蕾格和奶油泡芙做伴。萍小姐，等吃完大餐你可别忘了装点儿到口袋带回来给我们吃啊，马卡龙饼、巧克力条、血橙、吃剩的三明治，还有压扁的香肠卷，我们这些饥肠辘辘的无产阶级肯定感激不尽。”

“我到时候拿个帽子，”露西答应道，“然后轮流传给大家，边传边颤颤地说：‘给教员们留点儿吧。’”

然而当她从洗手盆的融冰中取出香槟酒瓶的时候，她并没觉得有多开心。毋庸置疑，这场派对会是一次严峻的考验。她用丝带在香槟酒的瓶颈上系了一个大蝴蝶结，让它看上去更加喜庆，也避免了被人指出“自己带酒来”的嫌疑，结果看起来很像是个戴顶纸帽的公爵夫人，但她并不认为学生们也会有这样的联想。礼服的选择也一度让她犹豫不决，是穿一件适合坐在地板床垫上的宽松休闲款，还是要穿正式一些，享受贵宾的荣誉。最终她决定穿上演讲时的连衣裙，好让学生们赞叹一番，并且额外给自己认真化了个妆。如果说亨丽艾塔的阴晴不定让这场派对失色不少，那她露西一定要尽力为其增色添彩。

其他房间也很是喧闹，好多人拎着水壶来回跑，由此可见，晚上在莱斯学院办派对的可不止斯图尔特一个人。走廊里传来浓重的咖啡味，笑声和谈话声随着一扇扇门的开合此起彼伏。甚至连低年级的学生们也自得其乐，就算不是为了得到工作分配而庆祝，但总算是考完了第一次期末考。露西想起来，她还没问骚核桃解剖学考得如何呢。“今天的独到见解也许到明天就变成了一派胡言，但锁骨就永远是锁骨。”等下次路过学生公告栏的时候，她一定得找找迪斯特罗的名字。

露西连敲了两次十号房的门，里面的人才听见。可是当面色潮红的斯图尔特打开门拉她进去之后，大家顿时害羞了起来，纷纷站起身，并礼貌地保持安静，好像一群很有教养的孩子。

“很高兴你能加入我们。”斯图尔特开口说道。可当戴克丝看见露西手里的酒瓶后，一切的拘谨礼节就都抛之脑后了。

“喝啊！”她尖声叫道，“天哪，喝起来！噢，萍小姐你可真是个乖宝宝。”

“希望我没坏了规矩，”露西想起她还没搞清楚乔丽芙小姐朝她使眼色是什么意思，“可我觉得现在正是喝香槟的好时候。”

“现在可是三喜临门，”斯图尔特说，“戴克丝和汤玛斯也在庆祝，真是个大好的日子，你能带香槟过来真是太好了。”

“用漱口杯喝香槟简直是暴殄天物。”哈塞特说。

“好吧，不管怎样，我现在可是要当开胃酒喝了，这本身就能当成一道菜，大家把杯子都传过来。萍小姐，这个椅子是留给你的。”

房间里有一把从外面搬进来的藤条椅，上面堆了各式花色的垫子。如果不算上写字台前那把硬邦邦的椅子，这应该是整个房间里唯一一个比较像样的座位了。其他人都各自带了坐垫，要么被散乱地丢在地板上，要么就松散地堆成一堆，坐在上面就像躺在床上的小猫咪。有人在灯上盖了一条黄色的丝绸手帕，这样光线更加柔和不像往常那样刺眼。窗户大开着，远远望去傍晚的天空呈灰蓝色，不久便要陷入漆黑。这就像露西在大学时期参加的学生派对，但如果把派对的场景看成一张张图片，那眼前的这一张则显得更加明亮生动。难道仅仅是因为垫子的颜色更艳丽吗？还是说参加派对的人体格更为强壮，长发不那样软塌稀疏，也不戴眼镜，更不会因为用功念书显得脸色苍白。不，当然不是因为这些。她知道区别在哪，因为这里没有香烟缭绕。

“奥唐纳还没到。”汤玛斯一边说，一边还忙着收来大家的漱口杯，通通放在铺着桌布的桌子上。

“我想她是帮劳斯收拾杠木去了。”一个门徒说。

“不可能，”第二个门徒说，“今天星期六。”

“就算是体能训练师，星期天也不工作。”第三个门徒接话。

“劳斯也一样。”第四个门徒也发表意见。

“劳斯还在练习单杠旋转吗？”露西询问道。

“对啊，”门徒们回答说，“她会一直练习，直到汇报演出那一天。”

“那她都找什么时间练呢？”

“早上穿好衣服就去了，在第一节课之前。”

“六点钟，”露丝惊叹道，“太可怕了。”

“这个时间段其实并不糟糕，”她们说，“至少早上人精神好，不慌不忙，还可以自己独占一个体育馆。况且，也只有这个时间段能练习，第一节课前，杠木就必须收起来。”

“她其实没必要去练习，”斯图尔特说，“技巧已经恢复了，但是恐惧仍在，汇报演出之前，她还会再次丧失她的技巧。”

“我能理解，亲爱的，”戴克丝说，“想想看，那么多双眼睛看着，如果像个生病的猴子一样挂在单杠上，该多么愚蠢，何况还被弗茹肯用那种针扎一样的眼神盯着。亲爱的，那还不如死了来得痛快。奥唐纳如果不是像往常一样去给她打杂了，那到哪儿去了呢？就她一个人还没来。”

“可怜的奥唐纳，”汤玛斯说，“到现在还没分配到工作。”汤玛斯能回威尔士去教三年级体操，感觉自己就像是个百万富翁（感觉像中了一百万）。

“不用担心她，”哈塞特说，“爱尔兰人总能逢凶化吉。”

萍小姐左右张望着，却看不到茵内斯的人影，宝儿也不在。

斯图尔特看她眼神不定，明白了她的疑问，便说道：“宝儿和茵内斯让我转告说，她们很抱歉不能参加这场派对，希望下次学期结束前她们办派对时，你还能参加。”

“宝儿要给茵内斯办一场派对，”哈塞特说，“庆祝亚林赫斯特这桩喜事。”

“事实上，我们都要给茵内斯庆祝。”一个门徒说。

“办一场盛大的派对。”第二个门徒说。

“毕竟，这是整个学院的荣耀。”第三个门徒接话。

“你会参加的是吧，萍小姐？”第四个门徒问，但更像在陈述事实，而不是问问题。

“再好不过了。”露西说完后，欣然避开了这块薄冰，问道：“宝儿和茵内斯出什么事儿了？”

“宝儿的家人突然出现，带她到拉博镇上看剧去了。”

“有一辆劳斯莱斯就是不一样，”汤玛斯的语气里毫无嫉妒，“只要你愿意，就能在英格兰四处狂奔。我家里人要想出门，还得拴上那匹灰色的老马，事实上，那是匹棕色的矮脚马，然后至少还需跑上二十公里才能到达目的地。”

“他们是农民吗？”露西询问道，眼前浮现出一条蜿蜒狭窄的威尔士小路，通向孤寂。

“不，我的父亲是牧师，但我们必须养一匹马干活，养了马可买不起车了。”

“噢，好吧。”一个门徒换了个更舒服的坐姿说道，“话说回来，谁想去看戏啊。”

“只是为了打发晚上无聊的时间罢了。”第二个门徒说。

“坐下来膝盖都能顶到前面人的背。”第三个门徒接话。

“眼睛都要粘到望远镜上了。”第四个门徒也开口道。

“为什么会粘到望远镜上？”露西觉得很惊讶，这群年轻人的态度竟与勒珂丝小姐的如出一辙。而事实上她们还未变得那般老于世故，还存有对娱乐活动的渴望。

“没了望远镜能看见什么？”

“小布娃娃在盒子里走来走去。”

“就像是在布莱顿码头。”

“在布莱顿码头上至少还能看见大家脸上的表情。”

她们才更像是布莱顿码头上的人，露西想，就像爱丽丝里的双胞胎，没什么两样。除非一个人开口，不然没人说话；只要有人开口，其他人就觉得有责任提供进一步的证明。

“我想去，可以双脚凌空一动不动，简直再好不过了。”哈塞特说，“为了汇报演出，我一双新的芭蕾舞鞋都穿破了，脚上满是脓疱。”

“哈塞特，”斯图尔特很明显是在学舌，“保持健美体型是每个学生的本职。”

“也许吧，”哈塞特回答道，“但我可不会在星期六晚上挤公交，连着站上五英里去外面，更不会去外面看戏。”

“好吧，只是莎士比亚而已，亲爱的。”戴克丝说。“啊，就为这一个原因，我的灵魂[①]！”她揪心地抓着胸口，表情滑稽。

“那还有爱德华·艾德里安啊。”露西自觉主动地说，总该为自己心爱的戏剧找一个突出的优势。

“谁是爱德华·艾德里安？”戴克丝问道，语气真诚。

“一个长相萎靡的男人，看着像一只蜕皮的老鹰。”斯图尔特作为派对的女主人，实在太忙了，压根没注意到露西的反应：那可是对爱德华·艾德里安最残忍也最生动的总结了，在一群实事求是的摩登年轻人眼里。“我在爱丁堡上学的时候，有人带着我们去看过他演出。”

“你不喜欢他的演出吗？”露西记起来，公告栏上斯图尔特、茵内斯还有宝儿三人的名字挨在一起，名次都很靠前。像这种精神上的艺术活动她应该不会讨厌，虽然那可能让好些人都头疼。

“噢，比坐在教室里好一点。”斯图尔特承认说，“但真的太老土了。看着好看，但是相当枯燥。还少一个漱口杯。”

“是不是我的？”话音未落，奥唐纳就走了进来，顺手递过她的杯子，“我恐怕迟到了，刚刚在忙着找能塞下我脚丫子的鞋。原谅它们行吗，萍小姐？”她暗示了自己脚上的拖鞋，“我的脚已经不是我的了。”

---

① 出自莎士比亚戏剧《奥赛罗》中的对白：“It is the cause，it is the cause，my soul。”

“你认识爱德华·艾德里安吗？”露西问她。

“当然认识，”奥唐纳说，“我十二岁的时候去贝尔法斯特看过他演出，从那时开始就迷恋上他了。”

“你看似是这屋子里唯一一个不仅认识还很崇拜他的人了。”

“哼，一群野蛮人。”奥唐纳向众人投出轻蔑的目光。在露西看来，奥唐纳的眼睛异常地发着亮光，好像刚哭过一样。“要不是因为快期末了，没有余钱买票，我此刻肯定在拉博镇上，就坐在他的脚边上。”

露西心生怜悯，可别说你没想过要退出这场派对，就因为自己是在场唯一一个至今还没分配到工作的人。她喜欢这个女孩，擦干眼泪后还找了个拖鞋当借口，高高兴兴地来参加这个与她无关的派对。

“好吧，”斯图尔特忙着打开软木塞，“既然奥唐纳都到了，那我们可以开瓶了。”

“天哪，香槟！”奥唐纳惊呼。

冒着泡沫的香槟酒涌进了钝厚的漱口杯里，大家满怀期待地看着露西。

“为了斯图尔特在爱尔兰、汤玛斯在威尔士以及戴克丝在灵格修道院的工作。”她说。

一饮而尽。

“为了开普敦到曼彻斯特的所有朋友。”斯图尔特说。

又喝得一干二净。

“好了，萍小姐，你想吃点什么？”

露西自己拿了些吃的坐了下来，劳斯没有受邀参加派对，又因为老天的特殊安排，宝儿那开着劳斯莱斯的富豪家长把茵内斯也接走了，她也免去了同幸福得毫无根据的茵内斯共处一室的尴尬。

12

可到了星期天中午，露西就郁闷多了。多希望自己能先知先觉，假装要去拉博镇上参加午宴，就能远离这个即将爆炸的危险地带。她一向讨厌爆炸，不管是实际上的爆炸抑或是带比喻性质的说法。对于那些往纸袋子里吹气然后一下拍爆的人，她总是十分痛恨，并敬而远之。而今天午餐后就要爆炸的纸袋子可是件相当讨人厌的事儿，肯定会造成没完没了且难以预料的轰动。露西心中还抱有一点期待，希望亨丽艾塔能改变主意。公告栏上的各项排名就是无声的见证者，可能比她干瘪的词汇更有说服力。然而，即便一再鼓励自己，这希望也只是维持在胚胎状态。露西记得很清楚，尽管亨丽艾塔对劳斯不再那么信赖，可这不代表她认可茵内斯作为候选人的能力。我们能期待的最好结果无非是亨丽艾塔写信给亚林赫斯特，并告知没有合适的毕业生能胜任这一尊贵的职位，可这压根没法把茵内斯从巨大的悲痛中拯救出来。不，她真该逃离莱斯学院星期天的这顿午餐，等一切都结束了再回来。说不定在拉博镇上，也有能去拜访的人。从铺着沙质大道、满眼虚伪的市郊富人别墅区到城市的煤烟区，这两者之间总会生活着像她这样的人。比说如医生，总会有的吧。她可以虚构一个医生，只可惜医生都需要注册在案。要是她早做打算，就能邀请奈特医生共进午餐，毕竟他还欠她个人情呢。又或者，她就直接带着点三明治出去欣赏风景，晚上睡觉的时候再回来。

现在，露西坐在会客厅靠窗的座位上，等着教员们先集合再去餐厅用餐。她一边看着学生们从教堂回来，一边思量着能不能拿出足够的勇气和魄力，现在就去找乔丽芙小姐要些三明治，或者一声不吭直接离开学校。反正即使是星期天，在英格兰的乡下也饿不死，就像迪斯特罗说的，村庄到处都有。

迪斯特罗第一个从教堂回来，一如既往的优雅时髦。露西探出头看向她，说：“恭喜啊，锁骨理论掌握得真好。”昨晚回去睡觉的路上，她又看了一眼公告栏。

“是啊，我自己也很惊讶。”骚核桃说，“祖母知道一定会很高兴的，‘第一名’听起来真不错，你觉得呢？我还跟我表哥夸耀了一番，可他说这样非常不得体，英国人习惯等着别人先询问自己的成功。”

“是啊，”露西遗憾地表示赞同道，“最糟糕的是，很少会有人主动来问。大英帝国里不露锋芒的成功人士可不在少数啊。”

“不是大英帝国，”迪斯特罗纠正，“我表哥，他说在特威德河以北就没有关系。你知道，特威德河是英格兰和苏格兰的分界线，里克说，你可以在邓巴吹嘘，但在贝里克郡就不行。”

“我要见一见里克。”露西说。

“对了，他觉得你非常可爱迷人。”

“我？”

“我一直同他说起你，整个中场休息时间我们都在谈论你。”

“噢，你去剧院了对吗？”

“他去了，顺便带我去。”

“那你喜欢那场演出吗？”露西询问道，心里默默为那位年轻人鼓掌，竟能让骚核桃做她不想做的事。

“噢，就像他们说的，‘没那么糟’。有些做作的东西看着还挺好的。如果是芭蕾舞剧就更好了，他挺不得志的，那个舞蹈家。”

“爱德华·艾德里安？”

“对。”她好像有点走神，若有所思地说，“英国人都戴着一样的帽子，后面高，前面低。”

撂下这句毫不相干的话，她就绕着房子慢慢离开了，留下露西暗暗猜想这话是针对昨晚的观众呢，还是因为恰好看到了从路那头走来的戴克丝小姐。戴克丝小姐星期天戴的帽子显然要比在学校戴的高档一些，短帽檐下那张愉悦、滑稽的小马脸看上去也比平常年轻。看到萍小姐后，她脱下帽子敬了个礼，高声表示很高兴看到露西在经历昨晚的狂欢之后还能如此精神。貌似在她整个教学生涯中，这是第一次没有在早上吃够五片涂满橘子酱的面包。

“暴饮暴食是七宗罪之一，”她说，“所以我今天早上需要忏悔。我刚去了浸信会教堂，因为那里最近。”

“那你觉得被赦免了吗？”

“你一问，我倒没那么觉得了。不过大家都很能聊。”

露西把这当作一颗羞愧的灵魂需要仪式的洗礼。

“但是都很友好吧，就我所知。”

“噢，特别的友好。牧师在开始布道之前，一只手撑在桌子上说：‘来吧，朋友们，今天真是个好日子。’然后大家开始相互握手，他们的圣歌听着略带战斗风格。”她一边说，一边回顾着浸信会的优点，看上去又想了好长一会儿，接着说道：“拉博镇的路上有好些朴茨茅斯兄弟。”

“普利茅斯。”

“普利茅斯是什么？”

“普利茅斯弟兄会，我想你说的是这个。”

“噢，是的。我知道它跟海军有点关系。我本身是庞贝人，我想下周日可以抽查一下，你说他们不会是列兵什么的吧？”

萍小姐可不这么想。戴克丝做作地挥帽告别后，也绕着房子离开了。

学生们一个两个，或者三五成群都上完这一个小时校外选修课回来了。根据性格不同，有人向她招手示意，而有人仅仅朝她笑了笑。即便是劳斯走过她身旁，也开心地说了声：“早上好，萍小姐！”宝儿和茵内斯差不多最后才回来，慢悠悠的，神态明媚而轻松。她们走到窗户这停了下来，抬头看着萍小姐。

“异教徒！”宝儿朝她微笑。

她们对没能参加派对深感抱歉，并表示今后一定还有机会。

“等汇报演出过了之后，我自己会办一场派对，”宝儿说，“你会来的，对吗？”

“十分乐意。昨天的戏剧怎么样？”

“好在没有很糟，我们就坐在科林·巴里的后面。”

“他是谁？”

“全英曲棍球队的‘台柱子’。”

“我觉得他可是给《奥赛罗》[①]增光添彩了。”

“也让中场休息变得不那么无聊，我保证。”

“难道你们不想看《奥赛罗》吗？”

“不是我们要看！我们极其想看艾玛·爱尔兰的新电影——《燃烧的壁垒》。听起来很狂暴，但我相信事实上那只是场纯洁干净的森林大火。可我父母觉得晚上出门就该去剧院，然后中场休息的时候吃盒巧克力。我们不能让老两口失望啊。”

“他们看得开心吗？”

“噢，他们爱到不行，整个晚餐时间都在谈论。”

“你们真是对好搭档，还叫别人‘异教徒’。”露西说。

“来和高年级的学生一起喝下午茶吧。”宝儿岔开话题。

露西赶忙谢绝说她要去外面喝茶。

---

① 《奥赛罗》是莎士比亚四大悲剧之一，其余三部作品分别为《哈姆雷特》《李尔王》和《麦克白》。

宝儿看着露西内疚的脸，眼神里带着种戏谑，但茵内斯很冷静，她说："我们应该早些邀请你的，在汇报演出前，你不会走吧？"

"我尽量。"

"那你下周日能来跟高年级学生一起喝茶吗？"

"谢谢你的邀请。如果我还在的话，很乐意去。"

"你给我上了一节很好的礼仪课。"宝儿说。

她们站在碎石块上抬头看着她，脸上满是笑容。后来露西想起她们来总是浮现这幅场景：站在阳光下的样了从容而又优雅，坚信着这个世界的公正，彼此信任。任何怀疑、污点都不能伤害她们，理所当然地认为脚下温暖的碎石块是永恒的大地，而不是充满危机的悬崖边缘。

五分钟预备铃响起，让她俩突然惊醒。她们刚走，勒珂丝小姐就来了，她走到了房间后面，脸色很不好，露西从没见过她这样。

"无法想象我为什么会在这里。"她说，"要是早作打算，我就不用掺和进这场上帝都无法拯救的闹剧。"

露西说，这跟她刚才想的一模一样。

"我想，还没有消息说霍琪小姐改变心意了吧？"

"目前看来，恐怕没可能。"

"我们全都没出去吃饭，真是太可惜了。霍琪小姐要是在空荡荡的桌上宣布劳斯的名字，那至少整个学院都知道我们没参与这场闹剧。"

"如果不是要在十一点之前登记外出，我现在就想走了，但是我没有勇气。"

"好吧，也许我们可以稍微传达出我们对整件事的不满。"

亨丽艾塔介意的是不仅要参与，还得表示赞同。露西心想，我只是想像个小孩一样，逃离这种不开心的情绪。露西已经不是第一次有这样的想法了，她多希望自己能变得更强大一些。

勒费夫尔夫人轻轻巧巧地走进房间，她穿着一件可可棕的丝绸衣服，在强烈的灯光下映出金属蓝的光泽，看着比平常更像一只奇特的蜻蜓。当然，一部分是因为她那双照明灯似的大眼睛。就像她在自然短片中见过的昆虫特写，大大的眼睛，细长条的棕色身子，瘦削但又优雅。勒费夫尔夫人压制住心中一触即发的怒火，眼神中充满鄙视，带着恶意和一点看好戏的心态看待眼前的一切。

“还从来没参加过这等盛会，”她说，“我倒想看看今天到底会上演什么好戏。”

“你还真是和食尸鬼一样残忍，”勒珂丝小姐虽然这样说，但话语中不带任何感情，似乎因为太过沮丧，已经顾不上其他，“你有没有试着改变一下她的想法。”

“有啊。我曾跟黑暗势力进行抗争，场面十分激烈。要我说也很具说服力，用了很多例子和教训。比如那个被惩罚要永远滚着巨石上山的人是谁？多神奇啊，这些神话传说到现在还那么有用。我在想，要不跳一场演绎各种惩罚方式的芭蕾舞，会不会有用？比如打扫马厩这些。或许可以用巴赫的音乐，虽然从编舞的角度看，他的音乐没什么启发性。而且就算真有人用了的话，肯定很多人会站起来痛骂。”

“噢，快住口吧。”勒珂丝说，“我们就要纵容一场丑行发生，可你却还在想着编舞！”

“我的好勒珂丝啊，认真你就输了。你必须学会接受现实，也不要插手自己无法改变的事。中国人有句话说得挺对：当强奸不可避免时，那就放轻松，好好享受。照你刚才那种巧妙的说法，我们是在纵容一场丑行发生，可是作为聪慧的人类，我们也可以发现一些意外收获啊。比如说，能看到年轻的茵内斯对这一刺激会有怎样的反应，那一定相当有意思。这一冲击是否致命？她会不会有所行动，或者陷入疯狂的痛苦之中，做出无法控制但毫无意义的事儿。”

“什么该死的比喻，简直是睁眼说瞎话，你自己也知道，我们这样就像是去围观别人被强奸。再说，在哲学史上，不管是中国还是其他地方，我从没听说会推崇这样的做法。”

“强奸？”弗茹肯跟着她母亲走了进来，“谁要被强奸了？”

“茵内斯，”勒珂丝冷淡地说。

“噢，”弗茹肯眼里的闪光慢慢褪去，剩下一片冰冷苍白。“是啊，”语气若有所思，“确实如此。”

弗茹肯母亲那张“诺亚夫人”一样的圆脸上写满了疑惑，看看这个人，又看看那个人，像是希望得到一些确认和暗示，表示这事情能够圆满解决。她朝着坐在窗边的露西走了过去，急急点了个头道早安，然后用德语说：

“你知道校长做的这件事儿吗？我女儿非常生气。真是非常生气啊。她长大以后我就没见她那么生气过。这个决定太过分了，你觉得呢？”

“对啊，我也这么想的。”

“霍琪小姐是个很好的女人，我很敬重她。但一个好女人犯起错来，会比坏女人还要严重，后果更加恶劣，实在是可惜啊。”

真是太可惜了，露西表示赞同。

门开了，亨丽艾塔走了进来，后面还跟着紧张不安的蕾格。亨丽艾塔神态平静，只是比平常更为庄重（或者说较其他庄重的场合还要庄重）。蕾格却向众人投来了抚慰似的笑容，好像在恳求大家要团结一致，凡事往好的方面想，可大家封闭敌对的态度又让她有些惊慌。她可怜兮兮地看了一眼她的靠山勒费夫尔夫人，但夫人目光紧盯着亨丽艾塔，眼神里满是讥讽。

亨丽艾塔向众人问过早安（她已经在房间里吃过早餐了）。她一定仔细挑了个进门的好时机，因为话音未落，远处就传来了低沉连续的敲锣声，催促大家赶紧行动起来，从而冲掉了谈话的时间。

“时间到了，我想大家该下楼用餐了。”亨丽艾塔说完便带头走了出去。

勒费夫尔夫人瞥了勒珂丝一眼，对这种大将风范表示钦佩，赶忙跟上队伍。

“果然来势汹汹！”下楼的时候勒珂丝对露西说。

“感觉更像是福泽林盖乐队的风格。”

餐厅里大家都在端庄安静地等待着他们，但在露西天马行空的想象力之下，气氛中似乎充满了期待，而且用餐时大家的情绪肯定也比以往见到她们时更加激动。叽叽喳喳的讲话声越来越大，坐在那头的亨丽艾塔一边狼吞虎咽一边还在等着上布丁，她让蕾格给宝儿带了个话，让学生们保持安静。

刚开始，大家还比较小心翼翼，可不一会儿就忘了，谈话声、笑声又再次响起。

“考试周过去了，她们太兴奋了。”亨丽艾塔的语气中带着宽容，算了，由她们去吧。

这是她说的唯一一句话，要知道她可从不在吃东西的时候说话，但蕾格总是隔几分钟就要努力发表一些无聊单调的观点，满怀希望地看着桌前一张张缄口不言的扑克脸，神情就像一只捡回骨头放在主人脚边的小猎犬，几乎能看到背后摇晃的尾巴。蕾格将会是执行处决时无辜的工具，就像是断头台上那把被动的刀。她也感觉到了自己的处境，默默地乞求原谅。她好像在说：噢，老天哪！我只是学校里一个低年级的体操老师，不得不跟在她屁股后面做事，这又不是我的错。你们想让我怎么做呢？——告诉她让她自己宣布这该死的决定吗？

露西很同情蕾格，尽管蕾格那种显而易见的忠诚搞得她很抓狂。安静点吧！她真想说快被吵死了，在这样的状况下，除了保持安静，别无他法。

最后，亨丽艾塔叠好餐巾，巡视了一圈确定所有教员都已经吃完后，站起身来。教员们也随之站了起来，就连学生们都敏捷一致地起立，这很少见，显然他们一直都在期待这一刻。露西本不想回头看那些学生们，一排排灿烂而又充满期待的面孔，带着热切洋溢的微笑。这些都无法给露西带来慰藉，好像再有点风吹草动，他们就能立马欢呼起来。

亨丽艾塔转身朝门口走去，教员们一个个也跟在后面。蕾格小姐面朝着那些欣喜的学生，依照吩咐说出了下面这句话：

“午饭后，请劳斯到霍琪小姐办公室谈话。”

13

露西没法再看着那些面孔，但她感觉到原本的寂静突然变成一片空白，变得虚无、了无生气。就像是从夏天鸟儿到处鸣叫、微风吹拂树叶的宁静，掉进了北极地区万物冰封那种浪费般的静止。接着，就在她们走到门口的时候，突然从一片死寂中传来了一阵微弱的嘶嘶耳语声，大家都在重复着那个名字。

“劳斯！”她们小声窃语，“是劳斯！”

露西走到阳光下，浑身颤抖。这种战栗声让她想起了冷风吹过雪地抡起冰碴子的声音，甚至还联想到自己的亲身经历：那是她在斯贝塞度过的一个复活节，因为错过了去格兰镇的公交，他们必须走很长一段路才能到家。天空是铅灰色的，凛冽的寒风刺骨，整个世界都上了层冰。现在的她，穿过阳光灿烂的院子，朝方院大门走去，就有一种离家很远的感觉。在她眼中，天空就跟苏格兰三月暴风雨天气时见到的一样沉闷。有一瞬间，她希望自己就在家里，坐在安静的小客厅里，安然度过一个星期天的下午。没有问题困扰，也不会为别人的痛苦伤心。她心里随意想着要不要找个借口直接走人，也许明天早上来邮件时候是个好机会。但是她又像个小孩一样，期待着星期五的汇报演出。她现在还有点个人兴趣，只是想看看她们之前承诺过的那些新花样。所有的高年级学生她都认识，低年级同学也认识许多。露西也跟她们聊过汇报演出的事情，分享着她们的害怕和期待，甚至还帮着他们做演出服。演出高潮、胜利的捧花、校园生活完满结束，在没有看到、经历这些之前，她都不舍得离开。

露西已经脱离了大部队，她们一拨人正朝着前屋走去。蕾格小姐却从她身后走过来，在学生布告栏上贴了一张通知，擦拭着额头上的汗水，解脱似的说："感谢上帝，终于结束了，一直想着这事儿都吃不下饭。"露西这才想起来，蕾格小姐的盘子上的确是剩了一大块馅饼。

是啊，这就是人生。上帝在茵内斯眼前关上了一扇门，蕾格也没能吃完她的布丁！

学生们还在餐厅吃饭，一个都没出来。她们的胃口比教员们好上许多，通常要多吃十到十五分钟。所以在露西回房间的路上，走廊里还是空荡荡的。她已经下定决心要先离开学校，赶在学生们跑向田野之前，深入感受属于田野的翠绿、洁白和金黄，嗅着山楂花的香味，躺在草地上，感觉整个世界都在旋转。让人不由想起，世界这么辽阔，纵然学院里的纷纷扰扰那般激烈痛苦，但终会很快过去。在世界这个大环境下，这些根本微不足道。

露西换了双更适合下田间的鞋，穿过"老房子"，跑下前面的台阶，从前门走了出去，刚好避开从餐厅里陆续出来的学生。"老房子"很安静，所以她推测今天午饭后会客厅里应该没人。绕过"老房子"之后，她朝着体育馆后面的田野走去，脑海中模模糊糊地涌现着毕灵顿镇的小茶壶茶馆。左手边的山楂花篱笆开满了像是奶油泡沫的花，而右手边漫无边际的金凤花就是一片金色的海洋。榆树各自扎根在紫色的阴影中，暖暖的阳光下，轻轻浮动，脚下的矮草与雏菊相映成趣。多么美妙的世界啊，那么和谐雅致，永远都不会——噢，可怜的茵内斯！可怜的人儿！——永远都不会被倾覆，被破坏。

就在她仍在纠结是跨过小桥，沿着小河下游去毕灵顿镇，还是沿上游走去一个不知名的地方时，她看见了宝儿。宝儿站在桥中央观察着水面，麻质的绿色连衣裙和那一头金发，仿佛与阳光下的柳树、阴影融为了一体，以至于露西起初都没发现有人在那儿。露西走到树荫下，能看得更清楚些。她看见宝儿正看着她走过来，但却没有打招呼，这一点不像她的作风，让露西有点胆怯。

“哈喽，”露西说着，靠在了身旁的木围栏上，“今天下午好美啊，对吗？”一定要表现得这么白痴吗？她内心责问自己。

没有人回答这个问题。一会儿，宝儿开口问道：“你事先知道这样的安排吗？”

“知道，”露西说，“我，我听教员们谈起过。”

“什么时候？”

“昨天。”

“那你今天早上跟我们聊天时也是知情的？”

“是的，为什么这么问？”

“要是有人事先提醒她一下就好了。”

“提醒谁？”

“茵内斯，她在众目睽睽之下颜面扫地肯定不好受。”

露西这才意识到，宝儿是气疯了。她之前从没看过宝儿这样，甚至都没看过她发脾气，可现在她气得话都说不清了。

“我怎么能那么做呢？”露西义正词严地说，莫名其妙要为一个自认为与她毫不相关的事情负责，她感到很沮丧，“在霍琪小姐公布之前就说出来，是对她的不忠。而且就我所知，她可能会改变主意。我跟她谈过之后，她可能会再考虑……”她停了下来，突然意识到再说下去会牵扯到什么。可宝儿也意识到了什么，突然转过头来看着她。

“噢，你去找她争论过这件事。那你当时不认同她的选择，对不对？”

“当然不认同。”面对眼前这张极其贴近自己的年轻的愤怒的脸，她决定说实话。“你应该也知道，宝儿，没有人同意这个安排，教员们的心情都跟你一样。霍琪小姐是我的老朋友，我很感激她，也很崇拜她，但是在决定这件事的时候，她一意孤行。从我第一次听到这个消息之后，我的心情就十分沮丧。我尽力去改变这件事，好让自己第二天醒来后发现这只是个噩梦。但事先去提醒茵内斯……”她抬手表示无能为力。

宝儿又转身继续盯着水发呆。“像你这么聪明的女人，应该能想到办法的。”她小声嘟哝着。

不知怎么的，这句“聪明的女人”一下子让宝儿变得那么年轻迷人。这不像是那个自信又不可一世的宝儿在寻求帮助，也不是她觉得这个平凡的萍小姐真的那么聪明。她毕竟是个孩子，因为别人伤害了她的朋友而愤怒、痛苦。露西从没像现在这样这么喜欢她。

“哪怕是给个提示。”宝儿又对着水面喃喃自语，“哪怕暗示一下还有其他候选人，只要能让茵内斯有点心理准备，什么方法都行，这样对她的打击也不会那么大。如果她有所准备，也不至于受到那么大伤害。即使是惩罚，也没必要赶尽杀绝啊。就冲这个原因，你也可以抛开一点你的顾虑，不是吗？”

露西觉得，虽然有点晚了，但她也许真该那么做。

“她在哪？”露西询问道，“茵内斯在哪？”

“我不知道。我还没追上她，她就直接跑出学校了，只知道朝这个方向来了，后来就不知道了。”

“她很难接受这件事吗？”

“经历了这些乱七八糟的事儿后，你还指望她能保持勇敢高尚吗？”宝儿的语气很粗鲁，说完又立马改口，“噢，对不起，请原谅我的粗鲁。我知道在这件事上你也很遗憾，只是刚刚我实在没办法与人交谈。”

“确实，我感到很可惜。”露西说，“第一眼见到茵内斯的时候，我就很欣赏她。而且我觉得她要是去了亚林赫斯特，一定能出人头地。”

“可是去不了了。”宝儿轻声抱怨。

“劳斯听到这个消息后是什么反应呢？你觉得她感到惊讶吗？”

“我没留下来看，”宝儿很快带过这个话题，过了一会儿说，“我想我要去上游看看，那儿有几棵她很喜欢的荆棘树，也许她在那儿。”

“你担心她吗？”露西问道。她觉得宝儿如果只是想去安慰一下，那茵内斯现在应该更想一个人待着。

“我觉得她还不会想要自杀，如果你是想问这个的话。而且我当然担心她，这样的打击对任何人来说都不好受，更何况还是发生在学期末的时候，人本来就很疲惫。可茵内斯，茵内斯她总是会多想。”宝儿稍作停歇，目光再次转向水面，“我们读低年级的时候，勒费夫尔夫人就总爱讽刺挖苦我们。你知道的，夫人有时候简直让人无语。我们其他人顶多留下点鞭痕，但茵内斯真是被打得皮开肉绽、遍体鳞伤。有些人受不了就哭了，可她从来没哭过，她就是，就是心里憋着一股怒气。心里憋着气总是不好的。有一次，当……”她又停了下来，貌似发现自己说得够多了。可能再说下去有失检点，又或是觉得跟一个不太熟的陌生人谈朋友的事，无论她多么合得来，总归还是不太厚道。“茵内斯，她就像羽毛上没有油脂的鸭子[①]，无法抵御外界的伤害。”宝儿又最后说了一句。

她走下桥，沿着长满柳树的小径往上游走去。“要是我刚刚有冒犯的地方，”在身影完全消失前，她停下了脚步说道，“请一定要原谅我，我不是故意的。”

露西盯着脚下平静无痕的水面，热切地希望自己还能找到两天前她自以为是，直接扔进小溪里的小红本子。一边还挂念着那个没有“鸭子羽毛”——自身没有抵御外界天气的保护机制——的女孩。她既不敢低声抽泣，也不能放声大笑，却总是“在心里憋着气”。露西希望，在最糟糕的事情过去之前，宝儿都不要找到她。她没有跑

---

① 鸭子羽毛上的油脂有防水的作用，这是指人物缺乏对自身的保护。

去宝儿那博取同情，反而以最快的速度逃走，逃离别人的陪伴，那就给她留出她想要的独处空间，这样才最好。

这对宝儿没有任何坏处，露西心想，让她知道世界上总有磕磕绊绊和不尽如人意的时候，她的日子过得太顺风顺水了。可惜的是，她学到这些却要以牺牲茵内斯为代价。

露西跨过小桥，走进竞赛场地。转身面向空旷的田野，又穿过她们走过的篱笆桩。内心希望自己不要追上茵内斯，即便追上了，也要装作视而不见。然而，茵内斯并没有出现，星期天的田野上空无一人，所有人还在啃着烤面包，只有她独自一人面对着山楂花篱笆、草地和蓝天。不一会儿，她又走上一个斜坡顶的边缘，从这个角度能看到浅浅的山谷往外伸展，绵延不绝。她背靠橡树坐了下来，昆虫在草丛里嗡嗡叫着，洁白丰满的云层飘来飘去，阳光下低低的树影在她的脚边围绕。露西几乎可以一直这么无所事事下去，这让校长或是她的朋友都无可奈何。

直到太阳落到只有篱笆桩那么高了，她才站起身进行下一步的决定。一番自我对话的结果是，她意识到晚饭也没办法跟学生一起吃，所以要去找一家旅馆，等到半夜学校打过睡觉铃，安静下来后再回去。她绕了很大一个圈子，走了半个小时才认出了远处的教堂塔尖。走到这里她也顾不上去找旅馆了，只想着茶馆星期天还开不开门。就算没开门，或许也可以叫奈薇尔小姐开个罐头，填填肚子。抵达毕灵顿镇时已经七点多了，露西饶有兴致地看了一眼烈士纪念碑，这地方唯一一座丑陋的建筑物，又看到茶馆敞开的大门，顿时来了精神。亲爱的奈薇尔小姐，聪明贤惠、有商业头脑又乐于助人的奈薇尔小姐。

对面村舍的影子笼罩着那间舒适的小屋，露西走了进去，才发现里面几乎空荡荡的。只有一家人在前面的窗户旁聚会，远处的角落里还有一对年轻的情侣，花园最靠里停着的那辆豪车大概就是他们的。露西心想，奈薇尔小姐真是厉害，六月的星期天车多人杂，扬尘漫天，她却依旧能把屋子收拾得一尘不染，花香四溢。

就在她左顾右看，想找张桌子的时候，一个声音响起："萍小姐！"

露西的第一反应是赶紧跑，她现在可没心情跟学生聊天。后来才注意到喊她的是骚核桃。角落里那对情侣中的女生就是骚核桃，那男生毋庸置疑，肯定就是她口中的"我表哥"，那个觉得她很迷人的里克，学校里的人都管他叫"小白脸"。

迪斯特罗站起身，朝她走来，顺便邀请她一同入座。正式场合下，骚核桃的举止十分优雅动人。"这太好了！"她说，"我们刚好聊到你，里克也说好想见你一面，你这就出现了，真神奇。这是我表哥，理查德·吉莱斯皮，他受洗名叫里卡多，不过他觉得那听起来很像是电影明星的名字。"

"或者是乐团领班。"理查德说着同露西握了手，并随手拉她坐在了椅子上。他这种不温不火的礼节很英式，多少中和了一下那张像极了拉丁银幕英雄的脸。露西算是看出"小白脸"的称号从何而来了。整齐浓密的黑发、忽闪的睫毛、外扩的鼻翼和细长条的黑色小胡子都如假包换，可在露西的眼里也就仅此而已。虽然继承了拉丁祖先的外表，但是举止、教养和性格都像是经普通公立学校培养而成。他比迪斯特罗要大不少，露西估摸着快三十了，看上去是个讨人喜欢而且靠谱的人。

貌似他们刚刚已经点了餐，理查德去后厨帮露西再要一份干酪吐司。"奶酪是重点，"迪斯特罗说，"但这跟你在伦敦茶馆吃到的威尔士干酪不一样，它是在松软的黄油吐司上盖一层厚厚的奶酪，再用像肉豆蔻之类奇怪的东西调味，我觉得是肉豆蔻，味道非常棒！"

露西现在完全没有享用美食的心情，于是便敷衍说听上去就很好吃。

“你表哥是英国人，对吧？”

“噢，是的。我们不是嫡亲的表兄妹，”她解释道，这时候理查德也回来了。“我父亲的父亲的姐姐嫁给了他母亲的父亲。”

“简单地说，”理查德插嘴道，“我们的祖父母是姐弟。”

“这样说可能比较简单，但是不够明确。”迪斯特罗的语气里带有拉丁人对撒克逊人不在意家族关系的蔑视。

“你住在拉博镇吗？”露西问理查德。

“不，我在伦敦总部工作，只是现在负责跟拉博镇进行联络。”

露西的目光不由自主地转向迪斯特罗，她正在忙着看菜单的副本。

“我们有一个关联公司在这，需要一起工作一到两周时间。”里克话说得很顺畅，看向露西的眼神中还带着笑意。为了让露西彻底放心，他接着说：“我是带着保证书来见霍琪小姐的，以保证我们俩的关系、我的身份地位、偿付能力、容貌和正统性。”

“噢，安静点，里克。”迪斯特罗说，“父亲是巴西人，母亲是法国人，这又不是我的错。番红花布丁蛋糕是什么东西？”

“迪斯特罗是最适合带出来吃饭的，”里克说，“她吃起来就像只饿狼，而我其他女性朋友会花一整个晚上计算卡路里，担心腰腹上的变化。”

“你的其他女性朋友，”他表妹略带刻薄地说，“她们没有一年到头都在莱斯体育训练学院训练，每天流汗流到人要蒸发，吃的都是蔬菜杂烩。”

露西记起学生们每顿大口吞食面包片的样子，心想她说得有点夸张。

“等我回到巴西，我也要做一个淑女，像文明人一样吃饭，到时候也要考虑一下卡路里的问题。”

露西问她什么时候会回去。

“八月的最后一天坐船走，这样学校放假后，还有一段时间能享受一下英国的夏天。我喜欢英国的夏天，一片翠绿、柔和而且友善。除了服装、冬季和牙齿，英国人的一切我都喜欢。那亚林赫斯特是什么？”

已然忘记迪斯特罗喜欢快速转换话题的个性，导致露西听到这个名字时太过惊讶都没立马反应过来，里克替她回答道：“那是英格兰最好的女校，”接着他又进行了具体描述，末了问了句，“为什么问这个？”

“现在整个学院都为之兴奋不已，我们有个学生从学校毕业后就能直接去那工作。听别人说，她至少能被封个女爵士。”

“依我看，也确实有理由感到兴奋。”里克说，“刚毕业就能收获一份好工作的人毕竟不多。”

“是吗？你觉得这真的很光荣吗？”

“我想应该是无比的光荣，萍小姐，你说是吗？”

“没错。”

“噢，好吧，我挺高兴的。虽然一想到她在女校里浪费了这么多年时间还是有点伤心，但如果她因此感到光荣，那我很高兴。”

“谁光荣？”露西问。

“当然是茵内斯。”

“你今天没在学校吃午饭吗？”露西又一脸疑惑地问道。

“没有。里克开车来接我，我们一起去看了位于宝敏斯特的撒克逊人头像建筑。为什么问这个？这两件事有什么联系吗？”

“要去亚林赫斯特的人，并不是茵内斯。”

“不是茵内斯！可别人都说是她，每个人都这么说。”

“是啊，茵内斯确实是众望所归，可最终结果却不是这样。”

“不是她，那是谁？”

“劳斯。”

迪斯特罗瞪大眼睛盯着我。

“噢，不。不，我绝对不相信这件事，这根本不可能。”

“但这是真的。”

“你的意思是，她们推荐了那个下等人，那个！”

“迪斯特罗！”里克提醒道。头一次看见她被激怒，还觉得颇为有趣。

迪斯特罗坐着安静地沉思了片刻。

“如果我不是淑女的话，”她总算口齿清晰地说了一句，“我肯定会吐口唾沫。”

家庭聚会那边的人抬眼朝这边看，表情惊讶还略带惊恐。他们觉得差不多到该走的时间了，开始收拾东西，合计着账单。

“看看你都做了什么，”里克说，“惊扰民众。”

就在这时，奈薇尔小姐穿着一身宽松碎花裙，从后厨端来了干酪吐司。可骚核桃却完全没有因为美食分心，她突然想起来，自己第一次听说亚林赫斯特职位空缺的消息，就是奈薇尔小姐告诉她的，因而这件事又再度被提起。所幸里克及时指着吐司强调说这个很快就凉了，这才把露西从这个讨厌的话题里解救了出来。露西有一种很强的预感，其实里克根本不在意吐司凉没凉，不过是意识到她已经厌倦了讨论这件事，内心很反感。她觉得很温暖也很感激，几乎都要哭出来。

“尽管，”里克开口说，这时骚核桃已经成功把注意力放在了食物上，“我不认识茵内斯，不过如果她真像你们所说的那么优秀，那即使不去亚林赫斯特，她也一定会得到一个好工作。”

这一整个下午，露西都在用这句话安慰自己。很合理，符合逻辑，也很公平。就像是一贴道德上的膏药，自欺欺人罢了。露西能理解为什么骚核桃会反对这个观点，语气中还带有嘲讽。

“如果是选了那个谁而没有选你，你会怎么想？”她满口吐司的嘴里蹦出这句话，“那个谁”说的是劳斯，“正当她们要赋予你荣誉，一个良好的公众荣誉的时候，突然在所有人面前给你来了一巴掌，换做是你，你能接受吗？”

“众目睽睽之下颜面扫地。”露西想起了宝儿说的话，她们俩的反应极为相似，区别就在于迪斯特罗看到的是侮辱，而宝儿看到的是伤害。

“而且不久前，我们还曾在这间屋子里同茵内斯的父母度过了那么美好的上午时光。”迪斯特罗接着说道，目光还望向他们一同坐过的桌子，露西也想起了这件往事，“多好的人哪，里克，我多希望你也能见见他们。我们这些好人：我、你、萍小姐，还有茵内斯的父母亲，我们一起找个时间聊聊文化，再喝点上好的咖啡，多么让人陶醉啊。可是现在……”

露西和里克不断把她从那个话题上引开，直到坐车回学校的途中，她才又开始这个话题，继续唏嘘不已。但是因为有里克开车，从毕灵顿镇回学校的这段路程实在太过短暂了，没时间让她情绪激动，他们就已经到门口了。露西道了声晚安后本想巧妙地离开，可是他身边还有骚核桃，“再见，里克，”她的语气漫不经心，“这个星期五，你会来吧？”

“风雨无阻，”里克对她保证，“三点钟，对吗？”

“不，两点半。我在邀请卡上写了，就是我给你的那张邀请卡。作为一个商人，你的观察力还不够敏锐。”

“噢，好吧。生意上的事儿我自然会好好上心。”

“那你把我的邀请卡放在哪里？”

“扣在一条金项链上，紧挨着我的背心和心脏。”里克说着，带着胜利者的姿态离开了。

“你表哥很有魅力。”露西在她们一起上楼时说道。

“真的吗？太高兴了，我也是这么觉得的。他具有英国人身上的所有优点，还有些许不属于英国人的特点。星期五他能来看我跳舞真是太好了，你笑什么？”

露西笑的是，在她表哥周五来看她这件事上，迪斯特罗的态度很有她独特的风范。接着又赶忙换了个话题：

“你不是应该从另一扇门进吗？”

“噢，是的，但我觉得应该没人会在意。再有两周，我就能随心所欲上下这个楼梯了。当然，说不定我还不乐意走这里，所以现在走走也无妨。我不喜欢走商人通道。”

露西本想回房间之前先对教员们表示一下慰问，可是前厅里十分安静，连空气都很沉闷，于是露西打消了这个念头，不想自找麻烦，反正第二天早晨全都能见到。

骚核桃还是会象征性地遵守学院的规矩。从走廊的安静程度来看，很显然“就寝”铃肯定几分钟前就响过了。她们俩在楼梯口互道晚安，之后露西便朝着走廊那头走回了自己房间。正当她准备脱衣服的时候，却发现自己不自觉地想听听隔壁房间的动静，然而并没有任何响声。去关窗帘的时候，窗外也没有一点亮光。茵内斯到现在还没回来吗？

她坐了一会儿，犹豫着是不是应该采取点措施。如果茵内斯还没有回来，那宝儿肯定也需要安慰。如果茵内斯已经回来了，但是这么安静，有没有什么方法能让她客观地，在不干涉别人的前提下出于好意表达一下同情心？

她关了灯，又把窗帘重新拉开，坐在大开的窗户旁看着外面亮堂的四方庭院——在这样的环境里，别人会觉得拉上窗帘是一件很奇葩的事——注视着学生们干各自的事儿，一声不吭。有人在梳头，有人在做针线活，有人在往脚上缠绷带（这真是个傻丫头，不先缠好已经展开的绷带，就像那种好的女按摩师一样，反而跳来跳去到处找剪刀），还有人忙着钻进睡衣里，忙着打蛾子。

就在她专门观察着她们的时候，有两个房间的灯灭了。明天的起床铃还是五点半，现在考试结束了，她们也没必要彻夜不眠，挑灯夜战。

她听见外面走廊里有脚步声，连忙站起身来，以为是朝着她的房间来的。茵内斯的门轻轻地打开后又轻轻关上。没有人开灯，不过她听到有人轻手轻脚准备上床的声音。接着，走廊里又传来了拖鞋的踢踏声，还有人敲了一下门，然而无人回应。

“是我，宝儿。”一个声音说道，接着门又开了，关门的时候传来了一阵轻声细语，还有咖啡的味道和陶瓷碰撞的响声。

这种时候宝儿能带着食物来真是很善解人意。从一点到十点这么长时间，不管茵内斯是在同怎样的恶魔做斗争，现在一定什么情绪都没有了，也能吃下摆在她面前的食物。窸窸窣窣的讲话声一直不断，直到“熄灯”铃响起，门又一次打开关上。隔壁房间的鸦雀无声也逐渐融入整个莱斯学院寂静的氛围之中。

露西倒在床上，累得都不想伸手盖被子。心中有对亨丽艾塔的愤怒，为茵内斯感到难过的同时还有点嫉妒她，能有个像宝儿那样的好朋友。

露西决定先不要睡着，想想有没有什么办法，能让可怜的茵内斯知道她内心强烈的同情和愤怒，可事实上她一沾枕头就睡着了。

14

星期一气氛平常，亚林赫斯特的话题已经在全校传腻了。不管是教员还是学生，他们都有一整天的空闲时间消化吸收这个轰动的消息。到了晚上，也就再没什么可说的了，事实上每一种可能的观点都被人一而再、再而三地重复过。随着星期一一切恢复常规，这件事早就被众人遗忘。忠诚的茉莉斯小姐又给她把早饭带到了房间里，导致露西没能看到茵内斯自那之后的第一次公开露面，等到午餐跟全体学生们面对面时，她才意识到这一轮风波已完全被习惯抹平，学校看起来和往常没有分别。

茵内斯表情平静，但露西觉得她现在的表情像是把自己封闭了起来，而非当初的孤僻。无论她内心还在与怎样的情绪纠缠不休，这些情绪都被牢牢压制着。劳斯看起来比以往更像西莉亚婶婶的那只猫——费城，露西迫切地想把它关在外面，随它叫唤。关于此事，她唯一还有一点好奇的是，当出人意料喊到劳斯的名字时，当事人是怎么想的，她甚至在去吃午餐的路上，就忍不住要追问勒珂丝小姐。

“劳斯听到这个消息的时候，脸上是什么表情？”

“跟灵媒装神弄鬼的时候一样。”勒珂丝小姐说。

“什么意思？”露西又疑惑地问道。

“这是我能想到的最叫人作呕的表述了。”

露西的好奇心依旧没得到满足，勒费夫尔夫人还责怪她昨天直接就抛下她们，但也没有人会就个中缘由喋喋不休。离汇报演出只剩下四天时间，这是眼下所有人最为关注的事情，亚林赫斯特事件已是过去式，还带着一丝腐烂的酸臭味。学校再一次步入了正轨。

从星期一到星期五，一切都例行公事般单调枯燥地进行着，只不过中间有两个小插曲，稍微调节了下气氛。

其一是亨丽艾塔给茵内斯提供了一个在威彻利矫形医院的工作，遭到了茵内斯的拒绝，最后这份工作给了奥唐纳，她心怀感激地接受了，总算是松了一口气。（“亲爱的，太好了！”戴克丝说，“现在我可以把诊所的工作服卖给你了亲爱的，反正我也不穿了。”她也真的全部卖给了小唐，学期快结束了钱包里还能装满现金别提多开心了，还不忘趁热打铁开始在宿舍走廊里兜售她其他的物件，要不是斯图尔特酸酸地问了句这扣针是不是标准配置，这事儿才最终收手。）

其二就是那个戏剧演员——爱德华·艾德里安的来访。

这场出人意料的到访发生在星期三。星期三下午是游泳课，所有低年级学生和下午不用出诊的高年级学生都在泳池里。而露西就算祈祷数数下决心也就只能游一个浴缸的距离，尽管大家都盛情邀请她下水凉快一下，她仍然没有参与。她在那待了半个小时，看着她们在水中嬉戏，之后就回到房间里喝茶去了。当她正准备穿过前厅上楼梯的时候，其中一个门徒——她觉得那是卢卡斯，但她不是很能认清楚她们三个——冲出了诊所的大门，喊道：

“噢，萍小姐，你能做一回天使坐在艾伯特的脚上吗？”

“坐在艾伯特脚上？”露西又说了一遍，她不确定自己是不是听错了。

“嗯，捧着脚也行，但坐上去更简单。带子上的洞豁开了，也没有多余的带子。”她领着一头雾水的露西走进了安静的诊室，学生们都裹着不常见的麻质白衣，指挥病人们进行不同程度的扭转。她指着一个底座，上面趴着一个十一岁左右的男孩，面部朝下。“你看，”她说着拿起一条皮带，“这东西从洞这里裂开了，前面的洞系着太紧，后面的又太松。你可不可以先抓紧他的脚，如果不想坐上去的话。”

露西急忙说她还是抓着脚好了。

“好，艾伯特，这是萍小姐，她现在临时充当一次皮带。”

“哈喽，萍小姐。”艾伯特说着，睁大一只眼睛看着露西。

卢卡斯——如果真是她的话——猛地抓住男孩的两边肩膀使劲往前一拉，只剩腿还留在底座上。“萍小姐，现在你一只手抓住一个脚踝，抓紧了。”她指挥，露西遵照执行，一边想着这种略微粗暴的方式对曼城绝对管用，还有当你真的要抓紧一个十一岁小男孩的脚踝时，你才知道他怎么能这么重！露西把视线从卢卡斯身上移开，转而看向其他人，穿着这样的新装束，看着尤为遥远陌生。一个人的人生究竟是个有多少面的多面体？就连那些她特别熟悉的学生，比如斯图尔特，这样看起来都跟以前不一样。她们的动作偏慢，跟病人说话时声音特别明朗，还会假装很感兴趣。没有微笑也没有聊天声，保持着医院的明亮和安静。“再来一点，好的。”“今天看起来好多了，不是吗？”“好我们再做一次，今天就算是结束了。”

哈塞特走动的时候，工作服露出了一个缝隙，露西看见了里面的丝绸裙子。她意识到哈塞特已经换上了跳舞的裙子，等看完病就要立马赶去体育馆，中间没有空余时间，要么她就是已经用过午茶了，不然只能带一杯路上喝。

露西还在想着哈塞特也会有这么奇怪的一面，竟然把跳舞的丝绸裙穿在医院白袍子里面。这时候，窗户外面开过一辆轿车，在前门停了下来。这辆车外观时尚、价值不菲，加长的款式，车漆擦得油光锃亮，而且还有司机。现如今，除了残障人士，几乎没有人会雇司机开车，露西兴致盎然地观察着谁会从车里出来。

可能是，宝儿的母亲？能开这样的车，毫无疑问肯定还会随身带一个男仆。

然而下车的是一个年轻男子——她只能看见他的背部——衣着

绅士得体，从十月开始到来年六月，这样的装束在圣詹姆斯街和约克公爵纪念柱前的台阶上尤为常见。带着司机还是这副装扮，不禁让露西联想到了皇室成员，但是却找不到一个合适的人选，毕竟现在皇室也自己开车了。

“萍小姐，非常感谢，你真是帮了个大忙。艾伯特，快谢谢萍小姐。”

“谢谢你，萍小姐。”艾伯特听话地说，说完还特意看着她，朝她眨了下眼睛，露西也拘谨地眨了回去。

这时候，奥唐纳手里拿着一筛子弗茹肯刚在那边房间给她灌满的滑石粉，狂冲了进来，嘴里小声兴奋地念念有词：“你能想到吗！车里坐的是爱德华·艾德里安！爱德华·艾德里安！”

“关我什么事？”斯图尔特说着拿下了她手里的筛子，“倒是你，拿个滑石粉拿这么久。”

露西关上了身后诊室的门，又回到了前厅。奥唐纳说得没错，站在前厅里的确实是爱德华·艾德里安。勒珂丝说的也是实话，因为爱德华·艾德里安刚好在照镜子。

露西上楼时，勒珂丝正从上面下来，等她再转向第二层台阶时，刚好能看到他们两人见面的场景。

“你好啊，泰迪。”勒珂丝毫无热情。

“勒珂丝！”艾德里安用他最热情的声音喊道，还迎上前想要给她个拥抱。可勒珂丝冷酷孤傲地伸出一只手，按照常规礼节握手问好，制止了他的进一步举动。

“你来这干什么？可别告诉我你在莱斯学院藏了个‘外甥女’。”

“别这么野蛮，小勒，我当然是来看你的。你怎么没告诉我你在这儿呢？你怎么也不来见我，我们可以一起吃顿饭，谈谈过去的——”

“萍小姐，”勒珂丝特意清晰大声地喊道，声音传到了楼梯上，

“别跑，我想让你见见我的一个老朋友。”

“可是勒珂丝——”她听到他急忙小声抗议的声音。

“那是大名鼎鼎的萍小姐，”勒珂丝那语气就像在说，你肯定会喜欢的，你个蠢货，“而且她还很崇拜你。”最后还设了个圈套，钓他上钩。

他到底有没有意识到勒珂丝有多么冷酷？露西一边等着他们走过来，一边想着，或许是他的自我满足心理太过牢固，无论她对他的评价如何，都只是隔靴搔痒。

他们一同走进了空荡荡的会客厅，露西突然想起了斯图尔特对他的描述，“一个长相萎靡的男人，看着像一只蜕皮的老鹰”，想了想这句话的确贴切。他长了一张一般好看的脸，尽管不像有四十大几——可能四十三四的样子——但也能看出是老皮老肉了。不带妆不戴假发的他看上去十分疲倦，头发乌黑，但发际线也往后跑了。露西突然有点可怜他。脑海中里克的年轻活力和美貌依旧清晰可见，与他相比，眼前这位过气的名演员不免令人同情。

他一直向露西展示自己有魅力的一面——包括他知道她所有的书，畅销本都读过——不过他一只眼睛老盯着勒珂丝。勒珂丝先看了看茶叶还剩多少，接着打开盖子看看茶壶里的热水，显然觉得水还不够热，又点燃火炉把茶壶放在上面再烧一次。在意识到勒珂丝的行为之后，露西感到有点困惑，这与她之前想象的有些出入。一位成功的男演员突然造访一个名不见经传的女校讲师，肯定应该表现得更为疏远，摆出男演员的范儿，在陌生人面前耀武扬威一番。当然，他是在为她“演这场戏”，他展现了自己身上所有的魅力，十分吸引人，但这不过是条件反射而已。他的全部兴趣都在那个冷淡瘦弱的女人身上，可女人最多也就给他泡点茶。露西饶有兴致地想着，爱德华·艾德里安就这么出现在门口，也没有敲锣打鼓表示欢迎，这种情况可不多见。他第一次扮演罗密欧的角色时，多么让人心碎以至于那些原本厌倦了蒙太古[①]的批评家们都再度热泪盈眶。现在快二十年过去了，他的进进出出曾是大家关注的焦点，也一度处于比较重要的地位，人们都去追逐他以博取他的开心，无私给予但不求回报，乐于牺牲也不指望得到他的感激。就因为他是爱德华·艾德里安，一个家喻户晓的人物，获奖无数的国宝级明星。

然而，他今天下午却突然来莱斯学院拜访凯瑟琳·勒珂丝，而且眼睛还一直不停地围着她转，就像一只急切的小狗，可就是这位勒珂丝小姐，看到他之后也不过就想着给茶壶添点热水罢了，这件事太奇怪了。

“你在拉博镇上的演出还成功吗？”勒珂丝询问道，比起感兴趣，其实更多是出于礼貌。

“噢，很好，很成功。学校去得太多了，不过你要演莎士比亚的话，就必须要忍耐。”

“你不想演给年轻人看吗？”露西想起来，她最近刚认识的这群年轻人也不是很喜欢看他演戏。

“怎么说呢，你知道他们并不是世上最好的观众，成年的观众比较受欢迎。而且学生还能减价，对票房帮助不大。不过，我们把这当成一种投资，”他接着说，语气中透露着自己的宽宏大度，“年轻人以后很可能成为常客，所以必须现在就培养他们的看戏习惯。”

露西心想，如果单从结果判断的话，这项训练可算是相当的失败。因为年轻人都蜂拥去看那个什么《燃烧的壁垒》了，说她们不去剧院看戏都不够准确，想得太乐观了，事实上她们躲都来不及。

可这毕竟是场礼节性的茶话会，不适合说这样让人扫兴的大实话。露西问他会不会来看汇报演出，为此还惹怒了勒珂丝小姐。他表示从没听说过汇报演出这回事，而且相当愿意届时到访，还说他

---

① 蒙太古为罗密欧的姓氏，出自莎士比亚戏剧《罗密欧与朱丽叶》。

最多也就看过人家把脚趾伸到衣柜下面不停扭动身子，哪还看过什么其他的体育项目，而且那都是好多年以前的事了。跳舞？老天哪，还会有人跳舞吗？不过他是肯定会来的，而且她们还会跟他一起去剧院，看完戏再与他共进晚餐。

“勒珂丝，我知道你讨厌看戏，但是你可以稍微忍耐一次的对吗？星期五晚上演的是《理查德三世》，所以你也不用忍受我肉麻的表演。这出剧本身不怎么样，但演出效果很出色，就连我自己都没料到。”

“好人被误判杀人罪，公然进行政治宣传，简直是一部极愚蠢的剧。”勒珂丝发表她的意见。

艾德里安笑得十分灿烂，就像个还在上学的小男孩。“好吧，等你坐那看完戏之后，你就知道被一个卑鄙的男演员怂恿来看戏，拉博的米德兰酒店会拿出多好的晚餐来招待我们了，甚至还有约翰山的上等白葡萄酒。”

勒珂丝听了这话，脸颊微微泛起了红晕。

“你看我还记得你喜欢约翰山白葡萄酒，就像你说的，这酒入口有鲜花的香味，你也就闻不到剧院里的臭味了。”

“我从来没说过剧院臭，我是觉得房子都在嘎吱乱响。”

“那是肯定的，都快有两百年历史了，也快支撑不住了。”

“你知道那让我想到什么吗？加冕时用的马车。隆隆行进中的时代错误，荒诞可笑的陋习，就因为一代代的情感传承沿用至今。一个镀金的遗物——”

水壶里的水开了，勒珂丝小姐把热水倒进了茶壶里。

“泰迪，给萍小姐递点吃的。”她对爱德华说。

露西心想这语气真像个保姆，并随手从他递过来的盘子里取下一个卷卷的三明治。是那个吸引着他吗？因为怀念着曾经那个理所应当的世界吗？可以肯定，他不会长久地喜欢这个世界，但有可能因为有时候过腻了如金鱼般的生活，想找个人陪着一起做点儿新鲜事。而且在那个人眼里，他就只是曾经那个周末一起聚会的泰迪·艾德里安而已。

露西转过头去跟他讲话，却诧异地发现，当他看着勒珂丝对食物百般挑剔时，流露出了仿佛兄长般好笑而又喜爱的目光，不光这样，那眼神里还多点什么。是不抱希望吗？反正是类似这样的情绪，与兄妹情谊毫不沾边。况且一个大明星用这样的眼神看着莱斯学院一个平凡、愤青、恪守教条的女教员，简直太奇怪了。

露西又把视线转向对此毫不知情的勒珂丝，第一次像爱德华·艾德里安那样注视着她，一个其貌不扬但别具魅力的女人。衣着尚好、发式简单、不施脂粉，这样的形象在学校这个大环境下很合适也很合理，可她那清奇的骨骼、轻柔的身段往往也被视作理所当然，她只是个平凡而又聪明的勒珂丝小姐。然而，在戏剧的世界里，她会是多么的与众不同！宽阔柔软的双唇，高高的颧骨下脸颊瘦削分明，鼻梁短而挺拔，下巴轮廓精致——添些妆容效果更佳。从传统角度看，勒珂丝小姐的脸给那些跑腿的看到，肯定又该说是“丑得连爹妈都不爱”。可是换作其他角度，如果勒珂丝小姐好好装扮一番，再画上精致的妆容，那这张脸可能会让他们连爱莉斯餐厅的午饭都顾不上吃。

虽然这个女人长相一般，却散发着独特魅力，再加上她还是他的老相识，这两项因素一叠加，那就具有十足的吸引力。茶会的后半截时间里，露西一直不停在修正自己的看法。

露西终于等到机会可以优雅离席，留他们两个单独私聊。很明显，这是艾德里安期盼已久的，而勒珂丝也会在此期间想方设法拒绝他的美意。他又一次提出邀请，希望星期五晚上能一同看戏——到时候车会准时来接，再说汇报演出要六点才能结束，学校的晚餐肯定惨不忍睹；《理查德三世》这剧本身可能没有道理，但他保证确实值得一看；米德兰酒店的菜肴也十分美味，他们花重金挖来了丹佛街博诺餐厅的厨师；他已经太久没见到勒珂丝，跟如此聪明优秀的萍小姐也聊得不够尽兴；况且他已经彻底厌倦了跟那些一天到晚只谈戏剧和高尔夫的男演员们待在一起，况且他们出现也只是为了迎合讨好他——综上所述，再加上他男演员的演技魅力和真切的渴望，真是盛情难却。最终大家同意星期五晚上跟他一同回拉博镇，先欣赏他出演的《理查德三世》，之后共进晚餐，再由他送她们回学校。

回房间的路上，露西略微觉得有点失落，她又一次看错了勒珂丝。她原以为勒珂丝是个没人要的普通女人，所以才一门心思把精力放在年轻貌美的妹妹身上，以此弥补自己人生的遗憾。可实际上那是个很有潜力的美人坯子，根本不需要什么补偿，就算是当今世界上最帅最成功的男人站在她眼前都能如此不屑一顾。

其实一直以来，露西都没搞清楚勒珂丝这个人。如今身为心理学家的她也不禁怀疑，自己以前当法语老师是不是也同样当得不合格。

15

对于爱德华·艾德里安这次突然造访学校，只有一个人感激涕零，那就是勒费夫尔夫人。夫人是学校戏剧界的代表，理所应当地觉得自己本该拥有更多戏份，她要让勒珂丝小姐知道，首先，她没有权利与爱德华·艾德里安相识，再者，即使认识也没有权利独占着本人不放。唯一令她稍许欣慰的是，星期五不仅能当面会见艾德里安先生，还能用所谓的她自己的语言畅聊一番。她还要让大家明白，他跟莱斯体育训练学院的一群土包子待在一起，肯定完全没法交流。

星期四午餐时候，露西一边听着勒费夫尔夫人的这番冷嘲热讽，一边暗暗希望自己当初可不要为了星期五的邀请，极尽阿谀奉承之能事。当然，她很期待星期五晚上的到来，但一想到勒费夫尔夫人可能整晚都用这种眼神看着她，期待的心情瞬间烟消云散。或许勒珂丝小姐能及时制止，毕竟看到不入眼的事还能憋在心里，这可不是她的习惯。

脑子里全是勒费夫尔夫人、勒珂丝和星期五晚上的事，露西心不在焉地望向底下的学生，当她看见茵内斯的脸时，心脏都停止了跳动。

露西心想，已经有三天没见茵内斯了，自从上次她们路过楼下还谈了一阵子之后，就再没见过。可是就三天，一个年轻女孩儿的脸怎么会变成这样？她盯着茵内斯的脸，试图找到变化的根源。她比以前更瘦，脸色苍白，但可以肯定这不是根本的变化。眼睛下面的黑眼圈、太阳穴那儿的些许凹陷，甚至表情，这些都不是。茵内斯平静地看着盘子，吃着午餐，可这张脸还是让露西感到震惊。她怀疑其他人是否也有察觉到，为什么一直无人提及。就像蒙娜丽莎画像上的表情，看着模模糊糊又好像一目了然，说不清楚可也忽视不了。

露西揣测，这大概就是所谓的“心里憋着气”吧。“心里憋着气总是不好的”，宝儿曾经这么说过。能把一张脸折腾成这样，看来真的不好。可仅凭一张脸，该怎样才能一面保持平静，一面又流露出那样的情绪呢？说得严重些，五脏六腑都被人无情扯碎，脸上怎么还能那般平静无痕？

她又瞥了一眼坐在隔壁桌最靠边的宝儿，发现宝儿也在看着茵内斯，眼神中满是忧虑。

“你给艾德里安先生寄邀请函了吧？”亨丽艾塔对勒珂丝说。

“没有，”勒珂丝回答道，她已经厌烦了艾德里安这个话题。

“你也该告诉乔丽芙小姐一声，说茶会要加一个座。”

“他喝茶时不吃东西，我就没想麻烦她。”

噢，别再说这些不正经的了！露西真想说，快看看茵内斯！她到底遭遇了什么？快看看那个女孩儿，直到上星期六下午她都是那么的光芒四射。看着她，你会想起什么来？她就那么坐在那儿，平静美丽，可内心却一塌糊涂。她会让你想起什么来？树林里璀璨的水珠吗？看上去完美无瑕，可是稍一触碰就坠入尘埃之中，因为内心空洞虚无。

“茵内斯看起来不太好。”上楼梯的时候，露西轻描淡写地跟勒珂丝提了一句。

“她看上去病恹恹的。”勒珂丝也坦白说，“你怎么想？”

“有人能为她做点什么吗？”露西问。

"找一个她值得拥有的好工作。"勒珂丝语气冷淡，"可是现在根本没有现成的职位，这只能是空想。"

"你是说，她以后只能看招聘广告找工作了吗？"

"对啊，距离学期结束还剩两周时间，现在亨丽艾塔那儿也不太可能会有空缺的职位，况且九月份的工作大部分都招满了。简直太讽刺了，不是吗？学校历年来最优秀的学生，竟然沦落到要自己手写申请工作，还一连五次被无情拒绝。"

糟透了，露西心想，真是糟透了。

"她还得到过别的推荐机会，霍琪小姐也借此给自己找了个台阶。"

"可那是什么医院，她不想去那种地方。"露西说。

"噢，没错，你说得都对！可你没必要同我争辩，我已经是那头的了。"

露西想到明天家长们会来学校，姑娘们个个容光焕发地带着她们的家长到处参观，看看自己相伴多年的校园，展示一下学习的成果。茵内斯一定也曾无比期待这个时刻，期待着见到深爱着她、满怀关怀和不舍送她来上体育学院的父母，期待着能把亚林赫斯特的录取通知放在他们手上。

一个应届生至今没找到工作着实够可悲了，可这至少还有机会补救，完全没法补救的是整件事情的不公正。露西个人认为，在所有的痛苦中，最让人无法忍受的就是不公正。她至今仍记得自己年轻时所遭遇的不公正，面对突如其来的打击，很生气但也无能为力，直至陷入绝望。就是那种生气却无能为力最让人心烦，像在被文火慢慢地熬煎。无处宣泄，因为无法改变，是一种极具破坏性的情绪。露西觉得自己也曾像茵内斯这样，缺乏幽默感。可是年轻人在遭遇不幸时，能够做到正确面对、超然度外吗？当然不能。因为别人不合时宜说了句难听的话就寻死觅活的，上了四十的成年人肯定做不出来，十四岁的青少年还差不多。

露西觉得自己能理解茵内斯心中的怒气、失望和愤恨，更为值得赞赏的是，她能用外在的尊严掩藏自己内心的冲击，换作别人可能早就喋喋不休搞得人尽皆知，像个路边歌手一样丢个帽子乞求别人的同情。茵内斯绝对不会这样做，她可能是缺少一些幽默感，就像宝儿说的，抵御不了外界的伤害，但是受不受伤害是她自己的事，并不需要向谁展示，尤其是向那些她称之为“她们”的人。

露西找不到一种巧妙又不露痕迹的方式表达她的同情，像送花、送糖果这些得关系比较好才行，可又没有其他好办法。露西讨厌现在的自己，因为她意识到自己逐渐忽略了茵内斯的痛苦，尽管她晚上就睡在隔壁房间。这几天晚上“睡觉”铃响后，茵内斯走进房间的声音都能让露西想起她的痛苦，隔壁房间的一点小动静也能让她记起茵内斯的存在，接着还要烦恼忧虑一番才睡着。但白天杂事繁多，吵吵嚷嚷的，她都快记不起这个人了。

劳斯没有在星期六晚上开就职派对，是因为察觉到了大家对此事的看法呢，还是出于与生俱来的勤俭品性，这无从所知。而且说好要一起热热闹闹地给茵内斯办个派对的事，也没再听人提起过，至于派对的主人公要换成劳斯，这显然也是大家始料未及的。

鉴于这事情闹得最沸沸扬扬的时候，露西并不在场，大概那时候言论也更加自由。可现在学校一律闭口不谈亚林赫斯特，就连年轻的茉莉斯，平时早上给她摆好早餐盘都能唠叨好久，竟然也对此只字未提。在这次的事件中，露西是站在校方一头的，相当于“教员”，算是个局外人，或许还要分担罪责。她不喜欢自己这个念头。

但她最不喜欢的，而且一直在她脑中挥之不去的是明天茵内斯一穷二白的处境。她拼命训练多年都是为了明天，而明天也本该是为胜利而欢呼雀跃的一天。露西多希望自己当下、立即、此时此刻就能替她找到一份好工作，这样等到明天，那个双眸明亮、神情疲惫的快乐妇人就不会见到自己的女儿两手空空。

然而，用挨家挨户叫卖书写纸那样的方法去推销一个体育教员，那肯定不行的，推荐给自己不懂行的朋友也不靠谱，所以光有好意远远不够，可事实上除了好意她什么都没有。

那好，她就看看这番好意能帮上多大的忙。等其他人都上楼的时候，露西尾随亨丽艾塔进了她的办公室，说道："亨丽艾塔，我们就不能给茵内斯小姐制造个工作机会吗？她竟然会失业，这也太荒唐了。"

"茵内斯小姐不会长期找不到工作，况且我不明白虚构一个职位，对她来说又能起到什么安慰作用。"

"我不是说虚构，是创造、制造。全国上下肯定有很多的职位空缺，我们能不能让茵内斯接触到这些工作机会，免得她自己焦头烂额地等待申请。那种等待，亨丽艾塔，你还记得是什么样的吗？一封封工整精美的申请书和推荐函，寄出后便如石沉大海般一直杳无音讯。"

"我给她提供过一份工作，是她自己拒绝了。其他的我也无能为力，现在确实没有空缺的职位。"

"是没有，但你可以帮她联系招聘广告上的那些单位啊，不是吗？"

"我去联络？那太不正常了，而且完全没有必要。她申请工作的时候自然会提到我的名字供人参考，而且如果她没什么可圈可点——"

"但是你可以——噢，你可以要求提供更加优厚的待遇，因为你的学生那么优秀。"

"露西，你这是在无理取闹。"

"我知道，可是我希望今天下午五点的时候，茵内斯能成为用人单位争相争抢的对象。"

亨丽艾塔没读过吉卜林的书，或许根本不知道这位作家的存在，她瞪大眼睛看着露西。

“一个女人能写出这样一本值得深究的书，连比托克教授都在昨天的大学茶会上对此称赞不已，可你的思想还真是随便，容易感情用事。”

这下露西败下阵来，她清楚地知道自己的感情弱点。真是一针见血，露西站在那，看着站在窗户旁的亨丽艾塔宽硕的后背。

“恐怕，”亨丽艾塔说，“这天气是要突变了，看了今早的天气预告真是叫人担心。毕竟天气晴了这么久，也是时候变一变了。要是正好赶上明天变天，那真是场灾难了。”

灾难，没错！老天，你这个臃肿愚昧的老女人，我看思想随便的人是你才对。我可能没有超高的智商，容易冲动有点孩子气，可我一眼就能看出什么才是真正的灾难，不是一群人怕礼服弄湿在雨中飞奔，也不是黄瓜三明治全都淋雨报废。老天啊，这些都毫无干系。

“是啊，那样就太遗憾了。”露西乖乖回应了一声，上楼去了。

露西站在梯台上朝窗户外面看，远处的地平线上厚重的乌云聚集成团，她脑子里突然掠过一个邪恶的念头，希望明天下一场尼亚加拉瀑布般的滂沱大雨，把整个莱斯学院淋成洗衣房，大家都湿漉漉地冒着水汽。可她又立马意识到这个想法多么的十恶不赦，赶忙换了个念想。明天是她们最重要的日子，要祝福大家。为了这一天，她们流汗、受伤，即使饱受折磨、心力交瘁也仍旧一往无前，有过希望，也有过绝望，一直以来都为了这一天而活。这样的付出理应换回一整天的阳光普照。

而且，她十分确定茵内斯只有一双拿得出手的好鞋子。

16

随着待在莱斯学院的时间越来越长，露西每天早上也都越来越清醒。最开始被五点半震天价响的起床铃吵醒之后，只要那铃声一停，她翻个身就能继续睡着。可是慢慢地她却养成了习惯，不仅不睡回笼觉，最后一两天还能在昏睡中意识到，起床铃马上该响了。汇报演出当天，她破了个纪录，头一回醒得比校铃还早。

胸骨间的轻微颤动弄醒了露西，这样的感觉只出现在小时候，跟学校办各种颁奖典礼有关。露西总能拿到不少奖，虽然没什么特别厉害的，都是法语亚军、画画季军、唱歌季军这一类型，但她绝对称得上是赢家。颁奖典礼上偶尔也需要弹上一首曲子，比如拉赫玛尼诺夫的前奏曲，不是“打、打、打”那首，是“打 - 得 - 得 - 得”后面重音特别好听的那首，还能趁机入手一条新裙子。而上一次胸骨微颤，就出现在那时候。时隔多年，她又在今天重新找回了这种感觉。这么多年来，那块区域偶有震动也只是单纯的消化不良而已，假如消化不良真是单纯病因的话。但在今天，身边围绕着的全是年轻鲜活的生命，她也能感受到这份激动与期待。

露西坐起身看了看天气。天空一片灰白，空气中还弥漫着一层薄雾，一会儿阳光洒下来就会慢慢蒸发不见。她又站起来走到窗前，四下一片沉寂。校园里的一只小猫慢条斯理走在被露水打湿的小石块上，表情生气，边走还边甩甩脚，像是因为不舒服在抗议。除此之外，再没有任何动静惊扰这灰蒙蒙的宁静。草地上沾满了露水，而露西一向不明所以地偏爱着湿漉漉的草地，所以这一点她非常满意。

铃声骤响，打破了这份宁静。小猫像突然有什么急事，慌忙跑走了。吉迪脚底嘎吱嘎吱地朝体育馆走去，不一会儿，就隐隐约约听到了真空吸尘器的轰鸣声，就像远方的汽笛声一般。院子四周的小房间里传来各种抱怨、打哈欠、询问天气的声音，但就是没人走到窗边亲自看看，毕竟起床是件痛苦的事，总要赖到最后一秒才肯罢休。

露西决定穿好衣服，出去感受一下这个雾气弥漫、灰灰蒙蒙的清晨，好好享受这般凉爽惬意，顺便看看没有阳光照耀下的金凤花是什么样，也许会是淡淡的橙黄色。快速洗了个脸后，露西穿上身边最保暖的装备，肩上披一件大衣，就这么穿过安静的走廊，走下空旷的楼梯。她停在中庭大门旁看着学生布告栏上的消息，旨意模糊且用词平淡。“学生们谨记，家长和访客可以参观侧边宿舍和诊所，但不能进入前屋。”“低年级学生谨记，茶会时要招待宾客，并协助内部人员开展工作。”还有一张单独贴上的公示，上面用粗体字写着：

毕业证书授予仪式将于周二上午九时举行

露西沿着廊道继续往前，起初她以为毕业证书就是那种用丝带系好的高端大气的羊皮纸卷，接着又突然想起，这个学校就连毕业证书都那么别具风格。毕业生会在外套上别一枚徽章，质地大概是银底加搪瓷纹理，别在校服左胸口的位置，像是昭告所有人她们的学生时代奉献于此，现在画上了圆满的句点。

露西又绕进另一个廊道，慢悠悠地走向体育馆。吉迪老早就搞定了场馆的清理工作，她还在房间的时候，就从窗户里看见吉迪在远处的草坪上鼓捣他的玫瑰花，而且很明显劳斯也完成了早上的例行训练，水泥路上体操鞋的湿鞋印还清晰可见，这样一来，体育馆里肯定空无一人。沿着侧墙一路走，到拐弯的地方露西停了下来，接着跨进了旁边一扇大开的门。就像没有挤满观众的赛马场，没有贴满乱七八糟标语的舞台总是更加激动人心，面对着眼前亟待唤醒的体育馆，露西完全沉醉其中。空旷寂静的氛围、水下的绿光赋予其白天见不到的庄严和神秘，劳斯训练用的杠木隐藏在阴影之中，远处观众席底下的镜子泛着水光，一圈一圈摇曳不定。

露西多么渴望能大喊一声，好让她在这个空荡的空间里能听到自己的声音；她还想去爬横杠，在不导致心脏衰竭的前提下成功翻过去。可是就算光这么看着，她都心满意足了，毕竟在她这个年纪，看看就已经足够，更何况这还不是她的长项。

露西看到自己跟杠木之间的地板上，躺着个小东西，一闪一闪的。她心想，那可能是个钉头。可转念又想，体育馆的地板上不可能会有钉头啊。因为该死的好奇心作祟，她走上前把它捡了起来。那是个样子扁平、用银丝做成的玫瑰饰品。她看似心不在焉地将它装进了毛线衫的口袋，然后转身走了，嘴角泛起微笑。如果说早上胸骨的那阵颤动让她回想起了学生时代，那这个金属的小圈圈则更彻底地把她带到了童年时候的派对上。大脑还没反应过来这是个什么东西呢，她就已经迫不及待地回到了那个充满饼干、果酱和白色丝缎连衣裙的时刻。她脚上穿一双古铜色的皮质单鞋，松紧带交叉着系到脚腕上，每个鞋尖那儿都缀着一个银丝绕成的玫瑰饰品。露西一路往下走到操场门口的时候，又从口袋里把它掏了出来，微笑地回忆着往事。她原本都忘了那双古铜色的单鞋，她也有双黑色的，但是最优秀的人都会穿古铜色的。她想知道，校园里会是谁也同样拥有这样一双单鞋。学生们跳舞的时候都穿露脚或不露脚的芭蕾舞鞋，训练鞋也是贴皮脚背带松紧带的那种，她从没见过有人穿鞋尖带这个小装饰的鞋子。

也许劳斯每天一大早跑去体育馆的路上都穿这双鞋。但可以肯定的是，这是今天早上刚掉的，因为吉迪才刚用他的“厌恶鬼”吸尘器彻底清理过这里，没放过任何漏网之鱼。

露西在大门那逗留了一会儿，但实在太冷了，景色也让她有些失望。树木都隐藏在雾气之中，金凤花在晦涩的阴影笼罩下显出铁锈般的颜色，五月的山楂树丛看起来像被弄脏的雪堆。她不想在早餐前回到房间，于是向着网球场走去。低年级学生们正在修补球网，她们说，今天是大家的杂工日，一年之中唯有今天需要保存体力，因为接下来会非常忙碌。露西跟她们待着聊了会天，还帮了点忙，直到她们回学校用早餐。大家都惊讶于露西竟然这么早起床，年轻的茉莉斯也暗示是不是因为吃腻了她端到房间里凉掉的吐司。当露西老实交代自己是因为太激动睡不着时，大家又为她这个外人想法这么合群而感到高兴，她们还保证，现场演出盛况绝对远远超出她的期待，就好像她从没有见过她们表演似的。

露西换下湿鞋子，因为一大早精神充沛的教员们都在拿她开玩笑，之后又跟着大家一同下楼用早餐。

她转过头，想看看今天茵内斯气色如何，可在那一排排脑袋中间，露西突然发现了一个缺口。由于她不太了解学生们的座位安排，所以也搞不清是谁不在，但肯定有一桌上空出了一个座位。她不知道亨丽艾塔有没有察觉到，像往常一样，亨丽艾塔入座的时候用挑剔的目光扫了众人一眼，可因为其他人也都同时就座，这个缺口一下子变得不太明显。

说不定亨丽艾塔真没察觉到，露西赶忙掉转视线，也没再进一步深究。不管这是不是违反了校纪，她可不想给任何一个学生招来麻烦。当然，说不定只是有人生病了，但最终却因为缺席没有成绩。

亨丽艾塔吞下一大块鱼饼，放下叉子，用她那大象般的小眼睛扫了一眼底下的学生们。“蕾格小姐，”她说，“叫纳什过来一下。”

纳什从最靠近那桌的座位上站起身，走了过来。

“斯图尔特那桌上，是劳斯缺席了吗？”

“是的，霍琪老师。”

“她为什么没来吃早餐呢？”

“我不知道。”

“找一个低年级同学去她房间问一下是什么原因没来。”

“好的，老师。”

低年级学生塔特尔性格温和但稍显迟钝，总是背后替人背黑锅。她被派去执行了这个任务，回来后却说劳斯不在房里，宝儿又把这个消息带到了前桌。

“你最后看见劳斯的时候，她在哪里？”

“我不记得在哪里见过她了，霍琪老师，我们今天早上都分散着各忙各的，不像平常都在教室里或者在体育馆。”

“有没有人知道劳斯在哪儿？”亨丽艾塔对着所有学生说。

然而显然没有人知道。

“今天早上有人见过她吗？”

大家这才想了想，但好像也没人见过。

塔特尔刚上楼的时候，就看见亨丽艾塔把两片面包摆在了一边，这会儿又说道，“很好，纳什你回座位去吧。”宝儿接着回去吃早餐了。亨丽艾塔折起餐巾纸，目光看向弗茹肯，可她已早先一步站起了身，脸色焦虑。

“弗茹肯小姐，你跟我一起去趟体育馆。”说完她们一起走了出去，其余教员们尾随其后，但没有跟去体育馆。露西上楼准备去收拾床铺，这才突然想起来，“我应该告诉她们劳斯不在体育馆的，多愚蠢啊！竟然早没想到。”她开始动手整理自己的房间，这原本是对学生才有的要求，可她觉得自己也该这样做才算公平。整理的时候脑子里不停在想，劳斯到底去了哪里，为什么要消失？难道早上杠木练习又失败了，一时情绪失控？学生会在用餐时间，尤其是早餐时间缺席，这是唯一合理的解释。

露西穿过“老房子”，走下台阶来到花园里。办公室里传来亨丽艾塔急匆匆跟人打电话的声音，所以她没去打搅她。还有半个多小时才到祷告时间，她打算去花园看下邮件，这时雾气已渐渐散去，原先灰暗的空气里投射出一缕微光。她走向花园那头她最爱的座位，眺望远处的田园风光，直到九点才回去。毋庸置疑，今天一定会是特别晴朗的一天，亨丽艾塔口中的“灾难”并不会降临。

露西走到屋子拐角处的时候，一辆救护车正好从前门出来，沿大路向下开去。她疑惑不解地盯着那辆车，可转念又想，在这个地方看到一辆救护车并不像平时那么可怕，或许就是送病人来诊所看病。

九点前两分钟，所有教员都要在会客厅集合，可现在却只有勒珂丝小姐一个人。

“找到劳斯了吗？”露西问。

“找到了。”

“在哪儿找到的？”

“体育馆里，颅骨断裂。”

即便当时处于巨大冲击之下，露西还是能从这只言片语中感受到勒珂丝的一贯风格。“怎么会这样？发生了什么事？”

“固定杠木用的插销松动了，她跳起来去够的时候，杠木直接砸在了她脑袋上。”

“天哪！”露西能感觉到笨重的木头猛撞向她的脑壳，她一直都讨厌杠木。

“弗茹肯小姐刚坐上救护车一起去西拉博医院了。”

“真是明智的决定。”

“是啊，西拉博医院不远，而且幸好早上的时候救护车还在，从这里出发也不会遇到交通堵塞。”

“这也太不走运了，正好赶上汇报演出。”

“对啊，我们本想瞒着学生们，可是根本瞒不住，现在能做的就只有把影响减到最小。”

“你觉得伤得有多重？”

“没人知道，亨丽艾塔已经给她的家人发电报了。”

“汇报演出日他们都没来吗？”

“显然没有。劳斯父母都不在了，姨妈姨夫两人把她抚养长大。现在想想，”她停了一会儿，又继续说道，“她以前看起来，真像个迷途的小孩儿。”她似乎没注意到自己用了过去时。

“我猜，这应该是劳斯自己的失误吧？”露西问道。

“或许是昨晚帮她放杠木的学生疏忽了。”

“那个学生是谁？”

“奥唐纳，貌似是她，亨丽艾塔已经派人去找她问话了。”

话音刚落，亨丽艾塔刚好走了进来。一看见她的脸，露西这几天内心积攒的对这位老朋友的怨恨，全都瞬间烟消云散了。她看上去老了十岁，而且奇怪的是好像瘦了一大圈。

“好像他们有电话，”她脑子里就这一件事，“所以，可能电报送到之前，我就能跟他们通上话。现在正在接长途，他们应该天黑前就能到这里。我要等电话，所以，勒珂丝小姐，你能带大家去祷告吗？弗茹肯没办法及时回来。”弗茹肯作为高年级的体操老师，地位仅在亨丽艾塔之下。“蕾格也许不能去祷告，她正在收拾体育馆。但是勒费夫尔夫人会在，露西也会帮你。”

“当然，”露西说，“可是我希望还能帮点别的忙。”

敲门声响起，奥唐纳出现在门口。

“霍琪老师，你找我吗？”

“对，你去我办公室等我。”

“你刚不在办公室，所以我——”

“这不重要，既然你来了，那告诉我，昨晚跟劳斯一起架杠木的人是你吗？”

“是的，老师。”

“一起架杠木的时候，你抓的是哪一头？”

四下一片寂静，气氛一下紧张起来。很显然，奥唐纳不清楚杠木是哪一头脱落，接下来几秒钟她要说的话要么就害了她，要么能救她一命。她的回答坚决而又绝望，越发证明她说的是事实。

“我抓的是靠墙那一头。”

“你把插销放正固定在墙上了？”

“是的。”

“那劳斯负责垂直固定地板中间吗？”

“是的，老师。”

“你确定自己架的是墙那头，对吧？”

“对，我确定。”

“为什么如此肯定？”

“因为我一直负责靠墙那头。”

“为什么呢？”

“劳斯比我高，她能把杠木抬得更高，所以我一直负责靠墙那头，这样我就能踩在横杠上插上插销。”

“我明白了，很好，奥唐纳，谢谢你这么坦白。”

奥唐纳转身要走，但接着又转回来。

“老师，到底是哪一头掉下来了？”

“中间那头。”亨丽艾塔眼神里似乎流露出对这个女孩的喜爱，尽管刚刚差点就不打算让她洗脱嫌疑，而是直接这么走掉。

奥唐纳一向苍白的脸上顿时有了神色，“噢，我知道了，谢谢老师！”她低声说完后，几乎是跑着离开了房间。

“可怜的人啊，”勒珂丝说，“刚刚那一刻对她来说太可怕了。”

“劳斯对待体育器材这么不小心，完全不像她的作风。”亨丽艾塔若有所思地说。

“你不会觉得奥唐纳是在说谎吧？”

“不，不。显然她说的是实话。选择靠墙的那头，借助横杠的高度，这是很自然的事情，但我仍然想不通这是怎么发生的。就算是劳斯粗心，插销没有完全插进去，可那要插得多浅才能让整个杠木掉下来。而且钢丝绳也松了，杠木掉下来近三英尺！”

“不会是吉迪不小心碰到什么了吧？”

“我不知道他能碰到什么，插销那么高，不是有意去够的话根本碰不到，而且也不太可能会被他的清洁工具碰到。尽管他总是吹嘘‘厌恶鬼’吸尘器强大的吸力，可也不至于把杠木下的插销都吸走。”

“是不会，”勒珂丝稍稍想了一下说，“只有震动才能让插销松动，就是某种震颤，可体育馆里没有这样的东西。”

“这样的话，理论上除了劳斯自己粗心大意，再找不到其他合理的解释。她最后一个离开体育馆，隔天又最早到，如果没有强制要求的话，那么一大早不会有其他人去体育馆的，所以这次只是劳斯自己的失误。谢天谢地，事情已经够糟糕了，如果真是因为其他人粗心那岂不是更糟，再说那人要是知道了自己要承担什么后果……”

这时祷告铃响了，楼下电话也发出歇斯底里般尖锐的响声。

“祷告书上有做标记吗？”勒珂丝问。

“蓝丝带那里就是标记。”亨丽艾塔说完赶紧去接电话了。

“弗茹肯还没回来吗？”勒费夫尔夫人站在门口问道，“好吧，那大家走吧。套用那句老话，生活总要继续，我们一起祈祷今早的祷告内容不要太贴近现实，毕竟圣经说的总是惊人地准确。”

这已经不是第一次了，露西真想把勒费夫尔夫人发配到远离澳大利亚的无人孤岛。

等待着她们的人群安静而又压抑，气氛前所未有的消沉。直到圣歌响起，大家才稍稍有了点精神。那是布莱克的创作，曲调昂扬充满军事气息，他们虔诚地跟唱，露西亦然。

“我不会让我的剑在手中沉睡[①]。”露西唱得十分卖力，却突然一下停了下来，像是受到什么刺激，震惊得说不出话。

她突然想起一件事，想起当时自己为何那么确定劳斯不在体育馆里。那时她看见水泥路上的湿脚印时，她想当然地以为劳斯已经离开了体育馆，可事实上劳斯并没有去过，她是后来才到的，然后跳上了没插好的杠木，摔到地板上直到早餐后大家找她时才被发现。

如果是这样，那么脚印会是谁的呢？

---

① “我不会让我的剑在手中沉睡。”出自威廉·布莱克的一首赞美诗《耶路撒冷》。

17

“同学们，”午饭后亨丽艾塔站起身来，并示意其他教职员仍坐在原位，“大家都知道今天早上发生了一场不幸的意外，而这完全是由当事学生的粗心所致。体操运动员要学习的第一件事就是在使用器材之前先仔细检查，即便是尽责优秀的劳斯，也疏忽了这个简单而又关键的步骤，所有人都要引以为鉴。这是第一点。第二点是，今天下午我们要尽地主之谊，款待我们的客人。不用隐瞒今天早上发生的事，即便想瞒也瞒不住，但是我要求大家不要让这件事变成谈资。客人来是为了享受，要是知道今天早上的意外导致学生严重受伤被送往医院，那无疑会破坏他们的兴致，更别提在观看体操表演时感到莫须有的恐慌。所以，要是你们中有任何人打算拿今天这事大做文章，请务必收敛点。要让客人尽兴，不留遗憾地离开，这是你们的责任，希望你们好好想清楚。”

这个早上，大家的身体、心理和精神状态，通通都需要调整。弗茹肯从西拉博医院回来后，就开始给那群忧心忡忡的高年级学生进行常规训练。这不免让大家更清楚地了解到班上少了一个人。有小半人被指出，每次碰到杠木右侧或脱落的地方，就像是受了惊的小马一样慌张。弗茹肯只能无可奈何地表示，如果她们下午能顺利过关不出洋相，那可真是奇迹了。这边弗茹肯刚解散，勒费夫尔夫人就又把她们拖进了更为漫长的训练。由于舞技超群，劳斯几乎参与了整场芭蕾舞的表演，而现在只能胡乱拼凑或者重做编排了。等到这项费力不讨好的大工程结束，已经临近午餐时间，可仍能听见问题不断，大部分餐桌上谈论的都是“斯图尔特走到我前面的时候，我是要把右手伸给你吗”这类的话题。戴克丝的话稍微缓和了众人的焦虑，趁大家不明所以突然安静下来，只听见她在那高声宣布：姐妹们，最后时刻证明了一件事，一个人可以同时存在两个地方。

然而，在弗茹肯和勒费夫尔夫人都完成各自的调整之后，最重要的调整发生了。亨丽艾塔找来了茵内斯，把原本劳斯在亚林赫斯特的工作机会给了她。医院方面已经证实弗茹肯的诊断，确实颅骨断裂，至少得过好几个月才能工作。没人知道茵内斯的想法，大家只知道她接受了这份工作。历经跌宕起伏，还发生如此大的轰动早就让大家对这次工作分配失去了兴致，只将其视作理所当然。露西能看出来，无论是教员还是学生都没对此多加考虑，唯有勒费夫尔夫人略带嘲讽地说了句，“都是神的安排啊”。

可是露西却没那么开心，有种模模糊糊不舒服的感觉一阵阵地涌现，就像精神上的消化不良。诸多巧合让她焦虑不安。这场意外发生的时间点不仅恰到好处，甚至是最后唯一的机会。明天劳斯就不用去体育馆练习，也就没有杠木，就不存在没插好的插销。而且一大早水泥路上的湿鞋印，如果不是劳斯的，那又是谁的？勒珂丝说得很对，如果不是野马在后面追逼不得已，一大早谁也不会靠近体育馆。

也有可能是劳斯的鞋印，可能她在进体育馆上杠木练习那几分钟之前，又去做了其他事情。露西也没法保证留下鞋印的人走进了教学楼，好像下楼梯时也没看见明显的鞋印。仅仅因为廊道上的斑驳印记，她也没多想，就得出了劳斯先于她来过体育馆的结论。而就目前来看，也许鞋印是绕着教学楼移动的，也许跟体育馆，甚至学生们都压根没有关系，那么模糊不清的平底鞋印，或许只是女仆一大早干活留下的。

这些都有可能，但有件事似乎能佐证鞋印不属于劳斯。露西到体育馆的二十分钟前，地面刚被强力吸尘器清扫干净，奇怪的是，地板上怎么还会留有那个小小的金属饰品，而且恰好位于门和杠木之间。抛开一切猜测，有一点可以确定：这个饰品不是劳斯落下的，不仅仅因为她几乎不可能先于露西进入体育馆，而且她也没有那样一双单鞋。露西之所以清楚，是因为她今天干了件有用的差使，帮忙打包劳斯的行李。这原本是乔丽芙小姐的工作，但是为了准备下午的活动，她已经忙得焦头烂额，就把这件事推给了蕾格。蕾格又找不来学生代替，高年级要配合勒费夫尔夫人排练，这样的任务也不好指派给低年级。于是露西欣然承担了这项工作，很开心自己能有用武之地。她来到劳斯住的十四号房后，第一件事就是把劳斯鞋柜的鞋翻出来看，只有体操鞋不在鞋柜里，应该是今天早上穿走了。但保险起见，又正好听见高年级从体育馆回来的声音，她叫来了奥唐纳，问道："你跟劳斯小姐很熟，对吗？你能不能看一下这些鞋子，看是不是全都在这了，然后我再打包。"

奥唐纳想了一下，回答说，对，就这些。"除了那双体操鞋，"她补充道，"她穿脚上了。"

应该能下定论了。

"没有送去清洗的吗？"

"没有，我们都自己洗鞋子，除了冬天的曲棍球鞋。"

看来事实确实如此。今天早上劳斯穿的是学校的常规体操鞋，而那件银丝质地的玫瑰饰品也绝不是从劳斯的鞋上掉下来的。

那是从哪掉下来的呢？露西一边暗暗自问，一边仔细打包劳斯的行李，收拾自己的东西，她可从没这么认真过。到底是从哪里掉下来的呢？

直到准备换上宴会的裙子，她还在不断追问自己这个问题。她把玫瑰饰品收进了梳妆台的小抽屉里，没精打采地看着衣橱，想从仅有的几件里挑出能适合下午花园午宴的衣服。从正对花园的第二扇窗户往外看，低年级学生正忙着布置桌子藤椅，架起遮阳伞。她们像蚂蚁一样跑来跑去，着实把草坪的三边装点得别具欢乐气氛。阳光洒在她们身上，画面精致而又细节丰富，如同出自勃鲁盖尔之手，只是换成了欢快的画风。

可是露西往下看到这一幕时，不禁想起自己曾多么期待这一刻，内心伤感，却搞不清楚缘由。不过只有一件事她很清楚，今晚她必须拿着玫瑰饰品去见亨丽艾塔，等激动情绪过了，她也有时间静下来思考，而且问题如果真的存在的话，也必须交由她来处理。露西上次为了不给亨丽艾塔徒增烦恼，选择把小红本子扔进河里，已经错了一次，这回她必须做她该做的事。这玫瑰饰品与她毫无关系。

对，毫无关系，当然没关系。

她最终决定穿那件亚麻布蓝裙，搭配一条红色细腰带，活脱脱汉诺威广场的风格，足以满足各个地区家长挑剔的品位。她还用蒙莫朗西太太尽心保存好的刷子给羊皮鞋刷了刷，下楼找找有没有能帮忙的地方。

下午两点开始，学生家长们陆续到场，先是去办公室跟亨丽艾塔打了声招呼，接着便被各自激动不已的女儿们拉走。父亲们好奇地鼓捣着诊所的新奇玩意儿，母亲们在卧室里检查床铺，喜爱园艺的叔伯长辈则在花园欣赏吉迪培育的玫瑰。每遇见一个家长，露西都忍不住要“配对”出对应的学生。露西发觉自己在不自觉地寻找茵内斯夫妇的身影，内心期待见面可又有些许忧虑。为什么要忧虑？她问自己。这世上有什么好忧虑的吗？当然没有，一切都那么美好。茵内斯到底还是得到了亚林赫斯特的工作，今天也终究成了值得为她庆祝的一天。

在拐角处的豌豆篱下，露西与他们不期而遇。茵内斯走在父母中间，勾着他们的手臂，脸上洋溢着光芒。尽管不如一周前她眼底的光芒那般耀眼，但也差强人意。她的样子疲惫但安宁，似乎内心的斗争已经平息，是非已有论断。

“萍小姐，原来你认识他们，”茵内斯暗指自己的父母，对萍小姐说，“你从没告诉过我。”

露西觉得好像遇见了老朋友一般，实在无法相信自己同他们的缘分仅仅是某个夏日清晨在咖啡桌旁同坐了一个小时而已，好像这一生都早已熟识，而且对方似乎也深有同感。他们很高兴再次与露西见面，接着又回忆起上次的话题，聊些露西曾说过的事情，举手投足间好像早已把露西纳入他们此次行程的一部分，而不仅仅是重要计划之一。而一向对文学聚会漠不关心的露西，内心重新燃起了兴致。

茵内斯要去准备下午开场的体操表演，剩下他们三个一同向体育馆走去。

“玛丽看起来很憔悴，”她母亲说，“发生什么事了吗？”

露西犹豫了一下，她不清楚茵内斯跟他们说了多少。

“她和我们说了这场意外，也提到要接替亚林赫斯特的这份工作。我想她不太高兴可能是因为从他人的不幸中获得了好处，但应该不仅仅是这个原因。”

露西心想，他们知道得越多，对这件事越有帮助，就算——好吧，不管怎样总是有帮助的。

“起初，所有人都觉得这个职位理所应当会属于她，但后来却并非如此，我想这对她冲击很大。”

“我懂了，是这样的。”茵内斯夫人慢条斯理地说。此时露西也觉得多说无益，至于茵内斯遭受的痛苦和刚毅不屈的性格，她母亲当下就了然于胸。

“我想她可能不赞成我告诉你们这些，所以——”

“不，我们不会提的。”茵内斯的母亲说，“快看这花园多美啊，杰维斯我们俩也种了一小块儿地，他那小部分看着还像回事，我的却总是奇形怪状。快看那一片黄玫瑰。”

就这么走到了体育馆门口，露西领他们上了楼，介绍了“厌恶鬼”后，又突然想起那小小的玫瑰饰品。等他们各自在观众席坐定，下午的演出也拉开了序幕。

露西坐在第一排靠边的位置。她满怀感情地朝下望去，只见一张张年轻严肃的面孔，紧张但又充满决心地等待弗茹肯发号施令。“别担心，”她听见一个高年级学生说，“弗茹肯会帮我们搞定的。”眼神里满是信任。尽管在这样的考验之下，大家内心仍旧战栗不安，但弗茹肯会帮她们摆平这一切。

露西此刻才能理解，上次同亨丽艾塔一起来看时她眼底流露出的爱意。那是快两周前发生的事，原来她心中早已拥有对学生们的热情与骄傲。秋天一到，英格兰的版图在露西眼里都变得不太一样，而这一切源于在莱斯学院度过的这两周。曼彻斯特会住着四门徒，阿伯雷斯威斯镇会有汤玛斯保持清醒的身影，灵格修道院里戴克丝专心照顾小孩，如此种种。如果数日的相处就让露西产生这样的情感，也难怪一路看着她们从涉世未深走向新生活，伴随她们成长、进步、挣扎、失败、最终成功的亨丽艾塔，看向学生们的眼神像看着自己的女儿，一群成功的女儿们。

学生们已准备就绪，脸上紧张的神情完全褪去，慢慢镇定下来。一套独立动作结束，掌声响起，打破了寂静，也温暖了她们的内心，使整个过程变得更有人情味。

“多么有魅力的组合啊！”露西身旁拿着长柄望远镜的年老贵妇感叹道。（这是谁的家长呢？反正不可能是谁的母亲。）贵妇人转过来朝向露西，小心询问，“告诉我，她们是不是筛选过的？”

“我不明白你的意思。”露西嘴里小声嘟哝。

“我是说，不是所有高年级学生都上场了吧？”

“你是想问，是不是只挑了优秀的学生上场表演？噢，怎么会呢，所有人都在。”

“真的吗？这太精彩了，着实吸引人，而且魅力无穷。”

露西心想，难不成她以为我们会花钱打发那些脸上长雀斑的同学，让她们下午别上场吗？

当然，这位贵妇说得很对，除了去看一群两三岁的小孩训练，露西再想不起什么，能比眼下这一群光彩夺目的年轻人更具吸引力。她们在杠木上的精准控制和动人身姿让人动容。缠绕的绳索从靠近天花板的地方落下，窗梯竖直放置，再算上杠木，这三件器材学生们都能运用自如。等到她们收起绳索和窗梯，摆出杠木准备上演平衡动作时，掌声达到了高潮，场面尤为壮观。

此时的体育馆与她早上看到的绿色阴影笼罩下的神秘拱形建筑完全不一样，金色的，而且富有生气。在屋顶折射光线的照耀下，苍白的木头泛着光。露西又想起当时昏暗的空间里那根孤零零的杠木，她想看看是谁会有这样的运气，在劳斯出事的同一位置表演平衡动作，谁会负责右手前杠内侧一端？

是茵内斯。

“去吧！”弗茹肯说完，八个年轻的身躯翻上高杠，稍微坐定，立马一致换成站姿，双脚呈前后放置，两人一组面对面站在杠木两端。

露西发了疯似的希望茵内斯不要晕倒。她的脸色苍白，甚至变得铁青。站她对面的斯图尔特试图开始动作，但却发现茵内斯还没准备好，于是停下等待。然而茵内斯却一动不动地站着，似乎无法控制肌肉。斯图尔特又用极为催促的眼神瞥了她一眼，可她仍旧无法动弹。一番无声的交流过后，斯图尔特径自开始自己的动作，在这样的情况下依然表现得完美无缺，令人大为赞赏。其他的表演学生都专注于让茵内斯维持站立姿势，不要摔下或突然跳下，毁了整个演出。气氛一片死寂，茵内斯成了全场的焦点，她的失误也变得尤为明显。大家看她就那样站着，不禁投去疑惑而又同情的目光，心想：可怜的姑娘，肯定身体不怎么舒服，太过兴奋了吧，看脸都发绿了，真太可怜了。

斯图尔特结束了动作，看着茵内斯，停下等待。慢慢地，两人一同向下坐到杠木上，面朝下倾斜，接着向前一翻顺利落地。

现场爆发出热烈的掌声。如往常一样，英国人会为华丽的失败而感动不已，至于唾手可得的成功，仅仅礼貌待之。当下，他们立即表达了心中的同情和敬佩。他们很能理解，在浑身不能动弹的状况下，还要一直在杠木上保持站立不动，需要多强的意志力啊。

但茵内斯并没有感受到同情，露西甚至怀疑她能否听见掌声。她沉湎于内心扭曲的世界，人们的安慰还远不能触及。露西几乎不忍心再看着她。

后面节目的热烈气氛掩盖了她的失败，也给这戏剧性的一幕画上了句点。茵内斯同其他人一样站好方位，机械而又完美地进行演出。轮到最后的大跳跃时，真的，她的表现极为出色，露西甚至怀疑她想在众目睽睽之下摔断脖子。从弗茹肯的表情来看，她应该也冒出了这样的想法。可是，只要茵内斯能完美地控制自己，那她也无计可施。而所有的动作，无论多么令人屏息，茵内斯都做到了完美控制。看上去毫无顾忌的她，才有可能展现如此伸展的飞翔姿态。学生们完成最后的谢幕动作后，像开始那样在空旷的地板上一字排开，嘴里喘着粗气，脸上洋溢着热情的笑容，这时所有观众齐刷刷地站起身，为她们欢呼呐喊。

露西坐在边上，又靠门很近，所以第一个离开场馆，恰好看见茵内斯去找弗茹肯道歉。

弗茹肯停了一下，又立马向前走去，似乎没有兴趣或者不想听她解释。可她边走着，边看似随意地抬起手臂，略带友善地轻轻拍了下茵内斯的肩膀。

18

宾客们移步花园，朝草坪周围的藤椅走去，露西也同他们一道。正当她估量着有没有多余的藤椅供自己坐下时，宝儿突然拽住了她，嘴里还念念有词："萍小姐，你在这儿啊！我一直在找你，我想让你见见我的家人。"

宝儿面朝一对刚刚入座的夫妇说道："看，我终于找到萍小姐了。"

宝儿的母亲十分美丽，最好的美容院和要价最高的发型师们都使出了最大的本事。当然，她本身底子也好，纳什夫人二十岁的时候一定和宝儿非常相像。即便是现在，明媚的阳光照耀下，她看起来也不到三十五岁。她的裁缝也很优秀，她浑身上下都透露出天生丽质所带来的亲切和自信，因为早已习惯于对他人造成影响，并且完全置之不理，所以就算偶然遇上某人，也能全神贯注地应对。

纳什先生一看就有总经理的派头。皮肤光滑，着装剪裁得当，看上去清爽干净，整体有一种红木桌旁堆满了一排排记账本的气氛。

"来不及了，我得去换衣服了。"宝儿说完就不见了踪影。

他们坐在了一起，纳什夫人戏谑般地看着露西问道："萍小姐，既然你活生生地坐在这儿了，那困扰我们许久的问题也能问出口了，我们想知道你是怎么办到的？"

"办到什么？"

"让帕米拉如此服气。"

"对啊，"纳什先生说，"我们就想知道原因。这一辈子我们都试图让帕米拉对我们心悦诚服，可现如今我们的角色仍是碰巧要为她负责终生的双亲而已，有时还要对她百般迁就。”

“而就现在来看，不夸张地说，你可成了个大人物。”纳什夫人挑起一边眉毛笑着说。

“不知道这话你们听了会不会得到安慰，”露西说，“你们的女儿也让我印象深刻。”

“小帕是不错，”她的母亲说，“我们很爱她，但我希望她能更服我们一些，在你出现之前，还没人能让她服气，除了四岁时带她的保姆。”

“而那样的服气是身体上的压制。”纳什先生主动解释道。

“是的，她一生中就挨过那一次耳光。”

“那之后呢？”露西问。

“我们只好让保姆走人！”

“你们不同意打耳光的做法？”

“同意，但宝儿不能接受。”

“小帕为此开始了人生史上第一次静坐抗议。”纳什先生又补充道。

“抗议持续了七天，”纳什夫人接着说，“除了穿衣服，强迫她吃饭，其他什么都不做，到头来我们实在没办法，只好让保姆走人。那真是个极好的人，失去她我们都很痛心。”

这时音乐响起，高高的杜鹃花前，低年级学生身着亮色的瑞典传统裙装登场。民族舞表演开始了。露西闲坐着暗自沉思，不过没再想宝儿孩子气的叛逆，她想的是茵内斯。内心的疑虑如乌云般笼罩，不祥的预感顿生，这一切似乎都在嘲笑那热烈刺眼的阳光。

因为她脑子里全是茵内斯，所以听到纳什夫人的话时，她吓了一跳。“亲爱的玛丽，你在这儿啊，又见到你真是太好了。”露西转身看见茵内斯站在他们身后，一副男生装扮，穿一身十五世纪的紧身上衣长裤，兜帽包裹住所有头发，紧贴脸颊，凸显出独特而又瘦削的面部轮廓。她的眼神黯淡，原本深邃的眼窝愈加深陷，脸上是某种未曾见过的表情：令人生畏。这是一张，用什么词来形容呢，一张“致命”的脸。露西记得她脑中的第一印象，有着那样的圆脸才能创造历史。

“你真是用功过度了，玛丽。”纳什夫人注视着她。

“大家都用功过度了。”露西开口说道，试图转移纳什夫妇的注意力。

“除了帕米拉，”宝儿的母亲说道，“小帕长这么大从没认真过。”

的确。宝儿所有的一切都是现成的，她能出落得如此美丽动人，真是个奇迹。

“你们看见我在杠木上的蠢样了吗？”茵内斯的语气像是闲聊，这一定程度上让露西很吃惊，她本以为茵内斯会回避这个话题。

“亲爱的，我们真为你捏了一把汗啊。”纳什夫人回答说，“发生什么事了？是因为头晕吗？”

“不是，”宝儿突然出现在他们身后，挽着茵内斯的手臂说道，“那不过是茵内斯用来博眼球的方法罢了。这女孩儿可不是体力不行，而是脑袋太好。我们谁都没聪明到能想出这样的噱头。”

宝儿确认似的稍微收紧了挽着茵内斯的手臂，她也穿着男生的衣服，脸上容光焕发，尽管遮去了耀眼的长发，但她的活泼美丽却未减半分。

“那是低年级的最后一个表演，有绿色的背景衬托，不觉得她们看起来特别开心吗？现在茵内斯和我，还有其他牺牲品，要去演英式小品逗你们开心，你们可以边吃茶点边等待稍后真正的舞蹈表演。”

说完她们一起走了。

“哎，好吧。”纳什夫人看着女儿走远说道，“我想，这终归比一心要去黑暗的非洲改造穷苦人民来得好一些，但我还是希望她就待在家里，当个乖女儿。”

露西心想，她看着跟自己差不多年纪，希望女儿待在家是为了给脸上增光吧。

“小帕一直很痴迷体操和竞技，”纳什先生说，“没人能阻挠她，这么说起来，还真从没有人阻挠过。”

“萍小姐，”骚核桃突然出现在露西的手肘旁，“你介意里克跟你坐一起吗？因为我要跟高年级一起去演那无聊的小品。”她说的是吉莱斯皮，他手上拿着一把椅子站在骚核桃身后，还是那副看一切都有趣的神情。

骚核桃的宽檐帽松垮垮地挂在后脑勺上，头上围着头巾，类似巴斯夫人[①]的造型让她的神情显得惊讶而无辜，十分可爱。露西和里克彼此交换了欣赏的眼神，接着里克坐在了露西另一边，朝她微笑。

“她这身打扮挺可爱的，对吗？”里克说，一边望着迪斯特罗的身影消失在杜鹃花丛后面。

“我猜，无聊的小品不能算是舞蹈吧。”

“她舞跳得好吗？”

“不知道，我从来没看过她跳舞，不过我觉得一定不错。”

“我甚至都没在舞会上跟她跳过舞，很奇怪吧？复活节那天我才知道她的存在，一想到她都在英格兰待了整整一年，而我却一无所知，我都快抓狂了。就凭这三个月，要让迪斯特罗受到我的感染，真是不够充裕。”

“你想让她受到你的感染吗？”

“是的。”这个词足够说明一切。

高年级学生们装扮成英国中世纪的风格，跑到草坪上，谈话声戛然而止。露西又忍不住想辨认出每个人的腿。况且经过一小时的剧烈运动，这一双双腿还能如此有力地支撑着她们跑来跑去，露西对此万分诧异。她自言自语道：“听着，今晚你必须带上玫瑰饰品去

① 巴斯夫人源于《坎特伯雷故事集》中《巴斯夫人》一文。

找亨丽艾塔。好，就这么定下了。不管去了会怎样，后果如何，你都插不了手，所以还不如把这件事放到一边。这是你期待已久的下午，阳光灿烂，天气晴好，每个人见到你都很愉悦，你更该好好享受这段时光。放轻松，就算，就算玫瑰饰品的存在确实会导致某些可怕的事情发生，但那与你毫无瓜葛。两周前，你根本不认识这些人，等你离开之后，也不会再见到她们。她们发生或者不发生什么事，都对你毫无影响。”

所有这些极好的建议，根本没起到半点效果，该怎样还是怎样。露西看见乔丽芙和女仆们忙着在后头准备茶桌，便欣然起身，让手上有点事儿做，顺便换换思路。

没想到里克也跟着走了过来，“端盘子的事情我从来不会拒绝，一定是小白脸的那一面起作用了。”

露西表示他应该去看心上人的表演。

“已经是最后一支舞了。而且以我对迪斯特罗的了解，安抚她的胃口要比安抚她的虚荣心更加重要，这一点也值得考虑。”

露西心想，看来他倒是挺了解迪斯特罗。

“萍小姐，你有什么心事吗？”

突然冒出这个问题把她吓了一跳。

“为什么这么问呢？”

“我也不知道，只是有这样的感觉。有什么我能帮上忙的吗？”

露西想起星期天晚上在毕灵顿茶馆，当她恨不得把头埋在干酪吐司里大哭一场时，里克同样察觉到了她的疲惫，还机智地出手解围。她多希望自己二十岁的时候，也能遇到像骚核桃的这个追求者那般善解人意、年轻俊美的男人，而不是喉结硕大、袜子全是洞的艾伦。

“有件正确的事情必须要做，”露西慢慢地说，“但又害怕造成不好的后果。”

“是对你造成不好的后果吗？”

“不是，对其他人。”

“那就没事了，去做吧。”

萍小姐把一碟碟蛋糕置于同一个托盘上。“你知道，恰当的事往往不一定是正确的事。或者反之也成立？”

“我恐怕无法理解你的意思。”

“其实，就是不知道该拯救谁，才陷入这样可怕的两难境地。比方说，你明知道有人被雪崩困住，而且救他会引发更大范围的崩塌，甚至淹没整个村庄，你会选择救人吗？类似这样的事情。”

“我当然会去救人。”

“你会去？”

“或许雪崩只是淹没整个村庄，连一只猫都不会有性命之忧——我能在你的托盘上放些三明治吗？——相当于你额外挽救了一条生命。”

“你总是会做正确的事，至于后果怎样就自求多福吗？”

“差不多是这样的。”

“这当然是最简单的方式，事实上我认为太过简单了。”

“除非你以上帝自居，不然的话，就只能选择简单的方式。”

“以上帝自居？你手里都摆了两摞三明治了，你知道吗？”

“除非你能聪明到像上帝一样‘预知先后’，否则最好还是遵守规矩。哇哦！音乐停了，我那年轻的姑娘像只猎豹一样跑过来了。”他看着迪斯特罗一路狂奔，眼底带着微笑，“那顶帽子真是太亮眼了！”他低头看了一下露西说道，“萍小姐，做明显正确的事，剩下的交给上帝安排。”

“里克，你刚刚没看表演吗？”露西听见迪斯特罗这样问。接着，大批低年级学生蜂拥而至，招待宾客享用茶点，露西、里克和迪斯特罗三人被淹没在人潮之中。当露西好不容易从那群戴着白帽子、穿着瑞士裙挤挤搡搡的人群中脱身，却发现自己恰好迎面碰上孤身一人且神情落魄的爱德华·艾德里安。

“萍小姐！我正要找你，你有没有听说……”

一个低年级学生朝他手里塞了一杯茶，没承想，他竟报之以最好的微笑。就在这时，茉莉斯端着茶和蛋糕向露西走来，即便汇报演出当天浑身酸痛，还是如此忠心耿耿。“我们坐下说好吗？”露西问。

“你有没有听说那件可怕的事情？”

“听说了。就我了解，这么严重的意外事故其实不太常见，况且碰巧发生在汇报演出当天，真是太不幸了。”

“噢，意外，确实不幸。可你知不知道勒珂丝说她今天晚上不能去拉博镇了。她说有很多烦心事，必须留在学校，这也太荒唐了。你听过比这更荒唐的事情吗？如果真有烦心事，那就是更有理由让自己稍微喘口气，出去放松一下啊。我把一切都安排好了，甚至还为今晚的餐桌特别挑选了鲜花。还有生日蛋糕，下星期三是她的生日。”

露西怀疑，整个莱斯学院里，有没有人知道勒珂丝哪天生日。

尽管露西对他报以最大的同情，但依旧温柔地表示自己能理解勒珂丝的做法。毕竟那个女孩儿伤得很重，所有人都担忧不已，如果这时候还跑去拉博镇上寻欢作乐，那想必也有点太狠心了。

“可这不是寻欢作乐！只是跟老朋友安安静静吃个晚餐。因为某个学生发生意外事故，她就能狠心抛弃老朋友，我真的无法理解。你跟她说，萍小姐，给她讲讲道理劝劝她。”

露西表示她会尽力，但不能保证成功，因为在这件事上，她完全理解勒珂丝小姐的心情。

“你也这么想！噢，天哪！”

“我知道这不合情理，甚至有些荒唐。但即便去了，我们谁都不会开心，注定会是个令人失望的夜晚，你也不希望这种情况发生吧？不能改到明晚再聚吗？”

“不行，明天晚上表演结束我就直接坐火车走了。当然了，因为是星期六，还有午场演出。而且晚上无论如何也要演罗密欧，勒珂丝肯定不喜欢，能看我演理查德三世已是她的极限。噢，天哪，整件事都太荒唐了。”

“振作起来，”露西说，“天又没塌下来，既然都知道她在这儿，等你下次再来拉博镇的时候，只要想见面都能见到。”

“勒珂丝再不会那么顺从我的决定了，再也不会。这次是因为你当时在场，你知道的，她可不愿意在你面前像个蛇发女妖。她甚至还答应要来看我演出，以前可从未有过。如果今晚不来，以后再想让她做到这种地步绝不可能。萍小姐，你一定要说服她去。”

露西答应会试着去说服她。“抛开被人爽约不说，你今天下午过得如何？”

看上去，艾德里安先生一个人也挺快活，只不过还不太确定自己是欣赏学生们的美貌，还是欣赏她们纯熟的技巧。

“她们很有修养，整个下午都没一个人来找我索要签名。”

露西看着他，想知道他是不是在说反话。但事实上不是，这就是他“最直接”的想法。除了修养好，他确实也想不出其他原因来解释为什么没人找他签名。可怜的小傻瓜，露西心想，一辈子就这么游走在自己一无所知的世界里。她怀疑，是不是所有的演员都这样，面对林林总总的外部环境，安稳地活在每个人内心的茧子里，如此柔软不至于被严酷的事实所伤，这该有多美妙啊。他们根本就没有出生，至今仍在羊水里漂浮。

“在平衡动作上出岔子的女孩是谁啊？”

露西听后想着，就不能清静两分钟，让她不用去想茵内斯的事吗？

“她叫玛丽·茵内斯，为什么问这个？”

“她的脸蛋那么俊美，活脱脱的波吉亚贵族①。”

① 波吉亚家族是15世纪和16世纪影响整个欧洲的西班牙裔意大利贵族家庭，也是文艺复兴时期仅次于美第奇家族最著名的家族。他们的“名”不是美名，而是恶名，是一个被财富、阴谋、毒药、乱伦的阴影笼罩着的家族。

“一整个下午我都在思考，她到底让我想起了什么。可能是乔尔乔涅笔下一个年轻男人的肖像画，但具体哪一个男人我不知道，我该去把那些画再看一遍。总之，那张俊美的脸蛋，如此纤弱而又坚强，如此善良而又邪恶，别具奇特的美感。真想象不出，这样一张充满戏剧色彩的面孔会出现在二十世纪的女子体育学院。”

唉，好歹还算安慰，至少她知道了对于茵内斯，也有人与她持同样的观点：出类拔萃、独特美好，脱离这个时代的潜在悲剧性人物。露西也记起，在亨丽艾塔眼中，茵内斯不过是个讨人厌的姑娘，瞧不起那些天赋不足的人。

露西思考着该找些什么分散爱德华·艾德里安的注意力。她看见沿路走来一位男士，绸缎领结懒散地挂在耀眼的衣领上，那是演讲老师罗伯先生。他是除奈特医生之外，露西唯一认识的客座教员。四十年前，罗伯先生也是个出名的年轻演员，据说是他那个时代最出色的兰斯洛特·高波。要是能看到艾德里安先生大出洋相，感觉还挺有意思的。可是露西毕竟心软，一想到他所有的准备——鲜花、蛋糕还有诸多吹嘘的计划——都成了无用功，她还是决定要仁慈一些。她看见奥唐纳谨慎地躲在远处偷偷凝视自己曾经的偶像，便招呼她过来。也该有个铁杆戏迷出现，好让他振奋起来，不过他不需要知道，整个学院也只有她一个仰慕者。

露西说，“这是艾琳·奥唐纳小姐，是你最忠实的仰慕者之一。”

“噢，艾德里安先生……”她听奥唐纳开口说道。

然后露西便走开了，留下两人单独交谈。

19

茶会结束了（这期间露西被介绍给不下二十对家长认识），人群开始从花园撤离。回教学楼的路上，露西追上了勒珂丝。

“今晚我恐怕要爽约，”露西说，“感觉偏头痛又犯了。”

“真遗憾，”勒珂丝不带感情地说道，“我也爽约了。”

“噢，为什么？”

“被劳斯的事情搞得又累又烦，而且也不想去镇上出席宴会。”

“你让我感到很意外。”

“我让你意外？为什么？”

“我从没想过能亲眼看到勒珂丝这么不诚实地面对自己。”

“噢，那你说说我在自欺欺人些什么？”

“正视自己的内心，你就能发现这不是你现在还留在学校的原因。”

“不是吗？那是为什么？”

“因为让爱德华·艾德里安从这离开，能带给你无穷的快感。”

“多么凄惨的说法。”

“但是很能说明问题，你不过是为了抓住机会宣扬你的高高在上，不是吗？”

“我承认爽约时确实觉得其无足轻重。”

“而且态度还不太友好吧？”

“你是想说，像个自我放纵的泼妇一样可怕对吗？”

“他那么期待要和你在一起，真不明白是为什么。”

“谢天谢地，让我告诉你为什么。这样一来，他就能跟我哭诉，告诉我他有多么讨厌演戏，可演戏本就是他的生命。”

“就算他让你觉得厌烦……”

“你说就算觉得厌烦，天哪！”

“那你肯定能忍耐一两个小时吧，不要拿劳斯的意外当挡箭牌。”

“萍小姐，你这是要让我做一个诚实的女人吗？”

“大概是这样，但我觉得他很可怜，一个人被丢下……”

“我的好——小——姐，”勒珂丝一字一顿，边说边用食指戳露西，“千万别同情艾德里安，多少女人用她们最好的年华去可怜这个男人，到头来只能可怜自己。所有的自我放纵、自我欺骗……”

“可他搞来了一瓶约翰山白葡萄酒。”

勒珂丝停下来，对她微笑。

“有酒的话似乎也还行。”她若有所思地说道。

她又往前走了走。

“你真的要留艾德里安一个人孤零零的吗？”勒珂丝问。

“是啊。”

“好吧，你赢了。我刚刚的确很没人性，我晚上会去赴约的。不过每次只要他说：‘噢，勒珂丝，我多么厌烦现在这样虚假的生活’这样做作的话，我就会心有怨念：都是那个叫萍小姐的女人让我陷入这样的困境。”

“这我完全可以接受，”露西说，“有人知道劳斯现在情况怎么样了吗？”

“亨丽艾塔刚通过电话，劳斯还在昏迷。”

露西从办公室的窗户看到了亨丽艾塔的头——这公认的办公室不过就是前门靠左的一小间起居室而已——便走进去，想就下午的成功祝贺她一番，也让她能有一时半刻不考虑那折磨人的事情。勒珂丝继续朝前走。亨丽艾塔看见露西似乎很高兴，尽管听了一下午陈词滥调的奉承话，也很乐意听露西再重复一次。露西又跟她聊了好一会儿，再回到体育馆的座位上准备欣赏舞蹈演出时，观众席几乎已是座无虚席。

她看见艾德里安坐在过道的座位上，于是驻足说道：

“勒珂丝晚上会去赴约。”

“那你呢？”他抬起头问。

“唉，我不去了。下午六点半，我会准时犯偏头痛。”

艾德里安听到后说了句：“萍小姐，我非常欣赏你。”接着吻了她的手。

他邻座的观众摆出吃惊的表情，还有人哧哧窃笑，但露西喜欢这样的吻手礼。如果不能时不时地得到点回报，那每晚搽上玫瑰水和甘油又有什么意义呢？

她回到第一排靠边的座位上，隔壁那位带长柄望远镜的年老贵妇却没在等待舞蹈开场，座位是空着的。就在全场即将熄灯之际——体育馆已经拉上帘子，靠人工灯光照明——里克突然出现在露西身后说：“如果这个座位不是为他人所留的话，我可以坐下吗？”

他坐下时，第一批舞者恰好出现。

直到四五个节目结束，露西才有些滞后地感觉到失望。看惯了国际芭蕾的技术标准，学校里这样不可避免的业余舞蹈表演让她始料未及。在之前各项演出中，学生都在专业领域表现得相当出色。在其他科目上费尽时间和精力，显然不可能达到专业舞者的高水准。舞蹈是一项专职。

她们的动作倒是不错，可是缺乏灵气，属于优等业余水平或优等偏上。截至目前，节目选取的全是些代表性的民族舞蹈，是所有舞蹈老师的心头所好，而且一招一式谨慎准确，让人敬佩可又略显无趣。也许是因为她们一味关注脚步变化，从而影响了一些自发性的展现。但露西认为，就整体来说，光有训练和情绪也不足够。观众也同样缺乏这种自发性，缺乏观看体操表演时的那份渴望。兴许是茶喝多了，或者电影看多了，见多识广导致眼光更加挑剔。总之，观众的掌声更多是出于礼貌而非热情。

一曲俄罗斯风格的华美音乐暂时让大家提起神来，满心期待接下来的表演。帷幕拉开，迪斯特罗单独出场，双手举过头顶，一边紧俏的臀部面向观众。她的舞裙有几分像南半球老家的传统着装，聚光灯打在身上，色彩缤纷夺目，狂野的首饰泛着金光，就像一只从巴西森林飞来的鸟儿，拥有无与伦比的美丽羽毛。伞裙下一双踩着高跟鞋的小脚没有耐心地踏着。她开始跳舞了，动作缓慢，几乎可以说心不在焉，像是在干耗时间。不一会儿，一切都明朗了，原来她在等她的爱人，可他迟到了。而他的迟到对她意味着什么也很快被观众看在眼里。这时候，观众都坐直了身子。她从空荡荡的地方变戏法似的召唤出一个爱人，几乎还能看见那张黝黑的脸上猥琐可怜的神情。她忠诚地与他交易。这时候，观众都已经坐到椅子边上。交易过后，她开始向他搔首弄姿。难道他不知道自己有多幸运才能拥有像她这样的女孩吗？纤腰翘臀、眉清目秀、双唇性感、连脚踝都纤细迷人，浑身上下充满魅力。他就这么粗俗，全然熟视无睹吗？她因此开始向他展示，每一个姿态都那么活灵活现，使得观众脸上挂满微笑。露西转头去看他们，那表情好像在下一秒他们都能温柔地唤出声来，真神奇。迪斯特罗慢慢缓和态度，好让她的爱人开口说话，这时候，他们都已沦为她的奴隶。直到她跟那仍旧看不见摸不着，但绝对俯首称臣的年轻男人一同离开，观众开始尖叫喝彩，就像一群刚看了西部牛仔大戏的孩童。

看着她鞠躬谢幕的时候，露西想起骚核桃选择莱斯学院的理由，因为在正规的舞蹈学校，“必须要掌握技术”。

“关于舞蹈这件事，她终归有些谦虚了，”露西大声说道，“她原本能成为专业的舞蹈家。”

“我倒很开心她没变成专业的舞蹈家，”里克说，“来到这儿之后，她慢慢爱上了英国的乡村。如果在城里上课，她只会遇到些国内外的乌合之众，成天就围着芭蕾打转。”

露西心想，他很可能是对的。

小心翼翼的学生们再次回到舞台表演，此时气氛骤然冷却。尽管斯图尔特那凯尔特人般的神韵让人精神振奋，茵内斯优雅的神态中时而能爆发出火一般的热情，可只要迪斯特罗一出现在他们之中，就算是露西，也能完全忘记茵内斯和其他人的存在。迪斯特罗美得让人着了魔。

最终，她一个人独揽了所有的欢呼呐喊。

萍小姐瞥了一眼里克脸上的表情，突然感觉心里一酸。

仅仅手被人亲吻，根本不足够。

“从没有人告诉我，迪斯特罗能跳成这样。”露西对蕾格说道，两人一同走着去用晚餐。此时宾客们总算开始打道回府，到处都充斥着发动机的轰鸣声，大家伙嚷嚷着再见。

“噢，她是勒费夫尔夫人的小宠物。”蕾格的语气毫无波澜，作为夫人的追随者，她觉得迪斯特罗这号连游戏都不参与的人物，简直是罪孽深重，“我个人认为她更有舞台风格，总觉得与这里格格不入。老实说我觉得她第一支舞跳得并不怎么样，你觉得呢？”

“我觉得很动人。”

“噢，那好吧。”蕾格顺从地回应道，顺带加上一句，“她肯定相当优秀，不然夫人也不会那么宠爱她。”

晚餐的气氛颇为安静。身体疲乏，情绪骤降，再加上（一闲下来）脑海中又浮现起早上的那起意外事故，不仅浇灭了学生们的热情，还堵上了她们的嘴巴。教员们也一样，先是饱受惊吓，接着要采取措施，还要应付社交，焦虑不安一整天，所有人早已筋疲力尽。露西觉得，现在这时候真该来一杯上好的葡萄酒，又想到勒珂丝此刻正在享用美味的约翰山白葡萄酒，不禁有些后悔。而且再过不久，她就必须带着玫瑰饰品去亨丽艾塔办公室，向她坦白在哪发现的这个东西，一想到这里，她的心就开始恐怖地怦怦作响。

她还没把东西从抽屉里拿出来，于是晚饭过后准备上楼去取。宝儿跑过来挽住她的胳膊，说道：

“萍小姐，我们在公共休息室里煮热可可，所有人都在，过来给我们鼓鼓劲儿吧。你也不想就在楼上的停尸房里坐着吧，”——停尸房应该是指会客厅——“对吗？来给我们鼓鼓劲儿呗。”

“我自己本身也不是特别有劲儿，”想到热可可露西还有些厌恶，“不过，如果你们能容忍我消沉的样子，我也不怕奉陪到底。”

就在她们转身朝公共休息室的方向走去时，一阵突如其来的大风穿过走廊大开的窗户，呼啸而过，屋外面绿树的枝丫被吹得东碰西撞，树叶整个从上部撕裂，露出脊背。“好天气就这么结束了，”露西说着停下脚步倾听，她一向讨厌这种肆无忌惮的狂风，把一切美好时光都推向终结。

“对啊，天也凉了，”宝儿说，“我们还生了火。”

公共休息室位于“老房子”之中，里面有一架老式的砖块壁炉。柴火刚刚点上，火苗四起，发出噼里啪啦的声音，杯盘叮咚作响，学生们鲜艳的裙子瘫软地堆在一旁，比裙子更鲜艳的还有她们的拖鞋，这样的场景确实令人欣喜。今晚，穿拖鞋亮相的不再只有奥唐纳一个人，基本上所有人都套着各式各样的便鞋。只有戴克丝光脚靠在长椅上，缠着绷带的脚趾高举过头顶。她高兴地朝萍小姐挥手，还指了指自己的脚。

“止血呢！”她说，“血都渗进我最好的芭蕾舞鞋里头了，稍微有点污渍的芭蕾舞鞋，估计没人会想买吧？对，怕是没人要了。”

“萍小姐，火堆旁还有把椅子。”宝儿说完跑去倒了杯可可。茵内斯这会正蜷坐在壁炉前，盯着一个低年级学生用风箱生火。她拍了拍那把椅子，用她一贯不苟言笑的表情对萍小姐表示欢迎。

“我跟乔丽芙小姐把茶会剩下的东西讨来了。”哈塞特手捧一大盘杂七杂八的食物走了过来。

“你怎么办到的？”她们问道，“乔丽芙小姐可是连味道都没让别人闻过。”

“我答应她，回南非之后给她寄些桃子酱。看起来满满一盘，可其实没有太多东西，一大半都被女仆们吃掉了。萍小姐，你认为我们的表现如何？”

“我觉得每个人都棒极了。”露西回答说。

“那伦敦警察也很棒，”宝儿接口道，“好吧，哈塞特，你还当真了。”

露西为自己这样老掉牙的回答深感抱歉，想要多找出些细节，证明自己的热忱。

“不过，迪斯特罗可成了今晚的主角，不是吗？”她们说着，用善意而又妒忌的眼神瞥了一眼那个端坐在火炉一角，披着亮色外套，镇定自若的身影。

“我啊，我只做一件事，专心做好一件事比较容易。”

跟其他人一样，露西也不能确定这样轻描淡写两句究竟是谦虚还是责备，但从大体上说，她觉得是谦虚。

“这样行了，玛奇，火烧得正旺。”说完，茵内斯挪到那名低年级学生身边，从他手里取过了风箱。就在茵内斯挪动身子的时候，原本坐在身下的脚露了出来，露西看见了她脚上那双黑色的单鞋。

鞋尖上应该装饰有金属饰件的地方，现在空无一物。

噢，不，露西心里大喊，不，不，不。

“那杯是你的，萍小姐，还有茵内斯，这杯给你。尝一个软趴趴的马卡龙饼吧，萍小姐。”

“不用，我给萍小姐拿了些巧克力饼干。”

“不行，她得尝尝埃尔郡酥饼，罐装的比较新鲜，别搞那些被扒拉剩下的食物。”

大家还在围着她喋喋不休，她自己就随便从盘子上拿了个东西，说什么都是有问必答，甚至还啜了一口杯子里的热饮。

不，不，不。

现在事情就摆在那儿，她一直害怕的事情，因为太害怕甚至都不敢在心中仔细考虑的事情，现在就摆在那儿，而且具体明了，这让她胆战心惊。突然间，这一切都成了噩梦：明亮但嘈杂的屋子，屋外渐渐黯淡的天空，即将侵袭的暴风雨还有那消失了的饰品。处于这样的噩梦之中，就算再小、再无关紧要的事情也有着惊心动魄的重要性，似乎有十分紧急的事情必须立马处理，可又想不通为什么，究竟是什么事情。

目前看来，她必须起身礼貌道别，然后去找亨丽艾塔说出她的想法，末了再加一句：“而且我知道这是从谁的鞋上掉下来的，是玛丽·茵内斯。”

茵内斯跪坐在自己脚上，没在吃东西，不过正大口喝着杯子里的热可可。她又把脚蜷回了身下，但露西也无须再做检视。兴许还有别人穿这样的单鞋，就连这种渺茫的希望都是痴心妄想。大家都穿着五花八门的鞋子，可再没有第二双单鞋。

不管怎样，今天早上六点，其他人都没有待在体育馆的动机。

“再来点热可可吧。”不一会儿，茵内斯转过头来看着她说道。但萍小姐自己杯子里的还没怎么碰过。

“那我可得再喝点。”说着茵内斯站起身来。

一个又瘦又高的低年级学生走了进来，她叫法辛，可就连教职员们都知道“两分半”这个外号。

“两分半，你迟到了。”有人开口说，“过来吃个面包吧。”但法辛依旧犹豫不决地站在那儿。

“你怎么了，两分半？”大家看她一脸惊恐的表情，觉得莫名其妙。

“我刚把花送去弗茹肯的房间。”她慢吞吞地说。

“难不成你想告诉我们，她房间里已经有花了？”有人调侃她，引得大家都笑。

“我听见教员们在谈论劳斯。”

“好吧，在谈些什么？她好些了吗？”

“劳斯死了。”

茵内斯手里的杯子砰的一声摔在了地上，宝儿跑过去帮她收拾碎片。

“噢，净瞎说！”众人纷纷表示，“你一定是听错了。”

“我没有，她们就在梯台上说的，劳斯半小时前死了。”

所有人都沉默不语，气氛变得恐慌起来。

“我真的是负责靠墙那一头。”一片死寂中，奥唐纳大声说道。

“当然了，小唐，”斯图尔特走到她身边说，“我们都知道。”

露西放下杯子，心想还是上楼比较好。一行人小声嘟囔着表示遗憾，并送她离开，一场愉快的派对顿时成了碎片。

露西上楼后才发现，亨丽艾塔早就去了医院，等劳斯的家人一到，也好招待他们。刚才就是亨丽艾塔打电话通知了这个消息，劳斯的家人已经到了，而且貌似很淡定地接受了这个打击。

“我从来都没喜欢过她，上帝可别怪罪我。”勒费夫尔夫人全身舒展着躺在硬质沙发上，请求上帝宽恕的语气听来倒是真诚。

“噢，她挺好的，”蕾格说，“了解之后会觉得人特别不错，还是最好的球场中卫。可这太吓人了，不是吗？接下来就要进行调查，会有警察来问话，还有不堪入目的负面宣传，以及其他那些。”

是啊，还有警察。

今晚，她怎么也没办法处置那个玫瑰饰品。不管怎么说，她还要好好考虑一下。

她想独自离开，好好考虑一下。

20

咚！咚！远处塔尖上的钟再次敲响。

两点钟。

她躺在那儿，凝望着漆黑一片的屋外。冰冷的雨滴打在地上，时不时狂风肆虐，窗帘被喧嚣的大风吹进屋内，像船帆似的高高鼓起。一切都充满骚动和不安。

大雨按照稳定的节奏接连不断地落下，她的心也跟着落下眼泪。与此同时，她脑海中正在上演一场比屋外狂风大作更为剧烈的风暴。

“做明显正确的事，剩下的交给上帝安排。”里克曾这么说过。看来这是个合乎情理的定夺。

但那是在假设“会造成严重身体伤害”（当时是这样说的，对吗）的情况下，而如今，假设已不再是假设，事实也不是单纯的身体伤害，而是——是现在这样。

不管再怎么安慰自己，这一回也轮不到上帝来做决定，只能由法律，由白纸黑字记录在法典上的法律条文来裁夺。一旦触及法律，上帝也难挡其步伐，无法从强大的车轮底下救出无辜的生命。

以眼还眼，以牙还牙，古老的摩西律法这样写道。听起来简单而又公平，因为人们在看待这句话时，背景画面单纯到似乎只涉及双方两人。可要是转述成现在的说法，“吊紧对方脖子，直至死去”，那效果就极为不同。

如果她去找亨丽艾塔——

如果？

噢，好吧，她当然要去。

如果明天早上去找了亨丽艾塔，她就相当于启动了一股力量，这股力量无论她或是其他人都无力操控，一经释放，多少安稳度日的无辜生命都会被逐个卷入一片混乱之中。

她想起了茵内斯夫人，此时应在拉博镇的某处开心地睡着，明天回家等着自己的宝贝女儿，可她的女儿却永远也回不去了。

劳斯也回不去了，心里响起一个声音。

是啊，当然回不去了，而且茵内斯必须为此付出代价，以犯罪为自身牟利的行为决不能容忍。但是肯定，肯定有办法既让她付出代价，又不至于那般痛苦。

什么才是公平？

去伤一个女人的心？让亨丽艾塔蒙受耻辱，毁了她和她亲手建造的一切？永远地夺走宝儿脸上的灿烂笑容，让她无比难过。这是一命抵一命吗？是三条命，不，四条命抵一条命啊。

况且，是一条不值得的命——

噢，不。这可不能妄作判断。就像里克说的，你得有“预知先后”的能力。里克他长着一张花花公子的脸，浑身散发着拉丁情人的魅力，头脑却是出乎寻常的冷静。

隔壁房里又传来茵内斯四处走动的声音，露西觉得她应该也没睡着。她非常安静，但时不时也能听到脚步声，和房间里水龙头的水声。露西拿不准，她接水是因为口渴还是为了平静一下两鬓躁动的太阳穴。如果连她都这般躺着难以入眠，脑壳里乱七八糟的想法像被困的老鼠般一圈圈地窜来窜去，那茵内斯又在经历怎样的折磨呢？也许她总是一本正经，可能还有些厌世，但绝不可能麻木不仁。不管是因为野心受挫，还是单纯的愤怒或痛恨驱使她穿过晨雾走进体育馆，她都不是事后仍能心安理得的那类人。以她的性格，她在杠木上动手脚的时候，很可能是毁了她自己。犯罪史上有这样的案例，冷酷无情的女人们一旦解决了通往欲望前的障碍，仿佛重获了新生。可茵内斯不像她们，她属于为数不多的另一类人，事后才发现自己难以心安理得，但为时已晚。他们这类人要付出的代价太大了。

兴许茵内斯有自己的惩罚方式。

仔细一想，那个星期天下午在水杉树下，她对茵内斯的第一印象就是这样。宁为玉碎，不为瓦全，一个自我毁灭者。

会毁掉这条对她形成阻碍的生命，完全是一场意外。

不管怎么说，这绝不是有意制造的毁灭，露西对此十分确信。也正因为这样，她才迟迟不肯行动，甚至都不敢想象。插销松动顶多就意味着暂时丧失行为能力，只要能确保劳斯在九月份时候，无法前往亚林赫斯特就职——到时，自己就可取而代之。

露西怀疑，早在拒绝威彻利矫形医院的工作时，她是否就有了这样的念想？不，当然不会。她不是那么冷血的人，会提前算计，只是绝望到逼不得已才在最后关头干出了这种事。

至少，在最后关头得手了。

事情会拖到这么晚，可能是缺少宝贵的机会，兴许体育馆里一直有人，劳斯又总是早她一步。

“一张波吉亚贵族的脸。”爱德华·艾德里安曾欣喜地说过。

迪斯特罗长得像她曾祖母的祖母，那个女人可是早有算计。年轻守寡，过了很长一段安稳而又富足的生活，经营大批地产，将儿子带大，表面上却从未有过任何精神崩溃的征兆。

大风吹进茵内斯的房里，窗户咔咔作响。她听到茵内斯走去房间那头关窗户的声音，一会儿也就不响了。

她多希望自己此时此刻就能奔去隔壁，摊开手告诉茵内斯，这一张王牌她不想打了，两人一起想点办法。

一起？同那个弄松插销的女孩儿一起吗？

不，是同上周六下午在走廊里与她交谈，高贵耀眼又充满智慧的女孩，同今夜难以入睡的女孩，同茵内斯夫人的女儿。

无论她做了什么，即便早有预谋，也没计划甚至料想过会出现这样的结果，这对她是一场灾难。

那么，起初又是谁带来了这场灾难？

亨丽艾塔，亨丽艾塔倔驴一样偏偏宠那差一点的学生。

她想知道，亨丽艾塔会不会像茵内斯那般无法入眠。从医院回来时，亨丽艾塔看起来异常消瘦，面色苍老。似乎整个身体的骨架都已经坍塌，体内的一切都随之脱离原位，像一个在托儿所里放了个把月的毛绒玩具，东鼓一块儿，西瘪一块儿。这就是亨丽艾塔当时的样子。

她真的为她的朋友感到惋惜，失去了曾经——所爱？对，是爱，她这么猜想。只有爱能蒙住她的双眼，从而让她对劳斯的缺点视而不见。失去疼爱的人，又要为心爱的莱斯学院担惊受怕，露西真切地同情她的遭遇。但她还是禁不住会想，要不是亨丽艾塔当初一意孤行，这一切根本都不会发生。

茵内斯的脆弱是大祸酿成的直接原因，但真正按下按钮，启动这场悲剧的是亨丽艾塔。

而眼下，露西正等待着按下另一个按钮，启动更加可怕的机器。一旦发动陷阱，无论有罪没罪，都能一概消灭摧毁。亨丽艾塔或许已经自食其果，但茵内斯夫妇又犯了什么错，要承担这样的恐惧，这样难以言说的恐惧。

或者说，他们也有推波助澜？茵内斯会如此缺乏抗压能力，教育该负多大的责任？尽管出生时“羽毛上没有油脂”，那他们有没有尝试过弥补这一不足？究竟有谁能说清楚，什么才是最首要的原因？

就算是运用法律，可能到最后终究要看上帝的安排。如果你是基督徒，那自然觉得理所当然，理所当然地认为没有事情会无缘无故地发生。因为茵内斯被叛谋杀罪而饱受折磨的人，在一定程度上，都是“罪”有应得。这样的理论让人心安，露西也希望自己能认同这一说法，但她始终无法相信，像茵内斯夫妇那般尽责奉献的父母，因为一点不足，就理应遭受这般无法言说的惨剧。

又或许……

她坐起身来，琢磨这个新想法。

如果真是上帝安排——正如他最终必定要做出安排一样——也许一切的安排已经开始。为什么偏偏是她，而不是别人捡到了玫瑰饰品，这就是开始。就没有出现这样一个意志坚定的人，捡到之后一旦发现苗头不对，就能径直去找亨丽艾塔坦白，反而被她这样摇摆不定，遇见一个问题恨不得从三个侧面考虑再三的人给捡到了。或许，这真有道理可循。

但她却打心眼里希望，上帝能换个人当棋子。她一向讨厌负责任，更何况责任还如此重大，导致她根本无法处理。她希望自己能把玫瑰饰品扔掉，就从窗户口扔下去，然后假装从没见过它。可她当然不会这样做，无论天性再怎么胆小无能，她内心还有另外一面——属于莱堤西亚的那一面——正用挑剔的眼光注视着她。她无法摆脱那一半的自己，于是脑子里开始打架，左右膝盖不停碰撞，本想闭口不言却不禁发出声来，疲累到站不起来又难以躺下。那一半的自己不准她现在就撂挑子。

她站起身，把头探出窗外，感受这个潮湿喧闹、充满鞭笞声的夜晚。靠窗的木质地板上积了一摊雨水，光脚踩在上头，冰凉的冲击竟让人倍感畅快。这是一种身体上能感知到的不舒服。至少她不必擦干地板，也不用考虑地毯的问题。所有事物都凭着自己的意愿来到这个房间，谁也不会大惊小怪。茵内斯鲜少主动发言，有一次谈到早上醒来发现枕头上落满了雪花，心里无比惊喜。这种情况再没有出现过，她说，不过你总可以根据早上在枕头上看见什么，判断季节的变化：秋天有蜘蛛，夏天有梧桐树的种子。

为了让火烧般的脑袋冷却下来，她保持这个姿势站了很久。脚变得冰凉，只好在上床前用毛线衣裹着取暖。她心想，这下可圆满了：不但心凉了，脚也凉了。露西·萍，你真可怜哪。

快三点的时候，她总算是有了睡意。可一想到接下来的打算，又顿时恢复了绝对的清醒。她竟然认真考虑起要不要窝藏证据，做一个知情不报的共犯，一个罪人。

她，令人尊敬，遵纪守法的露西·萍。

她怎么会落入这般田地？到底是在想些什么？

当然了，在这件事上，她没有选择的余地，由谁安排或不由谁安排都与她毫不相干。这是一场公开调查，她需要负起责任，对整个文明、对国家、对她自己负责。无关乎个人情绪，也无关乎她对公平的看法。即使法律再怎么不公平，再怎么刚愎自用，她也不可以扣留证据。

简直太疯狂了，难不成她觉得自己真可以这么做？

里克是对的：她应该做正确的事，剩下的交给上帝安排。

快四点半的时候，她终于睡着了。

21

清晨一片朦胧，湿气很重，让露西心生厌恶。尽管是在汇报演出的次日清晨，早餐前都没有安排课程，不过起床铃还是照常在五点半响起。学校也许能做出让步，但不能抛弃作息习惯。她试着再次入睡，可日光照进来，把她带回了现实，黑夜里那些疯狂的想法，如今都成了冰冷的事实。再有一两个小时，她就要按下按钮，从而改变无数人的生命，甚至连她自己都没有意识到那些人的存在。她的心又开始怦怦地跳。

噢，天哪，她为什么要跑来这个鬼地方！

露西已经穿戴整齐，正在往头上的适当地方固定一些隐形发卡。此时，她突然意识到自己还没找过茵内斯，而在此之前，她都不能直接拿着玫瑰饰品去找亨丽艾塔。她不能确定，自己这样做是因为脑海里还残留着年幼时“公平游戏”的观念，抑或仅仅想找到一种处理方法，弱化她自己的个人责任。

趁着这股冲动还在，她赶忙走到茵内斯的门前，敲了敲门。刚听到茵内斯从浴室里走出来的声音，露西猜她这会儿一定是在穿衣服。

茵内斯打开了房门，她看上去十分疲惫，眼皮沉重，但是镇定自若。就这么面对面站着，露西发现自己很难将眼前的这个人同昨晚心烦意乱的茵内斯画上等号。

“可以到我房间来一下吗？”露西问道。

茵内斯有所迟疑，就那么一秒钟，脸上流露出不确定的神色，接着很快恢复平静。“当然可以。”说完便跟在露西后头。

“昨晚的雨可真大。”茵内斯愉快地说道。

闲聊天气本就不像她的作风，况且如此愉快，简直完全不像茵内斯的风格。

露西从抽屉里取出那枚银质的玫瑰饰品，放在手心给茵内斯看。

“你知道这是什么吗？”露西问。

愉快的表情顿时消失不见，她的脸变得冷酷而又谨慎。

“你从哪里拿到的？”她厉声问道。

直到这一刻，露西才意识到自己心底多么期望茵内斯能有不一样的反应，潜意识中多么期待茵内斯能说出“看着像从舞鞋上掉下来的，我们好多人都有这种鞋”这样的话。她的心不再怦怦作响，直接沉入了胃里。

“昨天一大早，在体育馆里发现的。”她说。

冷酷谨慎的表情慢慢演变成绝望。

“你为什么要给我看这个？”茵内斯的语气很无力。

“因为我知道，学校里这样老式的单鞋只有一双。”

双方陷入沉默。露西把东西放在桌上，静静等待。

“我做错了吗？”她终于开口问道。

“不。”

又是一片沉默。

“萍小姐，你不懂，”她突然喊出声来，“不应该是……我知道你肯定觉得我在推脱责任，但事情根本不应该——不应该变成今天这样。错失亚林赫斯特让我非常痛苦，甚至一度因此丧失理智，像个傻瓜。那种情况下，除了亚林赫斯特我再没有其他念想。而且，这只是一个方法，让我——让我能有第二次机会。仅此而已。你一定要相信，一定要……”

“我当然相信。如果不相信的话，我也不会把这件事告诉你。”

她暗指玫瑰饰品。

过了一会儿，茵内斯说：“你打算怎么处理？”

“啊，老天，我不知道。”面对现实，可怜巴巴的露西多么无助。她基本只在老套的侦探小说里见过犯罪，而且小说里的女主角，无论嫌疑多大，总是千篇一律的无辜。不然就像犯罪史上的那些案件，顺利收场之后就搁到一边，不过是一了百了的事情。记录在案的罪犯们也有亲人朋友，他们肯定也曾像她这般震惊、不敢相信。即便了解到这一层面，她也并未从中得到丝毫慰藉或指引。这种事情只会发生在别人身上——报纸上每天都在报道——但就是不可能降临到自己头上。

要怎么相信，一个同你笑过、交谈过、一起生活过的人，你那么喜欢仰慕的人，竟然要为另一条生命的死亡负责？

她发现自己竟开始向茵内斯讲述昨晚不眠的一夜，讲述她的“安排”论，讲她不愿因为一个人的罪过，毁了一大堆人的生活。由于太过专注于自己的问题，她丝毫没察觉到茵内斯眼中渐渐涌现的希望。“当然，决不允许你用劳斯的死来为自身牟利”，听到自己说出这样的话，露西总算意识到，她已经在这条原本无意涉足的路上走了多远。

但茵内斯却紧抓这点不放，“噢，我不会的，萍小姐，而且和你捡到了这个饰品无关。昨晚听说她死了的消息时，我就知道自己是不能去亚林赫斯特了，还打算今天早上就去告诉亨丽艾塔。我也一夜没睡，要面对的事情太多，不光光是为劳斯的死负责，或者自己没办法接受失败这些。还有——噢，呃，很多事情，你不会感兴趣的。”她停顿了片刻，仔细打量露西。“你说，萍小姐，如果用我剩下的生命来偿还昨天早上犯下的罪过，你能——你愿不愿意——”即便听了露西对于公平的长篇大论，这样无耻的建议，她仍旧说不出口。

“当共犯吗？”

这样冰冷而又合理的表达让茵内斯失落不已。

“不。这样的要求太过分了，但你知道，我一定会赎罪，绝对不是随便说说而已。把我的命当——她的命，我很乐意这么做。”

“我当然相信你，可你打算怎么赎罪？”

“我昨天晚上考虑过了。开始想去麻风患者隔离区之类的地方，可太不现实，而且跟在莱斯的训练也不怎么挂钩。不过还有个更好的想法，我决定去追随我的父亲。尽管没有干医疗行业的计划，但我还挺擅长这个的，只是老家没有矫形诊所。”

“听起来不错，”露西说，“不过要怎么赎罪？”

“还是小女孩的时候，我的一大志向就是逃离那个小镇，来莱斯学院也是为了自由。”

“我懂了。”

“萍小姐，相信我，这真的是赎罪，但不是以某种沉闷的方式，更不是遭受鞭笞，而是活着一天就去做些有用的事情，做些事情——让这次交换物有所值。”

“好，我懂了。”

又是一段更长时间的沉默。

五分钟预备铃响了。自从来到莱斯学院，露西还是第一次对铃声毫不知觉。

“当然，我只能口头保证，其他什么都没有。”

“我接受你的保证。”

“谢谢你。”

露西心想，这样的解决方式似乎太过简单。如果要惩罚茵内斯的话，仅仅让她这辈子过着无聊但又充满意义的生活，显然力度不够。当然，强制剥夺她去亚林赫斯特的机会，确实让她付出了点代价。可这能值回一条命吗？

究竟什么才能值回一条命？只能是另一条命。

况且茵内斯已经提供了她自以为是人间地狱的活法，或许这次的交换到底还没那么糟。

露西面临着一场抉择。所有的深思熟虑、矛盾挣扎此刻都汇聚成一个简单的问题：眼前站着的这个女孩，她要不要判处死刑？

毕竟，事情就这么简单。如果她今天上午带着玫瑰饰品去找亨丽艾塔，那茵内斯就活不到秋天一年级学生回莱斯学院上课。要是不死的话，二十几岁的年纪就要过着人间地狱的生活，而且真的很“沉闷”。

就让她囚禁在自己选择的监狱里，做个对乡民有用的人。

当然，她，露西·萍，完全胜任不了刽子手的任务。

就这样吧。

“这事儿彻底交给你了，”她慢慢对茵内斯说，“因为我实在不擅长把人送上绞刑架。我清楚自己的职责，可我做不到。”真奇怪，露西心想，她该尊敬我才对，而不是我反过来尊敬她。

茵内斯用怀疑的眼神盯着她。

“你是说……”她用舌头舔过干燥的嘴唇，接着说道，“你是说，玫瑰饰品的事情，你不会说出去？”

“是，我永远都不告诉别人。”

茵内斯的脸霎时就白了。

白到露西觉得自己只在书里读到过，甚至从未见过。像他们说的，“同床单一样白”。好吧，或许是没被漂白过的床单，但确实“白了”。

茵内斯伸手抓住梳妆台前的椅子，一下坐了下去。看到露西担忧的表情，她开口说道：“没事，我不会晕倒，长这么大都从未晕倒过，很快就好了。”

茵内斯沉着冷静的态度，和准备好讨价还价的说辞——她觉得，在这件事上，茵内斯的思路极其清晰——一度让她觉得反感，可现在又悔恨不已。茵内斯终归没那么冷静。不过是一时情绪占了上风，过后又残忍报仇的老一套罢了。

“要不要拿杯水给你？”露西说着，走到了水池边。

“不用了，谢谢，我没事。只是因为过去的二十四小时里，我一直都在担惊受怕，而且看见你手上的饰品，简直是致命一击，然后这一切突然又结束了，你给我判了缓刑，而且——而且——”

喉咙里哽咽到说不出话来，扯破嗓子抽泣，却流不出一滴眼泪。她用手捂住嘴巴，可怎么也挡不住接连不断的啜泣声。于是又把脸盖住，竭力保持镇定，仍旧没有效果。最后她把双手都放在了桌上，头埋在中间，像是要把心都哭出来。

露西看着她，心想：换作其他女孩，指定一开始就这样，将其作为武器，以博取同情。但茵内斯没有，她自制冷漠，甚至主动牺牲。要不是那一下崩溃，没有人能料到她的痛苦，而眼下这般放纵正是先前所受折磨的体现。

校铃响了，由小声的低吟，渐渐增强起来。

茵内斯听到铃声，赶忙挣扎着站起身。“抱歉，”她说，“我要去冲点冷水，好控制住自己。”

露西心想，在这样泣不成声的状态下，还能如此超脱地为自己找解决方案，这个女孩可真是不同寻常。就像是那个歇斯底里的女人侵占了她的身体，自导自演了一场好戏，她们根本不是一个人。

“行，去吧。”露西说。

手搭上门把的时候，茵内斯停了下来。

“总有一天，我会好好谢你。”说完就离开了。

露西把玫瑰饰品丢进口袋，下楼去用早餐。

22

这是个可怕的周末。

大雨倾盆。亨丽艾塔不停走来走去，就像在为一场重大手术而焦虑不已。勒费夫尔夫人状态极差，无论口头还是实际行动，什么忙也帮不上。弗茹肯此刻怒气冲冲，无法忍受在“她的”体育馆里发生这种事情。蕾格就像个无处不在的预言家，四处散播着众人皆知的坏消息。只有勒珂丝一声不吭，表情疲惫。

勒珂丝从拉博镇上回来的时候，带回了一根用浅绿色纸巾包好的粉色蜡烛。“泰迪让我把这个带给你，”她说，“可我想不通是为什么。”

“噢？从蛋糕上拿下来的吗？”

“是的，我的生日这两天。”

“他真好，还能记得你的生日。”

“噢，他有一本生日册子，也是为了宣传。每到特定的日子，都要给特定的人发电报，这是他秘书的工作。”

“你就不能称赞他一下吗？”露西问。

“称赞泰迪？对待这样的虚情假意，我做不到。别忘了，他十岁那年我就认识他了。在我面前，他的谎话都撑不了五秒钟。”

“我的发型师，”露西说，“他帮我做头发的时候给我上了一课，说一个人应该容许别人犯三个错误。真正撇开这些错误的话，会惊喜地发现这个人其他地方是多么优秀。”

“要是容许泰迪犯三个错误，很遗憾，那就什么都不剩了。”

“为什么？”

“因为那三个错误无非虚荣、自私和自怨自艾，任何一个都能把他彻底毁灭。”

“算了！”露西表示，“我投降。”

不过她还是把这个幼稚的小蜡烛插在了梳妆台上，心里对爱德华·艾德里安充满好感。

露西希望自己在面对心爱的宝儿时，也能有这样的好感。宝儿因为茵内斯放弃亚林赫斯特的事情大发雷霆，她这一闹把事情推向了极度困难的境地。事实上，据露西了解，如此为对方着想的两人，差点因此发生争吵。

“她说，那是死人腾出的位置，她不会开心的。”宝儿的语气充满愤怒，火花四溅，“你还能想到比这更荒谬的理由吗？拒绝亚林赫斯特就像放下一杯茶那样轻松，刚开始没得到这个职位时，她还悔恨得要死。看在上帝的分上，萍小姐，你找她谈谈吧，趁现在还来得及，让她认清楚事实。这不仅仅是亚林赫斯特的问题，这关于她的整个未来。在亚林赫斯特起步就相当于占据了制高点。你会找她谈的，对吗？劝她放弃那荒谬的想法。”

露西觉得，似乎总有人求她去找别人“谈谈”。她要么是一剂安慰人的果汁糖浆，要么是一针肾上腺素，再不然就仅仅是一匙供一般消费的苏打粉。

不是替人解围的救星，就是破坏公平的坏蛋。不过，她试着抛开这个念头。

当然，她什么都不能同茵内斯讲，但这些道理自有人讲。亨丽艾塔诚诚恳恳地跟她谈了好久。这个她最初没想指派的女孩竟突然改变主意，这让她十分沮丧。如今，她再没有可派去亚林赫斯特的人选，而且必须写信告知，然后眼睁睁看着这个职位花落别家。不过，要是这起意外身亡的消息被泄露出去，在业内传开，那下次亚林赫斯特再招体操老师的时候，就会考虑其他院校，管理良好的体育馆本就不应该发生意外事故，更何况是意外身亡。

这同样也是警察们的观点。警察们很友好，而且十分体贴，他们深知诸多负面报道会对学校造成多大的伤害，但即便这样，审讯自然还是少不了。麻烦的是，为了避免误解，审讯要对公众公开。亨丽艾塔的律师已经见过了当地报社，报社同意对此事低调处理，可保不准哪一天手头没有劲爆消息的小编辑就觊觎上了这条新闻。后果又会怎样？

露西本想在审讯之前离开，离开这个不断提醒自己罪孽深重的地方，但亨丽艾塔恳求她留下来。她从来都无法对亨丽艾塔说不，而眼前这个年老色衰、招人怜悯的亨丽艾塔更让她无法拒绝。所以露西留了下来，帮亨丽艾塔处理零碎的琐事，以便让她专心应付事故发生后所需背负的诸多不必要责任。

但是，审讯当天她不会去。

她既不能明知实情还坐在那里，也不能在某一刻冲动起身，道出真相，卸下自己灵魂上的负担。

谁知道警察会不会嗅出点什么猫腻？他们已经来过学校，观察过体育馆，做过些测量，估算过杠木的重量，跟每个人谈过话，还就此问题咨询过多名专家，只是一直在听，什么话也不说。他们取走了致命的松动插销，或许是为了例行公事，不过谁又能辨得明白呢？谁知道那宽大平静的胸脯里，客气呆板的表情背后，会存有怎样的怀疑呢？

但最终结果是，审讯会上出人意料地出现了救世主。这位救世主名叫亚瑟·米德勒姆，茶叶进口商，住在西拉博路 59 号。也就是说，他住在西拉博和莱斯学院的大门之间，沿公路而建的别墅里。除了知道有这么个学校存在，知道那群骑着单车衣着暴露的年轻女人来自这个学校以外，他对莱斯学院一无所知。不过他也听说了这场意外，而且印象尤为深刻，说来古怪，劳斯体育馆里插销松动的那天早上，几乎是同一时刻，他家客厅的窗户上也震下来一块玻璃片，因为此时恰好有一大批从南拉博开出的坦克经过。事实上，他的分析跟勒珂丝小姐一样，都是震动。区别在于，勒珂丝小姐的分析只是黑暗中的灵光一现，毫无价值；而米德勒姆先生的分析合乎情理，并辅之以具体证据：一块碎玻璃片。

同往常一样，一旦有人带了头，便会有人莫名跟风。（如果有人编个故事，写信到报社说自己前一天傍晚五点三十分在天上看见一头绿色的狮子，那之后看到过这头狮子的人至少有六个。）听了米德勒姆先生的证词，一位女士显得很激动。她从会场中站起身来说道，自己这么多年一直摆在窗边小桌子上的生姜罐头，也在同一时间自发地从桌上掉落。

“这位女士，请问您住在哪里？”法医询问道，在此之前他已费劲地将她从人群中请上了证人席。

她说自己住在莱斯学院和毕灵顿镇间的村舍里。在公路旁边？噢，是的，就紧挨着公路。夏天的时候，全是讨厌的灰尘，那些坦克经过的时候——不，她没有养猫。不，当时房间里一个人都没有。她用过早餐之后才进的客厅，当时就发现罐头掉在了地上。这种事以前从没发生过。

可怜的奥唐纳无比紧张，但是表达清晰而又坚定。她给出了证据证明自己确实负责安置靠墙那一边，而劳斯负责中间那头。“架杠木”意味着要先用滑轮绳把杠木举高，再插紧下方的插销固定，绳索一定程度上也能支撑，因为会在垂直的挂钩上绕一圈。没有，他们先前没有检查器材。

当被问及绳索为何没能替代插销进行支撑时，弗茹肯回答说，因为绳索并没有绕紧，如果没了插销，杠木势必会往下坠。将绳索缠绕在挂钩上只是个无意识的动作，没有学生把这当成安全举措。

事实上，这当然是一项安全举措。金属插销可能因某些不当行为受到损害，这种情况下绳索就能相应承重。是的，如果绳索不习惯承受比杠木更重的重量，再突然加上十石负重的话，有可能会松掉，但我不这么认为，体育馆的绳索都有经过严格的检测保证。极大的可能性是，劳斯小姐自己没把绳索绕紧。

事实看来就是如此，这是场不幸的意外。警察抽走的插销，在汇报演出当天所有人都用过，绝不能充当什么证据。

这明显是一起意外死亡事件。

听到这个消息时，露西心想，好吧，一切都结束了。她一直待在休息室里，看着屋外烟雨蒙蒙的花园，实在难以相信接下来不会出错。没有一项犯罪不会留下破绽，她读过大量案例，足够了解这一点。

玫瑰饰品从鞋上掉落下来，就已经成了一个破绽。谁知道警察还能找出什么线索呢？不过现在，一切都结束了，茵内斯安全了。如今她才知道，自己是为了茵内斯才陷入了这般畏惧法律的境地。她本以为这是为了茵内斯的母亲，为了亨丽艾塔，为了绝对的公平。可直到终了才证明，这仅仅是因为无论茵内斯做了什么，她都不应受到法律的制裁。她已经受尽苦难，因而比普通人更容易崩溃。她的身体里缺少了些杂质，一些有用但粗糙的增强剂，能帮助她坚强面对挫折不退缩。可她又那么单纯美好，让人不忍抛弃。

星期三上午，茵内斯上台接受学位授予时，露西饶有兴致地注意了一下大家会给予她怎样的欢呼声。观众们对高年级学生的欢呼，不仅在音量上有所区别，性质上也不尽相同。比如说，给予戴克丝的欢呼中就夹杂着笑声和喜爱，宝儿获得了属于高年级级长的荣耀，享受着来自低年级师妹们对超人气师姐的高声祝贺。但轮到茵内斯的时候，欢呼声别有意味，其中饱含温暖的敬佩、同情和唯独留给她一人的满满祝福。露西心里琢磨，是不是她婉拒亚林赫斯特的邀请打动了她们。之前找亨丽艾塔谈劳斯和她的考试技巧时，亨丽艾塔就说过，茵内斯并不受欢迎。但在这些欢呼声中，却有着超越受欢迎的另一种情感，她们敬佩她，一种对人品的敬佩。

由于审讯的缘故，学位授予仪式从周二延期到了周三。这是露西在离开莱斯学院之前的最后一场活动了，她已经计划好要搭中午十二点的火车回伦敦。最后这几天里，不断有人在她房间里留下小礼物，上面还贴有手写的字条，这让她非常感动。几乎每次回房间，都能发现新的礼物。自从长大以来，送她礼物的人少之又少，可无论礼物多小，她都会像孩童那般无比兴奋。这些礼物中所包含的自发性最为打动人心，并非团体活动，也不是惺惺作态，每个人都在按自己的想法送她点什么。门徒们送的是一张大大的白色卡片，上面写着：

此卡在手

萍小姐可任意出入

曼彻斯特四门徒诊所

无论何时　何种项目

竭诚为您服务

戴克丝贡献了一个不怎么干净的小包裹，标签上写着：“让您每天早晨都想起我们的第一次相遇！”顶上还开了个小口，原来是搓背用的扁丝瓜藤。那张滑稽的马脸从浴室隔板上头朝下看她的样子，还真是恍如隔世。不过当时坐在浴盆里的，绝不是现在的露西·萍。

忠心耿耿的茉莉斯为她制作了一件小小的毛毡钱包，天知道这个小姑娘怎么能找到时间做这种东西。要说大物件，宝儿的猪皮箱子简直大到极致，字条上写着这样的话：“那么多的临别礼物，你一定需要个箱子把它们装进去。”箱子上还印有她名字的英文缩写。就连吉迪，这个仅仅聊过半小时风湿病和老鼠的人，也送来了一株盆栽。她不知道这是什么——看上去很有肉感，还有点下流——不过还好是个小东西，她可不觉得带上一株盆栽赶路是多么合时宜的事情。

宝儿吃完早餐后，赶在授予仪式开始前，过来帮她打包行李，不过重要的东西她都已经自己收拾妥当了。至于所有行李都装好之后，箱子还能不能关得上，那是另一码事。

“上午门诊之前我会再过来一趟，坐上面帮你压紧箱子。”宝儿说，“那段时间我们都有空。除去诊所的工作，到星期五回家之前，都没什么事可做了。”

“在莱斯的日子就这么结束，你会遗憾吗？”

“特别遗憾。我度过一段特别美好的时光，不过想想暑假还是觉得无比安慰。”

“茵内斯不久前跟我说过，你们打算一起去挪威是吗？”

“对，原本是怎么想的。”宝儿说，“不过现在没这打算了。”

“噢。”

“茵内斯有其他的计划。”

很明显，她们之间的关系已经不是从前那样。

“咳，我得赶紧走，去看看低年级有没有把颁奖仪式上的好座位都占完。”说完就离开了。

不过，另一段关系取得了令人满意的进展。

骚核桃敲了敲她的门，说是来给亲爱的萍小姐送幸运符的。她走进房间，看见那一堆箱子，便用她一贯直率的语气说道：“你还真不擅长打包，对吗？我也是，这种事只有普通人干得来。”

最后这几天，露西也收到了各种幸运符，从伍尔沃斯棍子猴到南非铜钱，种类不一。带着些许好奇，她等着看骚核桃会有什么新花样。

那是个蓝色的珠子。

“这是一百年前从中美洲挖出来的，年纪几乎和这个世界一般大，非常幸运。”

“可我不能接受。”露西拒绝道。

“噢，我还有一条这种手链。原本挖出来的就是手链，不过我拆下了一颗珠子送你，还剩下五颗，足够了。而且，还有个消息要告诉你，我不回巴西了。”

“不回去了？”

“我要待在英国，还要嫁给里克。”

露西表示自己很高兴听到这个消息。

“我们十月份在伦敦完婚，到时你会在伦敦，会来参加婚礼的对不对？”

是的，露西十分愿意参加这场婚礼。

“这太让我高兴了！”她说。经过这几天，她实在需要听到点开心的消息。

“是啊，一切都很令人满意。我们虽是堂兄妹，但离得不算近，对家族来说，维持亲戚关系也是明智之选。我一直认为自己应该会嫁个英国男人，里克自然是最理想的对象，年纪轻轻就已经当上了公司的大股东。我父母都很满意，当然，我的祖母也不例外。”

“我想，包括你自己也很满意吧？”露西一下摆出这么实际的问题，顿时让气氛有些微妙。

“噢，是的。除了我祖母之外，这个世界上只有里克能让我做自己不想做的事，而这对我很有帮助。”

她看着露西写满疑惑的脸庞，大大的双眼中闪着亮光。

“当然，我也非常喜欢他。”她说。

学位授予结束后，差不多十点来钟的样子，露西同教员们喝了个咖啡，并向她们告别。这个点离开，没人能得空陪她一起去火车站。这一次，亨丽艾塔真是眼含热泪，感谢她的大力帮助。（可亨丽艾塔就算想破天，也不可能想到她这份忙帮得到底有多大。）露西会把莱斯学院当成她的家，什么时候都能回来住一段，也许她还想继续做回老师，也许……也许……

但露西必须掩盖一个事实：尽管莱斯学院给予她那么多的欢乐，但在这个世界上，她唯一不想再次涉足的就是这个地方。如果自己良心过得去，劳斯的阴影也不再纠缠，那她要彻底抹去脑海里对这个地方的记忆。

教员们各忙各的去了，露西也回房继续打包行李。周六那场不可思议的交谈之后，她就没再跟茵内斯说过话，事实上，除了那天看到她从亨丽艾塔手里接过了毕业证书，其他时间几乎人影都没见着。

茵内斯打算什么话也不说，就这么让她离开吗？

可她回到房间时，就发现桌上已经留下了她想说的话，一笔一画写在纸上。她打开信封默念道：

亲爱的萍小姐：

这是一封书面的保证。我这余生将为那无法挽回的过错赎罪，心甘情愿放弃一切，用我的命去偿还她的命。

很抱歉，因为这件事毁掉了你在莱斯学院的日子，希望你不要因为替我做了这样的事而一直心有不快，我保证会让这一切变得值得。

也许，十年后你能来西郡，看看我用自己的生命做出了怎样的成就。给我一点盼头，在这个世界上唯一的盼头。

最后附上我对您一如既往的感激——无法用语言表达的感激。

玛丽·茵内斯

“你预定了几点的出租车？”宝儿敲门走了进来。

“十一点半。”

“那这会儿到时间了。该装的东西都装好了吗？热水壶呢？你没带来。雨伞放在楼下了吗？你也没雨伞。那怎么办？在走廊里等雨停了再走，还是随手偷一把最近的？我有个姨母，身上总带把她能找到的最便宜的伞，雨停了就直接丢在离她最近的废纸篓里。就像我家保姆以前说的，真是乱花钱。好，说正经的，这些就是全部了吗？仔细想想，箱子一旦关上，可就不会再打开了。抽屉里没漏下什么吗？人们老是不小心就把东西卡在抽屉后面。”她打开梳妆台上的小抽屉，把手伸进去一个个摸，“而在西半球，有一半的离婚案就源于接下来的小发现。”

宝儿缩回右手，露西看见她手上正拿着那枚银质的玫瑰饰品。这东西之所以会躺在抽屉最里面，那是因为露西之前始终不知道该拿它如何是好。

宝儿用手指摆弄着饰品。

“这看上去像是从我鞋子上掉下来的扣子。”她说。

“你的鞋子？”

“是的，那种上舞蹈课会穿的黑色单鞋，我到现在还留着，脚累的时候穿上它特别舒服，感觉像套上了手套。我到现在还穿得下十四岁时候的鞋，而我的脚总是比同龄人要大得多。相信我，当别人跟我说脚大长得高的时候，并没有半点安慰作用。”她又把注意力转回到手上的物件儿，“原来是丢在这里了，”她说，“你知道吗，我还真为这事儿琢磨了好久。”把东西丢进口袋后，她又接着说，“恐怕，该你坐在这个箱子上。你坐着，我帮你搞定这些锁。”

露西自觉地坐了上去。

不知为什么，她之前怎么完全没注意到这双蓝色的眼睛有多冷酷。灿烂、冷酷而又薄情。

宝儿正努力地关紧锁头，浅色的头发落在了她的膝盖上。锁头当然会如她所愿乖乖听话，从她生下来的那一天开始，每件事、每个人都在乖乖听她的话，要是不听，就采取措施迫使他们听。露西想起，早在四岁的时候，她就曾将一个完整的成人世界击垮，因为她那种一切必须由她安排的意志，比所有成人联合起来对抗她的意志都要强烈。

她从来不懂什么是挫折。

她甚至无法想象挫折存在的可能性。

如果她的朋友明显有权去亚林赫斯特任职，那她就应该去。

“好了！锁上了！你先站旁边，要是我搞不定另一个箱子，再坐上来。我看见吉迪送你的那株恶心盆栽了，你肯定很讨厌吧。或许哪天能拿它去后门换个碗回来。”

露西不禁怀疑，茵内斯最早从什么时候就起了疑心呢？事情一发生就立马想到了吗？不过肯定是在那天下午之前，当时一站上事发位置，她的脸就立马绿了。

但她仍旧不能确定，直到看见了露西手里的玫瑰饰品，又清楚了露西从哪找到的这个东西。

可怜的茵内斯，可怜的无辜受罪的茵内斯。

“出租车……”走廊里传来一声叫喊。

“你的车到了，我来帮你提行李。不，一点也不重，你忘了我受过什么训练啊。真希望你不要走，萍小姐，我们会很想你的。”

露西嘴里说着各种场面话。她甚至听到自己答应宝儿圣诞节要跟她还有她父母一起过，那时候宝儿正好在家享受第一个“工作”假。

宝儿送她上了车，一番温柔的告别后，又对司机说了声：“到火车站。”车子向前滑动，宝儿冲着窗户上边对她微笑，不一会儿便消失不见。

司机推开向后的玻璃板问道：“坐火车去伦敦吗，女士？”是的，露西答道，去伦敦。

而且她会待在伦敦，在伦敦才有属于她自己安全、美好、平静、缤纷的生活，而且未来她也会对此无比满足。她甚至会放弃进行心理学的巡讲。

她自己又有多了解心理学呢?

她不过是心理学家里最一流的法语教师罢了。

她可以写本书，就讲主人公被面部表情所背叛，至少在绝大程度上，她亲历了这种背叛。

眉毛都能置人于死地。

没错，她要写本书讲讲看面相。

当然，到时得换种说法。看面相在知识阶层中可不怎么受待见。

The Man In The Queue | 排队的人

在剧院门口排队买票的男子死在队伍中，
却没有人知道他是谁，何时被插入了匕首？

A Shilling For Candles | 一先令蜡烛

当红明星的尸体出现在清晨的海滩上，
是溺水？还是情杀？

Miss PYM Disposes | 萍小姐的主意

女子学校里一位女孩的意外死亡，
让研究心理学的萍小姐陷入两难，
是选择理智？还是情感？

The Franchise Affair | 法兰柴思事件

失踪近一个月的 16 岁女生，
指控有人诱拐她，
漂亮女人的话，能不能相信？

Josephine
Tey

To Love And Be Wise | 一张俊美的脸

俊美的她打乱了小镇的宁静，
而后的离奇失踪，更掀起轩然大波……

The Daughter Of Time | 时间的女儿

能不能躺在病床上，
就推翻流传四百年之久的历史定论？

Singing The Sands | 歌唱的沙

“醉”死在火车车厢里的年轻人，
为何要留下一首诗？

Brat Farrar | 布拉特·法拉

失踪八年的第一继承人，
突然出现了……

osephine
Tey

图书在版编目（CIP）数据

萍小姐的主意 /（英）约瑟芬 · 铁伊著；徐芳，冷丽芬译．
—北京：现代出版社，2017.1
ISBN 978-7-5143-5044-9

Ⅰ．①萍… Ⅱ．①约… ②徐… ③冷… Ⅲ．①推理小说－英国－现代 Ⅳ．① I561.45

中国版本图书馆 CIP 数据核字（2016）第 148296 号

萍小姐的主意

著　　者　[英]约瑟芬 · 铁伊
译　　者　徐　芳　冷丽芬
策划编辑　赵海燕
责任编辑　赵海燕
出版发行　现代出版社
通信地址　北京市安定门外安华里 504 号
邮政编码　100011
电　　话　010-64267325　64245264（传真）
网　　址　www.1980xd.com
电子邮箱　xiandai@vip.sina.com
印　　刷　三河市南阳印刷有限公司
开　　本　890mm × 1240mm　1/32
印　　张　7.25
版　　次　2017 年 1 月第 1 版　2017 年 1 月第 1 次印刷
书　　号　ISBN 978-7-5143-5044-9
定　　价　32.80 元